Alex & Nick
...et Simon aussi

Amanda Lees

Alex & Nick
...et Simon aussi

Traduit de l'anglais
par Élisabeth Luc

Titre original :

SELLING OUT

À tous ceux que j'aime. Ils se reconnaîtront.

Remerciements

Je ne remercierai jamais assez Luigi, Amanda, Arabella, Clare, Jeremy, Neil, Nadya, Caroline, Becky et Emile, une équipe de rêve pour un écrivain, des gens bien, par-dessus le marché. Merci à tous, notamment à Julia, qui n'a pas ménagé ses encouragements, tout en me glissant un petit billet de temps en temps. Je suis ravie que votre loyauté soit justifiée de façon aussi spectaculaire.

1

Une minute de plus, et elle s'en irait. Elle longerait le couloir silencieux et passerait devant toutes ces portes anonymes, derrière lesquelles une flopée de lugubres hommes d'affaires en déplacement étaient sans doute en train de baver devant la chaîne porno ou de décrocher leur téléphone pour faire monter une fille comme elle.

Elle avait franchi l'étape de la réception sans encombre, puis elle s'était faufilée jusqu'à la chambre 537. Dans l'ascenseur, elle avait troqué ses chaussures plates contre des talons aiguilles et ôté ses lunettes, qui faisaient partie de sa panoplie de femme respectable. Mais elle aurait tout aussi bien pu s'abstenir de se déguiser, apparemment, car la porte de la chambre 537 restait désespérément close, malgré ses coups discrets et répétés. «Bon, ça suffit», songea-t-elle. Elle n'aurait qu'à passer en pertes et profits le prix du taxi et l'heure consacrée à se faire une tête de call-girl de luxe.

À vrai dire, elle était presque soulagée de pouvoir rentrer chez elle. La compagnie d'un bon livre et d'un grand verre de vin l'attirait bien plus que celle d'un client égocentrique et vieillissant. Le client de la chambre 537, certainement un fossile rasoir, n'aurait qu'à se distraire tout seul quand il déciderait de réapparaître. Alex chercha son portable pour appeler l'agence, le cœur battant d'appréhension à l'idée d'annoncer à cette radine de Suédoise qui lui servait d'entremetteuse que ses quelques billets de commission allaient lui passer sous le nez. Mais à peine eut-elle déniché son téléphone dans les abîmes de son sac à main que la porte de la chambre s'ouvrit. Aussitôt, elle reprit une attitude professionnelle.

— Alex ?

La jeune femme leva les yeux et se figea.

— Nick !

Pendant un bref instant, tous deux restèrent bouche bée, à se fixer d'un œil incrédule. Nick fut le premier à retrouver ses esprits.

— Dépêche-toi d'entrer avant que quelqu'un n'arrive dans le couloir.

Il ouvrit la porte en grand et laissa passer la jeune femme. Puis, galamment, il prit le manteau qu'elle portait sur le bras. L'esprit d'Alex fonctionnait à toute allure, aussi vite que les battements effrénés de son cœur. Elle se sentit rougir. Même dans ses pires cauchemars, elle n'aurait pu imaginer pareille situation. Cet homme, non seulement elle le connaissait, mais c'était aussi le principal sujet de ses conversations avec son meilleur ami, conversations au cours desquelles Simon l'évoquait en des termes torrides et pleins d'adoration. Manifestement, l'homme qui faisait battre le cœur de son meilleur ami ne se montrait pas sous son vrai jour. Et il était probablement en train de se dire la même chose à son sujet.

Ils se mirent soudain à parler en même temps. Nick s'effaça poliment, laissant Alex bredouiller la première pensée qui lui venait à l'esprit.

— Simon sait que tu es là ?

— Bien sûr que non.

Naturellement. Pour un homme qui avait la moitié des top-models de Londres à ses pieds, Simon pouvait se montrer d'une pruderie incroyable. S'il avait connu les projets de Nick, il serait tombé en syncope.

Un silence pesant s'installa entre eux. Ils balayèrent la pièce des yeux, cherchant quelque chose à dire ou à faire.

— Hum… Je t'offre un verre ?

Alex hocha la tête. Nick saisit la bouteille de champagne, opportunément posée près de lui, et en renversa une bonne moitié sur la table basse. Bizarrement, ses mains semblaient trembler presque autant que celles d'Alex. La jeune femme prit une profonde inspiration et avala rapidement une gorgée de champagne. Elle luttait pour garder la tête haute et rester maîtresse de la situation, mais ce n'était pas facile. Dans sa hâte, elle avala de travers et faillit s'étouffer.

— À présent, tu es au courant, déclara-t-elle, aussi dignement que le lui permettaient ses yeux embués de larmes.

— Au courant de quoi ?

Nick la dévisagea avec un étonnement qui paraissait sincère.

La jeune femme poussa un soupir d'exaspération, que la sonnerie impatiente de son portable interrompit. C'était la Suédoise, une femme non seulement cupide mais très autoritaire, qui appelait pour lui reprocher de ne pas respecter les règles fixées par l'agence de rencontres. Elle exigeait que les *escort girls* lui téléphonent dix minutes après leur arrivée, après avoir vérifié qu'elles n'avaient pas affaire à un psychopathe.

— Elle veut savoir si tout se passe bien et si tu acceptes de régler les honoraires, expliqua-t-elle à Nick.

Elle s'efforçait, en vain, d'adopter un détachement tout professionnel. À en juger par la chaleur qui lui brûlait les joues, elle devait être rouge de honte, et elle osait à peine regarder Nick.

Par chance, le jeune homme semblait s'attendre à ces formalités sordides.

— Ah, oui, bien sûr...

Pétrifiée, Alex le vit compter les billets, puis les poser avec tact près de son bras. Cher vieux Nick, songea-t-elle, toujours aussi délicat. Les lèvres pincées, elle assura à la Suédoise que tout se déroulait pour le mieux et qu'elle la préviendrait au moment de son départ.

— Désolée, balbutia-t-elle, après avoir raccroché. Tu sais, ça fonctionne un peu comme un compteur de taxi... Enfin, tu vois... Hum...

Elle baissa la tête, à court d'inspiration. Nick remplit de nouveau son verre et le plaça dans sa main tremblante. Elle leva les yeux, reconnaissante, mais lorsqu'elle constata qu'il souriait, elle sentit soudain sa gorge se nouer.

— Espèce de salaud ! Tu trouves ça drôle ?

— Écoute, Alex, je suis désolé. J'essayais seulement de détendre un peu l'atmosphère.

— Eh bien, ne te donne pas cette peine.

— Et si on faisait comme si c'était un de tes… rendez-vous ordinaires ? suggéra-t-il.

— Quelle bonne idée ! rétorqua Alex d'un ton railleur.

Elle se contenta de marmonner ces quelques mots, de peur que sa voix tremblante ne trahisse l'étendue de son humiliation et ne lui ôte les derniers vestiges de sa dignité. Pour Nick, ce n'était pas grave. C'était lui qui tenait les rênes, du moins en théorie. Il avait payé, et cela lui donnait un sacré avantage sur elle. À l'idée de ce qu'il attendait d'elle en échange, elle frémit. Soudain, une pensée cohérente se forma dans son esprit en ébullition.

— J'aimerais bien savoir comment tu as obtenu le numéro de l'agence.

Nick avait prévu cette question. Aussi répondit-il, avec toute la sincérité dont il était capable :

— Eh bien, pas dans l'une des cabines sordides d'un sex-shop, si c'est ce à quoi tu penses. Je te jure qu'il s'agit d'un pur hasard. L'autre jour, j'ai pris un taxi pour me rendre à une séance photo et, sur le siège, j'ai trouvé une carte que quelqu'un avait sans doute oubliée. J'ai d'abord cru que c'était la carte d'une société de taxis, puis, en y regardant de plus près, je me suis aperçu qu'il s'agissait d'autre chose. En fait, ce n'était pas très clair, alors j'ai téléphoné, par simple curio-sité.

Alex fut soulagée. Pourtant, un zeste de méfiance subsistait encore en elle.

— Donc, en appelant l'agence, tu ne savais pas sur quoi tu allais tomber ?

— Absolument pas. Et quand je l'ai découvert, j'ai vite raccroché, tu peux me croire. Puis j'ai réfléchi et… Enfin, voilà. Je suppose que c'est toi que j'ai décrite – inconsciemment, bien sûr – lorsqu'on m'a demandé quel genre de femme je recherchais.

Il y eut un silence éloquent. Nick était sur des charbons ardents. Alex allait-elle se satisfaire de son explication ? Elle lui jeta un coup d'œil froid et inquisiteur, mais elle finit par hocher la tête, apparemment convaincue par son histoire qui, comme tous les bons mensonges, contenait une part de vérité. Alex aurait été horrifiée d'apprendre qu'elle avait fait tomber cette carte en farfouillant dans son sac à main et que Nick l'avait trouvée par hasard dans la salle de bains de Simon. Quant au reste… Eh bien, il ne lui avait pas été très difficile de décrire la personne qui semblait occuper la majeure partie de ses pensées. À présent, il ne lui restait plus qu'à mettre à profit cette soirée pour la conquérir.

Il lui adressa un regard plein d'espoir.

— Tu as faim ? J'ai réservé une table pour 20 h 30.

— Pour être honnête, tout ça m'a coupé l'appétit. Écoute, Nick, tu ne peux vraiment pas te permettre… Enfin, je veux dire, moi, le dîner…

En le voyant se rembrunir, Alex s'interrompit, confuse. De toute évidence, elle l'avait blessé dans son amour-propre. Nick se détourna et alla s'asseoir sur un petit canapé.

— C'est mon problème. Mais je n'ai pas très faim non plus, alors on pourrait rester ici et discuter, suggéra-t-il en lui faisant signe de le rejoindre.

Alex hésita une seconde. Cette perspective était encore plus déstabilisante qu'un dîner en tête à tête, mais Nick avait payé pour qu'elle lui consacre un peu de son temps. De plus, sa curiosité commençait à prendre le pas sur son embarras. Pourquoi Nick faisait-il appel aux services d'une agence d'*escort girls* ? Pour se prouver quelque chose ? Pour tenter une nouvelle expérience ? Quoi qu'il en soit, elle allait lui en donner pour son argent. Elle s'assit en face de lui et déclara d'un ton enjoué, mais pas du tout naturel :

— Très bien. Bavardons.

Un silence pesant suivit cette déclaration. Alex cherchait fébrilement quelque chose à dire. Au moment exact où elle reprit enfin la parole, Nick ouvrit également la bouche.

— Nick, je crois vraiment que…

— Écoute, si on…

Le sourire de Nick apaisa un peu la nervosité de la jeune femme.

— Vas-y, Alex. Les dames d'abord.

— Tu me considères toujours comme une dame ?

Alex avait parlé d'un ton léger, mais Nick ne tomba pas dans le panneau. Il répondit avec douceur et sincérité :

— Mais oui, je te considère toujours comme une dame. Qu'est-ce que tu allais dire ?

Prise au dépourvu par sa gentillesse, Alex demanda sans réfléchir :

— Tu as l'intention d'en parler à Simon ?

Cette suggestion parut le sidérer.

— Bien sûr que non. Je ne vois pas en quoi cette soirée le concerne.

— Vraiment ?

Elle le regardait fixement. Nick ne se démonta pas. Durant ces derniers mois, il avait appris à connaître Simon. Son colocataire était peut-être un propriétaire merveilleux et un patron formidable, mais c'était aussi un obsédé de la surveillance, l'uniforme en moins, surtout quand il s'agissait d'Alex. Simon semblait considérer que, parce qu'ils avaient grandi ensemble et qu'il était pour elle une sorte de grand frère, il avait certains droits sur Alex.

— Ça n'a rien à voir avec lui, insista Nick. En tout cas, ce n'est pas moi qui divulguerai ton secret. Toutefois, j'estime que tu me dois quelques explications.

À ces mots, les yeux d'Alex se mirent à pétiller d'indignation.

— Foutaises ! Je ne te dois rien du tout, à part deux ou trois heures de mon temps. Je pourrais me contenter de rester assise à ne rien dire jusqu'à 22 heures, et tu aurais tout de même obtenu ce pour quoi tu as payé.

— C'est ainsi que tu traites tous tes… clients ?

— Puisque tu tiens à le savoir, oui. Ils n'ont droit qu'au plaisir de ma compagnie et de ma conversation, et je peux t'assurer que je ne leur offre jamais rien de plus.

Alex le fixa, la tête haute, l'air très digne. Elle ne l'aurait pas juré mais, pour une raison inconnue, Nick parut soudain très soulagé.

Celui-ci ne laissa pourtant pas tomber le sujet, bien décidé à aller au fond des choses.

— Mais pourquoi diable fais-tu ça ? Je veux dire, une fille comme toi… Enfin, tu as un métier. Tu gagnes assez d'argent pour payer tes factures et le reste, alors pourquoi ?

Il s'efforçait de ne pas parler d'un ton réprobateur, de peur que la jeune femme ne se braque un peu plus.

Alex émit un petit rire amer.

— Ah, oui, pour ça, j'ai un métier ! Un métier qui me paie de quoi manger et qui me prend la tête. Je voudrais démissionner et avoir le temps d'écrire un grand roman. J'aimerais pouvoir acheter ma liberté. Pour cela, il faut que je gagne un paquet d'argent. Faire des extra pour une agence de rencontres est la seule solution que j'aie trouvée. Tu connais beaucoup de boulots qui paient grassement une diplômée en lettres, toi ?

Sur ce point, Nick devait admettre qu'elle avait raison. Mais il lui restait une pièce du puzzle à mettre en place.

— Et qu'en pense machin, tu sais, cet imbécile de banquier avec qui tu sors ? Il ne peut pas te dépanner ? Je suis sûr qu'il a assez de fric pour t'entretenir.

Cette perspective déplaisait fortement à Nick, pourtant il avait besoin d'être fixé.

— Ce serait la même chose que ce que je suis en train de faire, non ? Au moins, ça me paraît plus honnête, de cette façon. C'est mon argent. Je le gagne par mes propres moyens. Et je travaille dur, je peux te le dire.

— J'imagine…

Elle se tourna vivement vers lui. Ses yeux flamboyaient.

— Non, Nick, tu ne peux pas imaginer ce que c'est que de rester assise pendant des heures auprès d'un vieil abruti tout décati, à faire semblant de boire ses paroles et d'être en adoration devant lui. C'est pour ça qu'ils me paient, en réalité : pour se donner l'illusion qu'une fille comme moi pourrait un jour succomber à leur charme, et non à leur argent.

— Tu es en train de m'expliquer que tu ne couches avec aucun de ces types ? Allons, Alex, on n'est plus au XIXe siècle, tu sais.

— Et alors ? Je leur dis que c'est mon choix et que j'ai besoin de connaître un homme et de lui faire confiance avant d'aller plus loin avec lui. Ils ne peuvent pas se plaindre. Officiellement, ils n'achètent que mon temps. Le reste ne dépend que de moi. C'est pourquoi je préfère avoir affaire aux vieux. Ils sont ravis que je veuille passer plus de temps à faire connaissance avec eux, et ils sont assez démodés pour apprécier mon numéro de vierge effarouchée.

Je veille simplement à ne jamais tomber deux fois sur le même client.

Pas totalement convaincu, Nick insista :

— Et ils acceptent ces conditions ?

— Je te jure que oui. J'ai fini par apprendre l'art de battre des cils et de jouer les mijaurées. Ces vieux imbéciles s'y laissent prendre à chaque fois.

Elle pensait peut-être garder le contrôle de la situation en toutes circonstances, mais Nick ne parvenait pas à masquer son inquiétude grandissante.

— Tu devrais faire attention. Parmi ces vieux imbéciles, comme tu dis, il y a sûrement des gens louches. Et puis, l'agence va finir par en avoir marre que tu passes ton temps à repousser tes clients. Ne te méprends pas, je ne suis pas en train de te conseiller de coucher avec eux, mais tu joues avec le feu.

Cet interrogatoire par trop indiscret commençait à agacer Alex.

— Écoute, ils demandent toujours à me revoir, ce qui suffit au bonheur de l'agence. Tant qu'ils encaissent leur commission, ils se moquent de ce que je fais. Je dois simplement veiller à ce que les clients soient satisfaits. Et ils le sont. Ils essaient toujours d'obtenir un nouveau rendez-vous, dans l'espoir de conclure.

— Ce doit être dur de résister à la tentation, quand on t'offre encore plus d'argent, commenta Nick, d'un ton sec.

— Et tu es bien placé pour en parler, n'est-ce pas, avec toutes ces vedettes de la mode et ces gens richissimes que tu côtoies chaque jour ? rétorqua Alex du tac au tac. Tu sais d'expérience combien c'est difficile de dire non à des propositions alléchantes. N'essaie pas de me faire croire que ça ne t'est jamais arrivé, Simon m'a raconté un tas d'anecdotes croustillantes. Nous évoluons tous les deux dans un milieu qui se nourrit d'illusions, Nick. La différence, c'est que je mets un point d'honneur à ne jamais promettre plus que je ne veux donner. Peux-tu honnêtement en dire autant ?

Ses commentaires acerbes semblèrent faire mouche, même si Nick parut plus étonné que peiné par ses attaques. En tout cas, cela ne le déstabilisa pas assez pour qu'il abandonne le sujet, et il reprit avec un calme étonnant :

— Oui, mais là n'est pas la question. À un moment donné, tes clients doivent perdre patience. Après tout, ils espèrent obtenir d'autres plaisirs que celui de ta conversation, non ?

La jeune femme réprima une réplique énervée et tenta d'imiter son attitude détachée.

— C'est vrai, admit-elle. Mais les pages jaunes regorgent d'agences de rencontres, tu sais. Quand je veux partir, je leur raconte que je vais me marier avec un ancien petit ami et que je raccroche les gants. C'est fou ce qu'ils peuvent être sentimentaux, ces types-là. En général, ils me souhaitent bonne chance, avant de me dire qu'ils aimeraient me revoir si jamais je divorce.

Sur ces mots, Alex lui tendit son verre vide, en affichant l'air satisfait d'un enfant précoce qui vient de clouer le bec à un adulte. Le regard accusateur de Nick s'adoucit, ses épaules s'affaissèrent. Il la croyait. Alex n'avait aucune raison de lui mentir. En fait, après deux verres de champagne, elle avait tendance à dire la vérité avec une brutalité sidérante.

— Maintenant que tu sais ce que je fabrique dans cette chambre, tu veux bien m'expliquer ce que tu fais là, toi ? demanda-t-elle.

Pris au dépourvu, Nick préféra rester dans le vague.

— Eh bien, disons que j'ai quelque chose à me prouver.

— Je m'en doutais ! s'exclama-t-elle, l'air triomphant.

— Alex, tu garderas ça pour toi, d'accord ? C'est vraiment dur pour moi, sans compter que c'est sur toi que je suis tombé. Jure-moi de n'en parler à personne.

En voyant l'expression pleine de sympathie et de curiosité d'Alex, Nick sut qu'il avait visé juste. Sous l'apparence froide et élégante de la jeune femme se cachait un cœur naturellement compatissant.

— Alex, je ne sais pas très bien comment te dire ça, mais depuis un certain temps, je me pose pas mal de questions à propos de… Enfin, tu vois…

À la fois fascinée et horrifiée, Alex opina du bonnet pour l'encourager à parler. Lorsqu'il baissa la tête – qu'il avait superbe – le pouls de la jeune femme s'emballa.

— Allez, Nick, fit-elle, tandis qu'il se tordait les mains, l'air terriblement gêné. Tu sais que tu peux me le dire... Tu peux tout me dire. Vas-y. Essaie.

Ses encouragements semblèrent le rassurer un peu. En réalité, Nick redoutait le faux pas. S'il en faisait trop, il perdrait la jeune femme à jamais. S'il n'en disait pas assez, elle risquait de penser qu'il ne cherchait qu'à passer une nuit avec elle.

— Bon, voilà. Je ne suis pas certain d'être encore capable de le faire correctement. Enfin, tu comprends... Je veux parler de sexe.

Alex n'en croyait pas ses oreilles. Cet homme gentil, drôle, beau, en qui beaucoup – à commencer par Simon – voyaient un véritable apollon, était en train de lui raconter qu'il doutait de ses performances au lit.

— Nick, ma question va sans doute te sembler stupide, mais pourquoi est-ce à moi que tu t'adresses ? Pourquoi pas à Simon ou... à un autre ? ajouta-t-elle, hésitante.

Tout cela était bien étrange. Était-il possible que Nick ait des doutes sur ses préférences sexuelles ? En tout cas, ce problème ne s'était jamais posé avec les autres conquêtes de Simon. Il fallait reconnaître que les hommes résistaient rarement à son charme, pour peu qu'ils partagent ses goûts. En outre, Simon avait l'habitude d'obtenir ce qu'il voulait. Or, il voulait Nick plus que tout au monde. Pour une fois, cependant, les choses ne se déroulaient pas aussi facilement qu'il l'aurait souhaité.

Nick posa sur elle un regard perplexe.

— Une femme est quand même mieux placée pour m'aider, tu ne crois pas ?

Il savait qu'Alex et Simon étaient très proches, mais pourquoi fallait-il qu'elle parle de lui à chaque instant ? Elle avait l'air de croire que Simon détenait les réponses à toutes les questions, ce qu'il trouvait plutôt agaçant. Le photographe avait beau être serviable et attentionné, c'était assurément la personne la moins apte à donner des conseils d'ordre sexuel et sentimental à un hétérosexuel.

Alex haussa les épaules.

— Eh bien, tu as sans doute raison. Les femmes savent mieux écouter et...

— Et quoi?

Nick leva la tête et la regarda intensément. Alex cacha sa gêne en vidant son verre d'une traite, puis elle tendit la main pour se resservir.

— Merde, la bouteille est vide.

Nick sourit et décrocha le téléphone.

— Ce n'est pas grave. Je vais en commander une autre.

— Nick, tu n'as pas les moyens de...

Le regard furibond du jeune homme la fit taire. Pour une raison qu'elle ne s'expliquait pas, Nick semblait avoir décidé de lui donner une fausse idée de sa situation financière. Elle avait beau trouver cela puéril, elle ne put s'empêcher d'admirer l'aisance avec laquelle il s'adressa au service d'étage. Nick avait beaucoup voyagé, se rappela-t-elle alors, et sa période de modèle pour photos de mode l'avait probablement conduit dans bien des hôtels de luxe. Cette facette sophistiquée de son compagnon lui parut soudain très séduisante.

Elle dut le fixer un peu trop longtemps, car Nick parut gêné.

— Pourquoi me regardes-tu comme ça? demanda-t-il.

Quelle idiote! se morigéna-t-elle. Voilà qu'elle se pâmait devant lui comme une midinette!

— Je te regarde normalement, répliqua-t-elle. Euh... écoute, il faut que j'aille aux toilettes. Excuse-moi.

Dans l'espoir de retrouver un semblant de calme, elle se leva, un peu chancelante, et se dirigea vers la salle de bains. Une fois à l'abri derrière la porte close, elle se permit un soupir de soulagement. En remarquant ses joues rouges et ses yeux brillants dans le miroir, au-dessus du lavabo, elle se dit qu'elle méritait des gifles.

— Espèce d'imbécile... Ce pauvre garçon veut sans doute se confier à toi. Il a besoin d'une oreille amie. Surtout, ne fais pas de bêtises. Enfin, il ne va rien se passer, de toute façon. Simon te tuerait si jamais...

— Ça va?

La voix de Nick la fit sursauter.

— Oui, oui! J'arrive! lança-t-elle d'un ton enjoué.

Tout en priant pour que les paroles qu'elle s'était marmonnées à elle-même n'aient pas filtré par la porte de la salle de bains, elle tira la chasse d'eau et se foudroya du regard dans le miroir. Enfin, elle plaqua sur son visage un sourire crispé et revint dans la chambre. Presque aussitôt, on frappa discrètement à la porte.

En général, les clients d'Alex étaient toujours nerveux face aux employés du service d'étage, mais Nick demeura parfaitement impassible. La jeune femme calqua son attitude sur la sienne, tandis qu'un jeune homme entrait sans faire de bruit. Il reçut un pourboire princier, puis il ressortit, laissant Nick et Alex seuls avec une situation ingérable.

Nick déboucha la nouvelle bouteille et remplit le verre de la jeune femme plus généreusement que le sien.

— Je suppose que tu n'as rien dit à Richard de ce boulot d'appoint, reprit-il.

Cette idée arracha une grimace à Alex, et Nick hocha la tête. Le peu qu'il avait vu de Richard n'avait fait que confirmer l'opinion de Simon : c'était un arriviste doublé d'un prétentieux.

Alex haussa les épaules, comme pour chasser Richard de son esprit, et afficha un sourire un peu trop radieux pour être honnête.

— Toi et moi, on est des imposteurs, en quelque sorte.

— Pourquoi dis-tu cela ? demanda Nick, le souffle court.

— Eh bien, chacun de nous a son petit secret. Mais je ne suis pas vraiment dans mon élément, ici, et je suis certaine que toi non plus. En fait, toute cette histoire est un peu… bizarre.

Nick, désireux de gagner du temps, demanda :

— De quoi parles-tu ? De la situation ou du fait qu'il s'agisse de toi et moi ?

— Les deux, je suppose. C'est étrange qu'on se retrouve là tous les deux, non ?

— Pourquoi ?

Ils en arrivaient à un point crucial. Nick avait beau lutter pour contenir son impatience et son appréhension, il savait que sa voix était tendue.

— Eh bien… parce que…

— Parce que l'idée qu'il se passe quelque chose entre nous te paraît totalement ridicule ?

Voilà, il l'avait dit. Nick dévisagea la jeune femme et vit divers sentiments se peindre brièvement sur ses traits : la stupéfaction, puis un certain trouble. En pensée, il croisa les doigts, plein d'un espoir insensé, tel un joueur qui vient d'abattre sa dernière carte.

De son côté, Alex se demandait où il voulait en venir. Elle chercha les mots justes, soucieuse de ne pas détruire le peu d'assurance qui semblait rester à Nick, et répondit prudemment :

— Je crois que tu es un peu désorienté en ce moment, Nick.

Au contraire, jamais il n'avait eu les idées aussi claires. Il ne savait pas s'il rougissait parce qu'il se sentait coupable ou parce qu'il était excité, mais c'était la seule chose dont il ne fût pas sûr.

— Pas du tout, répondit-il. Pour moi, c'est très simple. Je te trouve superbe, vraiment belle. Et tu es vraiment trop bien pour Richard.

Voilà donc où il voulait en venir ! Alex sentit la colère bouillonner en elle. Seigneur, les hommes étaient si transparents ! C'était une tentative de plus pour lui faire ouvrir les yeux sur Richard. Certes, c'était la plus élaborée de toutes. Nul doute que Simon avait tout manigancé pour essayer de la séparer de Richard. Son soi-disant ami avait certainement financé l'opération avec sa carte de crédit. Rien que pour ça, Alex avala un nouveau verre de champagne, bien décidée à lui faire payer très cher sa petite combine.

— Je vois.

Nick avait espéré une réaction plus enthousiaste, mais il continua tout de même :

— Et moi ?

— Quoi, toi ?

Pourquoi faisait-elle semblant de ne pas comprendre ? Mais Nick n'était pas homme à abandonner la partie pour si peu, aussi persévéra-t-il.

— Qu'est-ce que tu penses de moi ?

— Je te trouve vraiment adorable, Nick. Et je suis sûre que le… problème que tu rencontres est tout à fait provisoire.

Alex but une nouvelle gorgée de champagne et lui adressa le plus glacial des sourires forcés. Nick comprit qu'il s'était emballé un peu vite. En adoptant ce ton fraternel, Alex semblait vouloir ériger une barrière entre eux, et il se demandait bien pourquoi. De toute évidence, quelque chose l'avait effrayée, et elle s'en défendait en manifestant la même compassion qui avait fait naître un espoir fou en lui, tout à l'heure. Déconcerté par sa réaction, il décida de lui ouvrir son cœur.

— Tu ne me crois pas, constata-t-il. Tu as l'air de penser que j'ai tout inventé. Tu me prends pour qui ? Pour un taré particulièrement pervers ?

Son désespoir s'entendit dans sa voix. Alex s'adoucit aussitôt. Elle se pencha en avant et serra sa main dans la sienne.

— Non, non, bien sûr que non ! Je suis désolée, Nick. C'est ridicule, je sais, mais je me demandais si Simon ne t'avait pas poussé à faire ça et...

Il la regarda comme si elle avait perdu la raison.

— Simon ? Tu es dingue ? Je te l'ai dit, il n'est au courant de rien. S'il l'apprenait, il viendrait frapper à cette porte en exigeant de savoir ce qui se passe.

— C'est certain, admit Alex d'un ton absent, distraite par la chaleur de sa main dans la sienne.

Tout aussi troublé par le contact de sa peau, Nick s'efforça de rassembler ses esprits. Il lui fallait encore aborder un sujet délicat.

— À propos de Richard...

— Oh, ne t'inquiète pas pour lui ! S'il nous découvrait ensemble, il se contenterait sans doute de nous donner à tous les deux un coup de journal sur la tête. De toute façon, nous ne faisons rien de mal.

Pas encore, songea Nick.

— Bien sûr, mais d'autres personnes risqueraient de s'imaginer des choses, insista-t-il. Tu sais comment sont les gens.

— Quelle importance ? Allez, passe-moi ton verre. Je crois que tu as besoin d'un petit coup de champagne. Je te trouve vraiment sobre, ce soir.

Et il n'allait certainement pas s'enivrer. Il n'avait pas envie de s'effondrer au dernier obstacle, victime de ses propres excès. Quand le moment viendrait, il voulait que tout soit parfait. Tandis qu'Alex remplissait un verre qu'il n'avait pas l'intention de boire, Nick remarqua que la jeune femme avait les joues roses et les yeux plus pétillants que jamais. Alex avait toujours très bien supporté l'alcool, qui la rendait simplement plus tendre à mesure que chaque verre abaissait ses barrières. C'était d'ailleurs là-dessus qu'il comptait pour parvenir à ses fins.

— De toute façon, cette espèce de bonnet de nuit de Richard est à Genève pour un congrès financier. Ils vont encore agiter des bouts de papier dans tous les sens, histoire d'empocher un peu plus de fric.

Nick imaginait très bien Richard en train de conclure ses affaires. Il s'efforçait probablement de ne laisser transparaître aucune émotion sur les traits suffisants de son large visage.

— Ce doit être formidable d'être plein aux as, commenta-t-il.

Mais c'était affligeant de manquer à ce point de personnalité, ajouta-t-il en lui-même. Il ne comprenait vraiment pas ce qu'Alex faisait avec un homme aussi ennuyeux, à côté de qui le plus sinistre des croque-morts paraissait furieusement sexy.

La jeune femme soupira.

— Richard est trop occupé à gagner de l'argent pour en profiter. Mais je dois admettre qu'il se montre toujours très généreux, ajouta-t-elle, en songeant aux efforts que Richard avait déployés pour la séduire.

Déstabilisé par ce commentaire élogieux, Nick versa de nouveau du champagne dans le verre de la jeune femme, dans l'espoir que l'alcool l'empêcherait de penser à son rival. Malgré le délicieux brouillard qui commençait à envahir son cerveau, Alex remarqua que Nick était bien plus prompt à remplir son verre que le sien. Elle protesta, sans grande conviction :

— Tu essaies de me soûler pour profiter de moi ?

— Ce serait bien...

Il s'était exprimé d'un ton badin, et son petit sourire était presque rassurant. Presque. Alex avait de plus en plus de mal à se concentrer. Mais à quoi bon chercher à savoir s'il était sérieux ou pas ? Elle trinqua joyeusement avec lui.

— Tu vois, ton Richard n'est pas le seul à pouvoir t'offrir du champagne. Et je parie que tu n'as jamais passé une telle soirée avec lui.

— Ça me change, en effet. Tu es bien la dernière personne que je m'attendais à...

Nick ne savait s'il devait être offusqué ou amusé par ce commentaire.

— Qu'est-ce que tu veux dire, au juste ?

— Toi, moi, tout ça... balbutia-t-elle avec un geste désinvolte de la main.

Elle fut soudain prise de fou rire. Nick songea à tout ce que cette situation avait d'incongru et de ridicule, et il se sentit étrangement heureux. Enfin, ils commençaient à se détendre. Étant donné la façon dont la soirée avait débuté, il avait craint que cela ne se produise jamais. Il en profita pour tendre une main vers elle.

— Alex, approche. Non, ne me regarde pas comme ça. Je ne vais pas te sauter dessus. Ce serait simplement plus facile de discuter sans cette maudite table entre nous.

Alex éprouva un pincement de déception inexplicable, mais elle vint s'affaler à côté de lui. D'un geste rageur, elle ôta ces talons aiguilles qu'elle détestait et replia les jambes avec une sensualité qui laissa Nick sans voix. À ce rythme-là, il allait avoir le souffle coupé avant même d'avoir commencé à l'embrasser.

— La fidélité est un concept qui ne te tracasse pas outre mesure, hein ? railla-t-elle, comme pour se défendre contre l'attrait qu'il exerçait sur elle.

Il la dévisagea gravement, avant de répondre :

— En fait, si. D'ailleurs, tu peux parler. C'est toi qui es casée, je te rappelle.

Cette allusion à sa propre immoralité troubla la jeune femme, si bien qu'elle ne réfléchit pas au sens de cette dernière remarque.

— Richard est très jaloux. Il est persuadé que je fais des folies de mon corps pendant qu'il est enchaîné à la Bourse.

— Ses soupçons sont fondés, non ?

Alex rougit de colère.

— Tu es injuste ! Je t'ai dit que je ne passais jamais à l'acte avec mes clients. Je ne leur accorde rien, pas même un baiser. Pour moi, c'est du boulot, point final, et je ne perds jamais la tête quand je travaille. S'il y a une chose que j'ai apprise en sortant avec Richard, c'est bien le sang-froid.

— Je me demande pourquoi tu restes avec lui. Tu es belle, intelligente. Tu pourrais avoir n'importe qui.

— Oui, bon, fit-elle, les épaules voûtées. Tout ce que j'ai à offrir, c'est un immense potentiel inexploité.

— Je sais ce que tu ressens.

À son tour, Nick parut effondré, mais Alex lui tomba dessus avec une indignation justifiée.

— Arrête de dire n'importe quoi. Tes photos sont vraiment excellentes. Tout le monde sait qu'il te suffit d'un scoop pour percer dans le métier. Demande à Simon. Il a mis des années pour y arriver, mais regarde où il en est, à présent. Du fric, un bel appartement, un colocataire formidable…

Nick ne remarqua même pas les derniers mots d'Alex. Tel un rottweiler en rut, il fonçait vers son objectif et ne voyait rien d'autre. Il était prêt à tout, même à enfreindre la loi, pour qu'Alex ouvre les yeux sur Richard, un homme pour qui les cravates ridicules constituaient le summum de l'expression de soi. Eh bien, Richard n'avait qu'à trouver une autre femme pour admirer ses nœuds de cravate.

— Cesse de détourner la conversation et écoute-moi. Tu n'as pas besoin de trahir ce que tu es, Alex. Tu n'as pas à t'engager avec quelqu'un comme Richard uniquement parce qu'il t'offre la sécurité matérielle. Comment peux-tu songer à vivre jusqu'à la fin de tes jours avec un homme qui assortit ses chaussettes à ses cravates et qui les range par couleur, nom de Dieu ?

Elle posa sur lui un regard étonné et admiratif.

— Comment as-tu deviné qu'il faisait ça ?

— Il suffit de le regarder pour le savoir. Et arrête de te défiler. Qu'est-ce que tu fais de tes ambitions et de ton talent, dans cette histoire ? Simon ne cesse de répéter que tu écris très bien, que tu possèdes un vrai don pour ça. Que deviendront tes rêves, si tu choisis la solution de facilité en restant avec Richard ? C'est bizarre, mais je ne t'imagine pas du tout en épouse d'homme d'affaires, ni en mère de la progéniture aux bonnes joues roses de Richard. Réfléchis un peu. Encore quelques années, et tu partiras en week-end à la campagne, au volant de ta Volvo…

— Assez parlé de moi et de Richard, coupa la jeune femme. Tu n'as pas de leçons à me donner. Tu ne me feras jamais croire que ta vie amoureuse n'est pas compliquée. Sinon, tu ne serais pas là.

Alex conclut cette réplique en lui jetant son regard le plus noir. Un silence pesant s'installa entre eux. Déterminée à ne pas être la première à reprendre la parole, elle fixa un point au loin et laissa son esprit vagabonder. Pourquoi les hommes bien avaient-ils toujours un défaut rédhibitoire ? Nick, par exemple. N'était-il pas bourré de qualités ? Beau, doué, gentil, adorable… mais gay. C'était vraiment injuste. Simon avait un instinct infaillible pour reconnaître un gay quand il en rencontrait un, aussi ne pouvait-elle pas se faire d'illusions.

Finalement, Nick brisa le silence, la tirant de ses sombres pensées.

— En fait, je n'ai pas vraiment de vie amoureuse. Du moins, pas au sens où tu l'entends.

Avec tout le tact dont elle était capable, Alex demanda :
— Et Simon ?

Quoi, Simon ? Il se montrait amical et généreux, mais Nick ne voyait là qu'une expression de son âme d'artiste. Son propriétaire et patron avait l'esprit ouvert et une nature chaleureuse. Toutefois, s'il avait osé l'effleurer ou lui dévoiler une partie de son anatomie, le sang aurait coulé sur l'élégant parquet ciré de son appartement.

— Je ne vois pas où tu veux en venir, dit-il. Mais si tu tiens à le savoir…

— Non !

Alex fut étonnée par sa propre véhémence, mais elle ne pouvait supporter de l'entendre lui révéler des détails sordides sur sa vie intime. Quoi que Nick et Simon puissent faire ensemble, elle préférait l'ignorer.

— J'allais simplement te dire que...

La jeune femme se détourna et enfouit la tête dans les coussins du canapé.

— Non, vraiment, Nick. Je regrette de t'avoir posé la question. Ça ne me regarde en rien.

— Alors que ma vie sexuelle, si ? Écoute, je ne voulais pas t'en parler, mais la vérité, c'est que je ne... Tu sais...

Ces paroles la firent surgir de sa cachette. Elle déglutit péniblement, puis elle parvint à bredouiller :

— Tu veux dire que tu ne... que tu ne fais rien, sur ce plan-là ?

— Je n'ai strictement rien fait depuis mon séjour en Extrême-Orient. Tu connais le proverbe : « Chat échaudé craint l'eau froide. » Je croyais que cette histoire durerait toute la vie, mais elle s'est mal terminée. Un vrai gâchis. Et je ne suis pas attiré par les rencontres d'une nuit. Alors, depuis, je lèche mes blessures. Du moins, c'est ce que je me dis. On pourrait aussi considérer que je me conduis comme un lâche. Parfois, j'ai l'impression que je n'ai plus aucune confiance en moi.

— Ce n'est pas une question de lâcheté. Tu n'as pas rencontré la bonne personne, voilà tout.

Comment réagirait Simon en apprenant que Nick était chaste depuis des mois à cause d'un gros chagrin d'amour ? se demanda Alex, le cœur serré. Tel qu'elle le connaissait, cela ne ferait que renforcer sa détermination.

— Tu dois me prendre pour un vrai crétin, hein ?

Un crétin, non, mais certainement une grosse perte pour la gent féminine. Alex n'avait qu'à regarder son sourire timide pour que son cœur se mette à battre la chamade. Face à Nick, elle se sentait complètement désarmée. Mais elle préféra se dire que c'était la détresse de cet homme qui la touchait, plutôt que d'analyser les véritables raisons qui l'empêchaient de respirer normalement.

— Nick, ne me dis pas que tu n'as pas trempé les doigts de pied dans l'eau depuis cette histoire. Il a bien dû y avoir au moins un petit baiser...

Il secoua la tête d'un air morne.

— Seigneur, c'est très gênant! soupira-t-il. Je n'arrive pas à croire que je te raconte tout ça. À vrai dire, je n'ai embrassé personne depuis presque deux ans. Et si tu veux savoir pourquoi, c'est parce que mon ex m'a informé en cadeau de rupture que j'embrassais comme un chiot affamé. Ce sont ses propres mots. Quant à mes prouesses sous la couette…

À son grand effroi, Alex crut déceler des larmes dans ses yeux d'un bleu limpide. En tout cas, ils étaient très brillants, et Nick fixait intensément un point à l'horizon, comme le font les gens qui cherchent à masquer leurs émotions.

En sentant sa main se poser doucement sur son bras, Nick leva la tête. Son cœur s'emballa quand il vit l'expression de la jeune femme. La professionnelle froide et distante avait disparu, laissant place à une femme au regard ému mais déterminé.

— Nick, je suis sûre que ces paroles ont été prononcées sous le coup de la colère. Je parie que tu embrasses très bien… Écoute, je sais que je ne suis pas ton genre, mais on pourrait… essayer… Enfin, tu vois, simplement…

— Eh bien, si tu crois…

Décidé à saisir l'occasion avant qu'elle ne change d'avis, Nick se pencha et posa ses lèvres sur les siennes. C'était incroyablement délicieux. Il sentit des frissons le parcourir et devina qu'Alex frémissait également. La toucher enfin était pour lui un bonheur indicible. Pourtant, il se força à arracher sa bouche de la sienne, désireux de ne pas paraître trop entreprenant. Techniquement, ce ne fut pas une expérience inoubliable, mais il régnait à présent entre eux des étincelles de désir inassouvi.

— Je crois… euh…

— À quoi tu penses? demanda Nick.

Au moment crucial, mieux valait miser sur les valeurs sûres. Il n'était pas fier de lui, mais il avait des excuses. Il était trop troublé pour trouver autre chose à dire.

Alex parut offusquée par la banalité de sa question.

— Je déteste qu'on me demande ça. Ça me donne toujours envie de mentir.

Mais Nick brûlait de connaître la réponse.

— Non, ne mens pas. Dis-moi exactement à quoi tu penses en cet instant précis.

— Je me disais que je ne voudrais pas me trouver ailleurs qu'ici.

— À part au lit, peut-être ?

Alex décida de prendre sa remarque à la légère. Une petite plaisanterie permettrait sans doute de dissiper la tension insupportable qui montait en elle.

— Avec un bon chocolat chaud ?

— Pas tout à fait.

Déconcertée par l'audace de Nick, Alex chercha une diversion. Ses yeux se posèrent sur la bouteille de champagne. Elle entreprit vaillamment de masquer sa nervosité grandissante en brandissant la bouteille avec insouciance, du moins l'espérait-elle.

— Encore un petit coup ?

Nick, qui réprimait avec peine sa frustration, tendit son verre en tremblant.

— Merci. Maintenant, reviens par ici. Voilà. On n'est pas mieux comme ça ?

Il l'attira de nouveau près de lui et l'enlaça négligemment. Alex eut l'impression de recevoir une décharge électrique dans tout le corps. Elle s'efforça, en vain, d'imiter son attitude décontractée. Avec une simplicité confondante, il se mit à lui caresser les cheveux. Peu à peu, Alex se laissa bercer par ses gestes et commença à se détendre. Elle aimait le contact doux de ses doigts. Sans réfléchir, elle se serra contre lui et leva la tête. Son sourire béat trahissait son plaisir. Elle flottait sur un nuage enivrant de volupté, elle avait les membres lourds, et sa raison avait disparu dans les profondeurs de sa conscience endormie.

Alors, il l'embrassa. Comme ça, sans prévenir, sans hésiter. Cette fois, il ne s'agissait pas d'un jeu. Il n'avait rien à prouver. Elle répondit à ce baiser sans retenue, comme si c'était la chose la plus naturelle au monde. Et ça l'était. Pas de dents qui s'entrechoquaient, pas de craquements dans le cou, pas de besoin gêné de continuer à parler, même avec une autre bouche collée à la sienne. Non, c'était un vrai baiser, sincère, authentique, totalement divin. Quand Nick abandonna ses lèvres et s'écarta, la jeune femme sentit quelque chose se briser en elle.

— Reste avec moi, Alex, je t'en prie.

— Je ne vais nulle part.

— Je veux dire, passe la nuit avec moi.

Pendant un long moment, elle le dévisagea. Pour la première fois de sa vie, elle comprenait ce qu'était la véritable intimité. Elle était capable de regarder Nick sans ressentir le besoin de masquer ses émotions sous une boutade. Elle n'éprouvait pas cette envie familière de dissiper la tension qui régnait entre eux par une plaisanterie ou une remarque cynique. Quant à repousser cet homme qu'elle désirait tant, elle s'en sentait incapable. En fait, elle devait se retenir pour ne pas ramper à ses pieds en le suppliant de faire ce qu'il voulait d'elle, du moment que c'était tout de suite. Mais elle comprit vite qu'elle n'aurait pas besoin d'aller aussi loin, car Nick se leva du canapé et tendit la main vers elle. Elle la prit sans hésiter et se laissa entraîner vers le grand lit, qui leur faisait de l'œil depuis le début de la soirée.

Nick commençait à glisser les mains sous sa robe quand un téléphone se mit à sonner faiblement, mais avec insistance. Dans un recoin embrumé de son esprit, Alex reconnut la sonnerie de son portable.

— Merde ! marmonna-t-elle en se redressant d'un bond. C'est cette foutue bonne femme de l'agence. Il n'est pas déjà 22 heures, tout de même ?

C'était pourtant le cas, et Alex allait devoir persuader Ulla que son rendez-vous était terminé, sinon celle-ci exigerait qu'elle lui verse une commission bien plus élevée.

— Ulla, salut, oui… En fait, je suis aux toilettes.

Elle se dirigea rapidement vers la salle de bains et ouvrit un robinet.

— Non, ça va. Je peux parler. Oui… Nous allons quitter le restaurant. Oui, très agréable. Non, en fait, il ne voulait rien de plus. Mmm… Eh bien, je l'ai trouvé un peu nerveux. Sans doute un bon candidat pour un second rendez-vous. Le genre qui préfère apprendre à connaître les gens avant de passer à l'étape suivante. Enfin, tu comprends. Oui, bien sûr… Je t'apporterai l'argent demain. Oui, je pars mainte-

nant. Je crois que j'ai trop mangé. Samedi soir ? Attends...
Je vais devoir... euh... vérifier dans mon agenda. Je te tiens
au courant. Super. Bon, à demain.

En sortant de la salle de bains, Alex croisa le regard
interrogateur de Nick et détourna les yeux d'un air coupable.

— J'avais complètement oublié l'agence... avec tout ça,
déclara-t-elle. Je suis censée téléphoner à la fin de la soirée et dire si je pars ou si je reste avec le client, afin de
régler la question de l'argent au cas où il y aurait un sup-
plément à payer.

— Tu restes.

Le bras décidé de Nick l'attira de nouveau vers lui, puis
sa bouche la fit taire, rendant toute explication inutile.
Chose étonnante, Alex parvint à se calmer presque aussitôt. Le contact du corps de Nick contre le sien et ses
mains qui la caressaient doucement lui promettaient tout
un monde de plaisir. Elle passa une main hésitante dans
son dos, puis elle s'attaqua aux boutons de sa chemise.
Soudain, Nick descendit la fermeture Éclair de sa petite
robe noire, avant de faire glisser le tissu le long de ses
hanches et de ses jambes. Fascinée par la chaleur de sa
peau contre la sienne, Alex ne pensa pas à rentrer son
ventre ou à placer ses cuisses sous un angle flatteur. Et
lorsque les mains de Nick entreprirent de lui ôter sa petite
culotte, elle oublia tout, hormis ce moment unique.

Nick se mit à déposer des baisers furtifs le long de son
corps, comme s'il voulait goûter la moindre parcelle de
sa peau. À mesure qu'il descendait, Alex frissonnait
davantage. Le désir qu'elle éprouvait pour lui annihilait
toute timidité, toute inhibition. Elle savourait chaque
détail de cet instant, jusqu'au léger picotement de sa
barbe naissante contre sa peau douce. Nick se révélait un
amant merveilleux, à la fois tendre et enjoué. Il n'y avait
aucune interruption gênée, aucune maladresse, pas la
moindre tentative de l'impressionner.

Alex était capable d'accomplir des prouesses au lit, et
cela lui arrivait souvent. Parfois, elle en retirait du plaisir.
Mais là, c'était autre chose. Il s'agissait avant tout d'un
échange sincère. Encouragée par la tendresse et les atten-

tions de Nick, elle lui prit la main et la guida sur son corps. Il se fit un plaisir de la satisfaire. Ils ondulèrent ensemble, parfois joueurs, parfois très sérieux. Dans ce lit, dans cette chambre, ils étaient seuls au monde, et ils ne pensaient plus qu'à eux deux. Rien ne pouvait atténuer leur passion, ni la culpabilité ni le remords. Durant cet instant d'éternité, ils surent qu'ils étaient faits l'un pour l'autre.

Submergée par le désir, Alex mourait d'envie de le sentir en elle. Elle l'attira vivement vers elle et répondit à sa question tacite par un baiser passionné et exigeant. Alors, il la prit par les hanches et la pénétra presque brutalement. Soudain, tout autour d'eux se tut. Leurs regards se croisèrent, exprimant un amour si brûlant qu'il se passait de mots. En réponse à son mouvement de hanches presque inconscient, Nick se mit à aller et venir en elle, d'abord lentement, puis de plus en plus vite, à mesure que montait leur plaisir. Et, pendant ces minutes parfaites, il ne cessa de l'observer, les paupières mi-closes, émerveillé par la beauté de son corps uni au sien. Chacune de ses courbes se dessinait dans la pénombre lorsqu'elle s'écartait pour mieux se plaquer contre lui. La profondeur de l'amour qui les unissait ne faisait que rendre leur abandon plus intense. Leurs sentiments n'étaient dictés ni par la raison, ni par les conventions, et ils se donnèrent l'un à l'autre en exprimant sans retenue leur désir. Quand ils atteignirent enfin l'extase, ils poussèrent ensemble un cri de joie.

Ensuite, Alex se blottit contre lui et savoura la caresse de ses mains dans son dos et sur ses épaules. Elle aurait voulu rester ainsi à jamais, seule avec Nick, à savourer leur bonheur. Jamais elle n'aurait cru connaître quelque chose d'aussi parfait. Richard lui faisait l'amour avec détachement, de loin, un défaut commun à bien des hommes de son espèce. Nick, lui, n'avait pas peur de ses émotions, ni de l'intimité. Il l'avait emmenée au-delà de ses hésitations et de ses complexes, vers un paradis de confiance et de détente. Un paradis où elle pouvait rire avec son amant, un paradis où avoir le ventre plat ne jouait strictement aucun rôle dans sa capacité à éveiller le désir de son partenaire et à lui donner du plaisir. Jamais elle ne s'était sentie aussi désirée, jamais personne ne l'avait acceptée ainsi, telle qu'elle était. Totalement satisfaite, le corps alangui par une fatigue bienfaisante, elle sombra dans le sommeil.

Près d'elle, Nick resta éveillé, seul avec ses pensées, à prier comme il ne l'avait jamais fait de sa vie.

2

Encore une journée passée devant l'écran de ce maudit ordinateur. Les yeux fatigués, le cerveau ramolli, Alex finissait de taper le courrier de Lydia. Celle-ci accumulait les dettes – ce qui était le comble, pour une consultante en gestion – si bien qu'il lui fallait ensuite se débarrasser de ses créanciers par tous les moyens imaginables. Alex ne comptait plus les fois où elle avait menti sans vergogne au téléphone, obéissant aux gestes frénétiques de sa directrice qui refusait de prendre un correspondant. Lydia avait la fièvre acheteuse. Cette dépendance était probablement la conséquence de son divorce un peu houleux, songeait Alex, qui se serait elle-même volontiers adonnée plus souvent à cette drogue, si son modeste salaire le lui avait permis.

Plus que trois heures de calvaire, et elle pourrait rentrer chez elle boire un bon verre de vin et savourer un plat acheté chez le traiteur. Ensuite, elle passerait la soirée sur le canapé, à regarder quelques cassettes. Richard était une fois de plus parti aux États-Unis pour assister à un congrès de banquiers, elle était donc libre de se laisser aller.

D'ailleurs, pourquoi ne pas en profiter pour organiser un dîner bien arrosé avec Simon et Nick ? se dit-elle soudain. Elle se demandait comment les choses se déroulaient entre les deux hommes. Les appels téléphoniques de Simon au bureau se faisaient plus rares, signe que tout allait pour le mieux. Alex devinait l'évolution des liaisons de Simon au temps qu'il passait à s'épancher au téléphone et à lui déverser dans les oreilles ses peines de cœur et ses doutes. Combien de fois était-il tombé amoureux pour toujours ?

Combien de fois avait-il trouvé l'homme de sa vie ? Or, chaque fois, l'ennui s'était installé, et l'amour éternel s'était épuisé en quelques semaines, voire en quelques jours, dans le pire des cas. Les aventures de Simon ne duraient jamais très longtemps. Cependant, le photographe ne se montrait jamais cruel. C'était l'un des hommes les plus généreux et les plus charmants que tous ces ravissants jeunes gens pouvaient espérer rencontrer. Malheureusement pour eux, Simon était aussi doté d'un esprit acéré et d'une intelligence vive, qui exigeaient plus que la conversation habituelle du *bimbo* masculin moyen.

Alex fit la moue en se rappelant un garçon d'une beauté spectaculaire, qui ne jurait que par les films d'action et considérait les films d'auteur avec une suspicion singulière. Un jour, Simon avait avoué à Alex que, selon lui, l'aversion de Chad pour les sous-titres était liée à son incapacité à lire autre chose que la une des journaux à sensation. À regret, Alex avait dû admettre qu'il avait raison. Quel dommage d'avoir une plastique parfaite et la profondeur d'une amibe ! Simon avait tout de même eu du mal à s'arracher à ce qui devenait une dépendance physique, mais, par chance, il avait dû partir pour une séance photo à Antigua. À son retour, il avait trouvé Chad en compagnie du coiffeur, ce qui l'avait complètement guéri.

À présent, il y avait Nick : un esprit pénétrant, un physique avantageux et une bonne dose de gentillesse pour couronner le tout. Chaque fois qu'elle se rendait chez eux, Alex devait réprimer un étrange pincement au cœur. C'était bizarre, mais elle considérait déjà l'appartement de Simon comme leur foyer à tous les deux. Nick y vivait depuis à peine trois mois, pourtant Simon se montrait déjà possessif et s'arrangeait pour parler le plus possible en leur nom à tous deux. Quand on connaissait Nick, il était difficile de lui en vouloir. Pourquoi fallait-il que les hommes intéressants soient toujours casés ou gays ? se demanda Alex pour la énième fois.

La sonnerie du téléphone la ramena sur terre. Ce n'était qu'une copine de Lydia, qui invitait celle-ci à dîner dans un restaurant très tendance. Même si ses frasques dans les grands magasins pouvaient laisser supposer le contraire, la patronne d'Alex gagnait de l'argent. Elle remportait du succès dans son travail et était tenue en haute estime par tous les petits vieux qui dirigeaient les grandes sociétés clientes. Alex n'était pas du genre à dénigrer une autre femme, mais elle était certaine que les minauderies de sa directrice et ses tenues un peu trop moulantes ne nuisaient en rien à sa réussite professionnelle. Pour Lydia, une femme devait se servir de tous ses atouts pour sortir du lot, et peu importait que cette philosophie soit en contradiction avec la mentalité égalitaire de l'époque. Bien évidemment, elle ne partageait pas les fruits de son succès. À cette idée, Alex émit un grommellement d'amertume. Elle se mit à feuilleter le magazine qu'elle avait caché derrière une pile de dossiers, sur son bureau. Lydia était sortie depuis une heure pour un déjeuner qui en durait en général trois. Alex avait le temps de prendre sa dose quotidienne de rêve.

Une photographie merveilleusement éclairée attira aussitôt son regard. S'il y avait une chose qui lui mettait toujours l'eau à la bouche, c'était bien une magnifique paire de chaussures. Or, celles-ci étaient sublimes. Une couleur et une forme parfaites, mais un prix en conséquence. Pourquoi se faisait-elle autant de mal ? Vouloir s'évader du quotidien était inoffensif à condition de pouvoir de temps à autre combler le fossé qui vous séparait de ces pages sur papier glacé. Parfois, Alex regrettait de ne pas avoir le courage de se lever et de tout abandonner pour vivre enfin ses rêves. Le problème, c'était qu'elle n'était pas certaine de savoir quels étaient ses rêves. En outre, même si elle s'adonnait occasionnellement à l'écriture et adorait ça, ses talents n'étaient pas les plus demandés sur le marché. Une chose était sûre, cependant : elle ne rêvait pas d'avoir des enfants et une maison en banlieue. Richard, en revanche, l'imaginait sans doute dans ce rôle.

Richard… Il lui offrait une existence à l'abri des découverts et des lettres d'avertissement de la banque, avec, par-dessus le marché, une possibilité illimitée de courir les boutiques. Elle aurait peut-être dû sauter sur l'occasion qui se présentait à elle, mais une petite voix intérieure l'en empêchait. Cela ne tenait pas seulement au fait qu'aucun courant ne passait lorsque Richard lui faisait l'amour. Elle aurait pu vivre avec un mari piètre amant. D'après la plupart des articles qu'elle dévorait, tel était le lot de nombreuses épouses. Elle aurait même été capable de supporter son mépris pour tous ceux qui n'estimaient pas, comme lui, que le costume-cravate était le fin du fin. Mais elle ne pouvait ignorer ce sentiment de vide au fond d'elle-même quand elle imaginait son avenir avec lui. Vivre selon la philosophie étriquée de Richard, à s'étioler dans une petite maison confortable ? Cela lui paraissait inacceptable. Ce ne serait qu'une forme de prostitution, en plus hypocrite.

Non, il devait exister un moyen d'exploiter un esprit bouillonnant et créatif avant qu'il ne se racornisse irrémédiablement sous le poids de la grisaille quotidienne. D'autres femmes parvenaient à gagner beaucoup d'argent, souvent en se fatiguant moins qu'elle, qui s'éreintait chaque jour derrière ce maudit bureau pour satisfaire la pénible Lydia. Tiens, une idée : si elle jouait les divas, le succès viendrait peut-être. Mais elle ne s'imaginait pas entrer comme une reine dans les restaurants les plus branchés de la capitale, vêtue d'une robe coûteuse portant la griffe d'un couturier en vogue. Pourtant, elle aurait adoré changer de vie. Même le sort de Lydia lui paraissait plus enviable que le sien. Après tout, sa patronne passait la moitié de la journée à baratiner des clients importants, sans se fatiguer. Toutefois, Alex avait déjà eu affaire à certains de ces personnages et savait ce que recherchaient réellement la moitié d'entre eux en invitant Lydia au restaurant.

Revenant à des rêves plus raisonnables, Alex tourna encore quelques pages du magazine et s'arrêta sur une photo étonnante. Aussitôt, elle se mit à lire l'article. Voilà une femme qui tirait à merveille son épingle du jeu ! Bien qu'on vît à peine son visage, on la devinait très belle et, à en juger par le titre ronflant de l'article, elle gagnait déjà une fortune, malgré ses vingt-cinq ans. Beauté classique, bonne éducation, élégance, distinction… Il s'agissait d'une prostituée de luxe qui travaillait uniquement pour le dessus du panier. Alex dévora l'article, fascinée. Certes, elle savait déjà que l'activité de call-girl pouvait être très lucrative, que ce n'était pas toujours synonyme de misère, comme on voulait le faire croire. Mais elle avait toujours pensé que les filles qui exerçaient cette profession étaient... d'un genre particulier. Or il était question dans cet article d'une diplômée de l'université, qui avait fréquenté une école privée renommée et très chic, ce qui la plaçait bien plus haut qu'Alex dans l'échelle sociale. En outre, cette jeune femme semblait fière du métier qu'elle avait choisi. Pas assez fière, il fallait l'admettre, pour révéler sa véritable identité, même si elle déclarait qu'elle aimait ce qu'elle faisait et qu'elle gagnait bien sa vie.

Alex fut encore plus intriguée quand elle lut que cette créature très glamour n'avait jamais de vraies relations sexuelles avec ses clients. Elle leur permettait simplement d'assouvir leurs fantasmes – fouets et chaînes, principalement –, autorisant même certains masochistes pathétiques à astiquer ses toilettes. L'article comparait ensuite ses conditions de travail à celles des call-girls ordinaires, ces femmes qui servaient de dessert aux clients fortunés qui les invitaient à dîner, en échange de quoi ils s'attendaient qu'elles passent à la casserole. Aucune d'entre elles ne semblait avoir l'assurance de la première. En outre, elles gagnaient beaucoup moins d'argent que la call-girl de luxe. Celle-ci payait même des impôts, mais en déclarant une autre profession. Son comptable devait avoir une imagination très fertile, songea Alex, en se demandant comment il traduisait les prestations les plus exotiques pour qu'elles ne choquent pas les fonctionnaires qui traitaient les déclarations de revenus.

Aux yeux d'Alex, il n'y avait rien de pire que d'avoir un cadre d'une cinquantaine d'années à ses genoux – à une ou deux exceptions près, parmi lesquelles figurait son banquier, un homme tout à fait craquant. Et puis, elle ne se voyait vraiment pas affublée de cuir de la tête aux pieds. Quoi qu'il en soit, cet article contenait peut-être la solution à l'un de ses problèmes, et l'idée germa peu à peu dans son esprit. Et si elle devenait *escort girl*, au sens littéral du terme ? L'article disait clairement que ce n'était pas uniquement la compagnie d'une charmante jeune femme que recherchaient les clients en faisant appel à ces agences, mais il devait exister un moyen de gagner de l'argent sans aller au-delà de quelques heures de conversation. Sans fausse modestie, Alex se savait séduisante, elle possédait une certaine culture et, grâce à ses années passées dans une institution pour jeunes filles, elle pouvait avoir de bonnes manières quand elle le voulait. Elle mettait d'ailleurs à profit certains de ces atouts – avec un succès variable, certes – lorsqu'elle avait affaire aux vieux bougons qui se présentaient à son bureau pour s'entretenir avec Lydia.

Elle la tenait, son idée! Telle était sa conception du plus vieux métier du monde : *escort girl*, pas *call-girl*. Elle viserait les hommes mûrs et flatterait leur ego, comme le faisait Lydia. Elle flirterait gentiment avec eux, suffisamment pour susciter leur intérêt, mais pas assez pour leur faire croire qu'ils auraient droit à des contacts d'une nature plus intime. Alex était certaine de pouvoir s'en sortir avec les plus lubriques de ces messieurs. Il lui suffirait de prendre un air de maîtresse d'école au moment délicat, et ils lui mangeraient dans la main. Cette tactique très simple se révélerait terriblement efficace, elle en était sûre. Mais aurait-elle l'audace de se lancer? Il n'y avait qu'un moyen de le savoir.

Elle plongea dans les abîmes de son bureau et en sortit un exemplaire corné des pages jaunes, qu'elle feuilleta rapidement. À sa grande stupeur, elle découvrit que la section des agences de rencontres s'étalait sur quatre pages. Ces établissements vantaient les services d'une gamme infinie de beautés exotiques. Un ou deux soulignaient leur message à l'aide d'illustrations explicites. Presque tous promettaient de la chair fraîche susceptible de satisfaire les clients les plus blasés. La variété de ces offres atténua quelque peu l'enthousiasme d'Alex. Face à une telle concurrence, elle n'était plus aussi certaine de réussir.

— Ah, Seigneur, quel cauchemar!

Alex eut juste le temps de passer à une rubrique bien plus inoffensive avant que Lydia ne se penche par-dessus son épaule. Sa patronne se mit aussitôt à geindre à propos d'un client qui avait eu l'audace de se tromper d'une semaine et de rater leur rendez-vous mensuel dans quelque restaurant très huppé.

— C'était affreusement gênant ! Mais Alfredo, le maître d'hôtel, s'est montré adorable. Il faut dire qu'il me connaît bien. C'est vrai, quoi, je vis pratiquement là-bas. Parfois, je me demande même s'il ne me prend pas pour une pute de luxe, à force de me voir déjeuner chaque fois avec un homme différent. Peu importe. Jamais on ne m'avait posé un lapin. Vous vous rendez compte ? Quelle ordure ! S'il n'était pas l'actionnaire majoritaire de sa boîte, je suis sûre que ses associés l'auraient déjà viré. Depuis un moment, je me disais qu'il perdait un peu les pédales, qu'il avait tendance à être un peu à côté de la plaque. La dernière fois que je l'ai vu, il avait oublié mon prénom. Il n'arrêtait pas de m'appeler Lavinia, ou quelque chose dans ce goût-là. Et maintenant, il se trompe de semaine !

Consciente de l'avoir échappé belle, Alex laissa sa patronne finir sa tirade et afficha le plus charmant des sourires sur ses lèvres un peu crispées.

— Ma pauvre Lydia ! Je vais vous préparer du café. Ensuite, vous pourrez me montrer vos emplettes.

Lydia lui sourit, pleine de gratitude, et fit tomber ses sacs en plastique brillant par terre.

— Vous êtes un ange ! Naturellement, je meurs de faim, mais il était hors de question que je mange toute seule à la meilleure table. La seule solution était de me remonter le moral en faisant un peu de shopping.

Alex avait constaté que Lydia ne mangeait pratiquement rien en temps normal et qu'elle passait le repas à siroter son verre de vin, tout en insistant pour que son client ingurgite la majeure partie du grand cru très coûteux qu'il avait choisi. Après un murmure de compassion, elle alla faire le café, tout en remerciant le Ciel que sa patronne ait choisi cet instant précis pour réapparaître. Quelques secondes de plus, et elle aurait succombé à cette crise de folie passagère et composé l'un des numéros de téléphone de ces agences. Et ensuite, que se serait-il passé ? En signe de reconnaissance, elle utilisa pour une fois la cafetière que Lydia aimait tant, même si, après des mois d'expérience, elle avait découvert que sa patronne ne se rendait jamais compte de la différence entre le vrai café et le produit lyophilisé qu'elle lui servait la plupart du temps. Quelques biscuits, que Lydia refuserait en minaudant, et le tour serait joué.

— Des biscuits ! Comme c'est gentil ! Mais non, Alex, je ne devrais pas. Mangez-les, sinon je ne rentrerai jamais dans mon bikini pour aller à Saint-Bart.

Alex se félicita intérieurement. Elle avait même donné l'occasion à Lydia de se vanter de son prochain voyage dans un paradis pour *happy few*. À présent, elle savait que l'après-midi se déroulerait dans un calme olympien, sans exigences incessantes de la part d'une Lydia maussade et contrariée. Si seulement elle avait pu mettre ces heures à profit de façon plus créative qu'en gérant un emploi du temps rébarbatif et en caressant sans cesse sa directrice dans le sens du poil ! Après une journée pénible au bureau, et parfois une soirée encore plus difficile passée en compagnie des relations assommantes de Richard, il lui restait bien peu d'énergie pour toute autre activité. En outre, Alex n'était pas le genre de personne à posséder un sens inné de la diplomatie, si bien qu'elle avait beaucoup de mal à supporter certaines attitudes qu'elle aurait aimé pouvoir condamner ouvertement. C'était sans doute cette franchise naturelle qui l'avait poussée à croire qu'elle plairait à de vieux croulants de l'âge de son père. Elle s'était dit qu'ils trouveraient cela rafraîchissant.

Par chance, Lydia choisit de s'occuper en adoptant sa position favorite : téléphone coincé contre une oreille, index prêt à tapoter. Alex put ainsi reprendre la lecture de son magazine, tout en remuant un document de temps en temps pour donner le change. C'était peut-être ennuyeux, mais elle préférait ces moments-là aux soirées frénétiques où elle devait travailler à un communiqué de presse jusqu'à 1 heure du matin.

Une demi-heure de bonheur s'écoula avant que Lydia ne passe la tête par la porte de son bureau pour lui demander de faire un saut à la banque.

— Je suis vraiment trop bête. J'étais si troublée par ce rendez-vous manqué que j'ai oublié de déposer ces chèques à la banque. Vous seriez un ange...

Alex acquiesça. Au moins, elle en profiterait pour prendre l'air et admirer les boutiques de luxe. Elle devait se contenter de deviner les prix des articles présentés dans ces vitrines, étant donné qu'il n'y avait aucune étiquette, mais elle savait qu'il fallait avoir un salaire mirobolant pour se les payer. Avec un petit pincement de culpabilité, elle se dit qu'elle aurait peut-être intérêt à vérifier le solde de son propre compte en banque. Deux enveloppes blanches inquiétantes étaient arrivées chez elle, ces derniers jours, mais elle n'avait pas encore eu le courage de les ouvrir. Encore une petite fortune en agios qui allait s'ajouter à son découvert.

Après avoir déposé les chèques de Lydia, non sans avoir caressé furtivement l'envie de modifier le nom du bénéficiaire, Alex décida d'affronter la situation. Après tout, ce ne pouvait pas être très grave. Elle se rendit à un distributeur et fixa l'appareil, les yeux plissés, en retenant son souffle. Puis elle composa son code. Après quelques bruits et raclements, la machine cracha un petit morceau de papier et, sans crier gare, avala sa carte. Alex aurait poussé un hurlement si elle l'avait pu, mais sa gorge était soudain si sèche qu'elle était incapable d'articuler un son.

Elle eut toutes les peines du monde à regarder le morceau de papier froissé dans sa main. Quand elle y parvint enfin, sa panique s'accrut. Non seulement son découvert dépassait le seuil toléré par la banque, mais son dernier chèque de loyer n'avait pas encore été débité. À ce rythme-là, il ne le serait jamais. Tout en s'efforçant de juguler l'hystérie qui menaçait de la gagner, Alex s'adressa à une jeune femme du service clientèle, qui la salua d'un sourire hypocrite.

— Vous désirez, madame ? fit-elle d'une voix professionnelle et polie.

— Hum... Je crois que j'ai un problème avec mon compte... Enfin... Le distributeur vient d'avaler ma carte. Il se trouve que j'en ai besoin. Sans elle, je ne peux rien faire. Il faut absolument que je la récupère aujourd'hui.

Alex essayait d'avoir l'air calme et sûre d'elle, mais elle ne pouvait s'empêcher de se sentir coupable, telle une écolière prise en faute.

— Je vois. Puis-je avoir votre numéro de compte ?

La femme lui adressa un nouveau sourire, très condescendant, les doigts au-dessus du clavier qui lui donnait accès aux détails immondes des finances de ses clients.

Bien qu'elle eût l'impression de signer son arrêt de mort, Alex lui fournit les informations nécessaires et regarda ses ongles parfaitement manucurés tapoter les touches, jusqu'à ce que les résultats de sa gestion désastreuse apparaissent sur l'écran. L'employée devait avoir le même âge qu'elle, mais il existait entre elles un gouffre de responsabilité et de respectabilité. Après avoir froncé les sourcils et tapoté de nouveau, elle leva les yeux vers Alex, avec un sourire encore plus glacial que les précédents.

— Comme vous le savez sans doute, vous avez largement dépassé votre autorisation de découvert, et je vois qu'un chèque substantiel a été rejeté. Nous vous avons adressé un courrier il y a quelques jours pour vous demander de ne plus vous servir de votre carte, ni émettre de chèques, jusqu'à ce que vous ayez les fonds nécessaires pour couvrir votre découvert. Dans ces circonstances, je ne peux vous rendre votre carte bancaire.

Alex respira profondément, pour résister à l'envie d'étriper cette imbécile suffisante. Il devait y avoir une solution. Les banques cherchaient toujours à prêter de l'argent à leurs clients. Il existait forcément un moyen de récupérer ce morceau de plastique dont sa vie dépendait.

— Et un crédit ? Je pourrais effectuer des remboursements réguliers.

La femme la considéra avec une pitié amusée.

— Je ne pense pas que, dans votre situation, vous remplissiez les conditions nécessaires à l'attribution d'un crédit. L'historique de votre compte montre que vos dépenses dépassent systématiquement vos rentrées d'argent. Vous ne pourriez jamais effectuer les remboursements d'un prêt. Je regrette.

« Mon œil ! » songea Alex.

— Mais… je ne peux pas vivre sans ma carte. J'en ai besoin ! Je suis salariée, je verse de l'argent sur mon compte tous les mois… D'accord, j'en dépense aussi. Mais vous n'avez pas le droit de me prendre ma carte et de me laisser mourir de faim. C'est un scandale !

La voix d'Alex avait monté peu à peu dans les aigus, pour se transformer en un cri d'indignation. Dans la file voisine, plusieurs personnes se tournèrent vers elle et l'observèrent avec une sympathie teintée de fascination. Alex se sentit soudain dans la peau de la victime d'un accident de voiture. Tout le monde la regardait. Elle savait qu'elle devait être rouge d'humiliation. Quant à l'employée impassible, elle semblait s'être pétrifiée.

— Je vous en prie, madame Hunter, essayez de vous calmer. Bien sûr que la banque ne vous laissera pas mourir de faim, comme vous dites. Nous pouvons établir un plan de remboursement qui vous accorderait une somme d'argent raisonnable chaque semaine, que vous viendriez chercher au guichet de cette agence.

Quelle honte! Être obligée de faire la queue comme une enfant désobéissante pour obtenir de l'argent de poche toutes les semaines!

— Et c'est quoi, une somme raisonnable, selon vous?

— Eh bien, nous étudierons vos dépenses régulières, comme le loyer et les factures d'électricité, et nous déterminerons le montant de cette somme. Mais je vous préviens, vous allez devoir revoir à la baisse vos habitudes de consommation.

Bon sang, cette fille prenait plaisir à la voir souffrir! Emportée par la rage, Alex faillit lui demander si elle effectuait des épilations du maillot pendant son temps libre.

— Le loyer… Mon Dieu, c'est le chèque que vous avez rejeté! C'est mon chèque de loyer! Il faut absolument qu'il passe! Il le faut, vous m'entendez?

— Je suis désolée, mais il a déjà été renvoyé. À ce stade, je ne peux rien faire.

Elle semblait aussi désolée qu'un mécanicien qui présente une facture salée à un client pour une panne présumée mineure.

— Et si j'en rédige un autre, vous l'honorerez? Je veux dire… c'est pour mon loyer. Si je ne le paie pas, ma proprio risque de me mettre à la porte. Je n'aurai plus de toit, puis sans doute plus de travail et aucun moyen de combler mon découvert.

Les joues d'Alex s'empourprèrent de nouveau, sa voix se fit plus aiguë. Les gens la fixaient de plus en plus intensément. Alex remarqua avec satisfaction que son hystérie grandissante avait l'effet désiré sur cette femme de marbre.

— Madame Hunter, je vous en prie, calmez-vous. Je vais consulter notre responsable des prêts pour voir si nous pouvons faire quelque chose. Veuillez vous asseoir un instant.

Et la fermer, ajouta Alex à sa place, histoire de ne pas troubler le silence qui régnait entre les quatre murs sacrés de la banque. Elle vit la femme s'éloigner vivement vers les bureaux interdits au public et fulmina intérieurement. Dommage que ce soit une femme ! songeait-elle. Si elle était tombée sur un homme, elle aurait pu essayer de l'amadouer en versant une larme. Ce n'était pas la première fois qu'elle avait ce genre de mésaventure avec sa banque, mais jamais elle n'en était arrivée à ce point. Affalée sur un siège, elle pria en silence, tout en se disant amèrement que la décoration de cette salle dans un camaïeu de bleu turquoise avait dû coûter cinq cents fois le montant de son découvert. La femme de marbre revint bientôt à son poste, avec autant de dignité que le lui permettaient ses chaussures plates et son uniforme hideux du même bleu turquoise que la pièce.

— Je viens de parler à M. Cartwright, et il a accepté, exceptionnellement, que vous rédigiez un autre chèque pour régler votre loyer. La banque l'honorera. Quant à vos prochains loyers, ils devront être réglés sur la somme qui vous sera allouée.

C'était déjà une victoire, un cauchemar de moins à gérer. Malheureusement, il devait y en avoir d'autres, comme Alex ne tarda pas à le découvrir. La femme se mit à examiner ses dépenses avec attention et finit par lui octroyer une somme qui aurait à peine permis à une nonne de survivre. On lui rendrait sa carte bancaire lorsqu'elle aurait retrouvé une situation financière stable. Tout en songeant qu'il devait être moins pénible d'entrer en cure de désintoxication, Alex put enfin s'en aller, sa fierté en lambeaux.

Évidemment, elle arriva au bureau plus d'une heure après en être partie et fut accueillie par une Lydia glaciale. Cependant, sa patronne ne pouvait que compatir au drame que son assistante traversait. Alex en rajouta plusieurs couches, jusqu'à ce que sa patronne ait assez pitié d'elle pour lui préparer une tasse de thé réconfortante et promettre de songer à l'augmenter. Alex doutait que ce vœu se réalise jamais. Lydia dépensait sans compter, mais elle rejetait systématiquement toute demande d'augmentation, à l'aide de vagues promesses de primes à venir et d'insinuations à peine voilées sur le million de candidats qui seraient heureux d'effectuer le travail d'Alex contre de l'argent de poche et une petite tape amicale sur la tête de temps en temps. Sur ce dernier point, Alex avait des doutes. Lydia se réservait tous les aspects un peu intéressants ou divertissants du boulot. D'ailleurs, elle appliquait en ce moment même ses peintures de guerre, avant d'aller boire un verre avec un client qui l'avait conviée à partager sa loge à l'opéra. Toutefois, lorsqu'elle se fut drapée dans son pashmina, elle prit le temps d'adresser à son assistante quelques dernières paroles d'encouragement.

— *Nil desperandum*, ma chérie. Ne vous laissez pas saper le moral par ces salauds de banquiers. Si vous voulez mon avis, on devrait raser toutes ces foutues banques. Bon, il faut que je file. À demain.

Sur ces mots, elle disparut en lui envoyant un baiser.

Alex la regarda partir d'un œil morne. Il était facile pour Lydia de débiter de telles platitudes. Ce n'était pas elle qu'on avait privée de sa carte sans prévenir ! Comment aurait-elle réagi, à sa place ? Elle aurait perdu son sang-froid, à n'en pas douter.

Lorsque Lydia eut quitté le bureau, Alex prit son courage à deux mains. Il était temps de passer l'appel tant redouté à sa propriétaire, pour lui assurer que le prochain chèque serait valable et que ce fâcheux malentendu provenait d'une regrettable erreur de la banque. Cette perspective ne la réjouissait guère. Comme elle l'avait prévu, la vieille femme se montra des plus condescendantes, mais Alex parvint à la rassurer.

— Du moment que je reçois votre chèque jeudi au plus tard, bougonna sa propriétaire.

Alex se mordit les lèvres et se confondit en remerciements. Enfin, après s'être excusée pour la millième fois et avoir promis que cela ne se reproduirait plus, elle raccrocha, respira profondément et se prit le visage dans les mains. Au moins, c'était une épreuve de surmontée. D'ailleurs, il valait mieux qu'elle poste ce maudit chèque le soir même. Ensuite, elle irait chez Safeway faire des provisions, avant que son budget nourriture ne se réduise comme une peau de chagrin. Fini les plats à emporter et les cassettes vidéo. Le chablis devrait se transformer en gros rouge. Plus de revues sur papier glacé, plus de petits cadeaux pour se remonter le moral, plus d'expéditions dans les grands magasins à la moindre contrariété. Elle allait vivre les mois les plus ennuyeux de son existence, ponctués çà et là par un repas gratuit offert par Richard, le seul luxe qu'il lui resterait. Avec un peu de chance, cela lui permettrait peut-être d'apprécier ce qu'elle considérait d'ordinaire comme une corvée.

En tout cas, plutôt mourir que de laisser Richard avoir vent de sa détresse financière. Il réagirait probablement avec sa condescendance habituelle, et les malheurs d'Alex ne feraient que le conforter dans son opinion qu'aucune femme n'était capable de mener sa barque sans le soutien d'un homme – lui, en l'occurrence. Bon, d'accord, il proposerait certainement de l'aider, mais c'était une solution qu'Alex refusait d'envisager. À aucun prix elle ne voulait se retrouver sous l'emprise de quelqu'un qui risquait de mettre en péril sa précieuse liberté. Elle savait d'ailleurs que son entêtement à rester indépendante rendait Richard fou, et elle s'en réjouissait secrètement chaque fois qu'il tentait de lui prêter de l'argent. Une infime partie d'elle-même méprisait ce petit jeu dans lequel elle s'était laissée embarquer. Le problème, c'était qu'elle ne savait pas vraiment ce qu'elle voulait, même si elle devinait que ce n'était pas ce que Richard avait à lui offrir.

Plus qu'un quart d'heure, et elle pourrait ranger ses affaires, une tâche que, d'ordinaire, elle appréciait. Mais, ce soir, elle avait du mal à éprouver de l'enthousiasme pour la soirée qui l'attendait. Ah, les joies des pâtes et de la télé, avec un verre de vin bon marché et sans saveur !

Lorsque le quart d'heure fut passé, elle classa vaguement ses documents et éteignit son ordinateur d'un geste las.

Elle était en train de reléguer les pages jaunes dans leur coin poussiéreux, à ses pieds, quand un fragment du projet qu'elle avait écarté surgit à son esprit désillusionné. S'interdisant de réfléchir davantage, elle feuilleta les pages de l'annuaire jusqu'à la section des agences d'*escort girls*. Comment choisir ? Il y en avait tant, qui proposaient les compagnes les plus distinguées, les plus belles... La plupart ajoutaient discrètement qu'elles recherchaient de nouvelles recrues et suggéraient aux personnes intéressées de les contacter. Vu son état d'esprit, Alex doutait à présent d'être à la hauteur, mais il ne lui restait que peu de dignité à perdre.

Avant de changer d'avis, elle jeta son dévolu sur un numéro et le composa. Au bout de deux ou trois sonneries, une voix neutre et légèrement rauque répondit :

— Allô ?

— Bonsoir... Je vous appelle à propos de votre annonce... pour de nouvelles *escort girls*, ajouta vivement Alex, avant que sa correspondante ne se fasse de fausses idées.

— Avez-vous déjà effectué ce genre de travail ? demanda la femme, comme si elle récitait un texte.

— Non.

À l'autre bout du fil, il y eut un silence déçu.

— Mais j'ai une bonne instruction, un diplôme universitaire, et je suis... Enfin, on dit que je suis séduisante. Je travaille dans la communication, si bien que j'ai un bon contact avec les gens, les clients. Et j'ai... vingt-cinq ans.

À deux ou trois ans près. Alex se rappelait vaguement avoir lu que vingt-cinq ans était l'âge limite pour débuter dans le plus vieux métier du monde. Elle découvrirait plus tard que c'était faux.

Ses paroles provoquèrent chez l'inconnue une réaction plus encourageante.

— Bien. Possédez-vous votre propre logement, où les clients pourraient éventuellement vous rendre visite ?

Alex s'attendait à cette question, car elle avait relevé quelque chose à ce propos dans l'article qu'elle avait lu pendant l'après-midi.

— Pour l'instant, je ne recherche que des rendez-vous à l'extérieur. Ma situation… familiale est un peu compliquée.

Que se passerait-il si Richard décidait de se servir de la clé qu'elle lui avait donnée dans un moment de folie et débarquait au beau milieu d'une entrevue sordide ? De plus, Alex ne tenait pas à accueillir chez elle des inconnus sans doute dotés d'instincts lubriques.

Malgré tout, sa correspondante devenait de plus en plus accommodante.

— Je vois. Eh bien, du sang neuf est toujours le bienvenu. J'espère que vous ferez l'affaire. En général, je rencontre les nouvelles au café *Montgomery*. Vous connaissez ?

Alex avait bu un verre dans ce café avec Richard et l'un de ses clients, quelques semaines plus tôt. C'était un lieu anonyme et pas trop éloigné de son bureau.

— Bien sûr. Euh… quand ?

Et comment se déroulait un entretien pour un poste aussi délicat ? ajouta-t-elle en elle-même. Mais elle n'osa pas poser la question à voix haute.

— Disons vers 18 heures, demain. Ça vous va ?

— Très bien.

Cela lui laissait plus de vingt-quatre heures pour se pomponner.

À présent, son employeuse potentielle se montrait vive et professionnelle.

— Quel est votre nom ?

— Angela.

— Très bien… Angela.

Était-ce son imagination ou la voix de la femme avait-elle trahi un soupçon d'incrédulité ? Elle demeura toutefois polie et empressée.

— Je serai installée au fond, près du jardin d'hiver. J'aurai une mallette marron.

Cela ressemblait de plus en plus à un rendez-vous galant entre deux inconnus, songea Alex.

— Parfait. Quant à moi, j'ai les cheveux longs et bruns, et je porterai sans doute un grand sac noir.

Toute cette histoire avait quelque chose d'irréel, mais Alex trouvait cela étrangement excitant. Elle avait presque l'impression d'être une héroïne de film d'espionnage.

— En cas de problème, appelez-moi à l'agence. Lorsque je suis absente, les appels sont transférés sur mon portable. Ainsi, vous pouvez me joindre à tout moment. Eh bien, je vous dis à demain, Angela.

Lorsqu'elle raccrocha, Alex sentit tout son corps soupirer de soulagement. Elle n'en revenait pas de s'être embarquée là-dedans. Mais, si elle changeait d'avis, il lui suffisait de ne pas se présenter au rendez-vous du lendemain. Cette femme ignorait sa véritable identité, et toutes les lignes téléphoniques de la société étaient sur liste rouge, si bien que le numéro ne s'était pas affiché sur le téléphone de sa correspondante. Celle-ci n'avait donc aucun moyen de joindre Alex.

La jeune femme hésita longuement et s'efforça de peser le pour et le contre. D'une certaine façon, la folie de la situation et sa propre audace avaient dénoué quelque chose en elle. La punition que lui avait infligée la banque n'avait fait qu'attiser sa colère et lui donner envie de résister par tous les moyens. Devenir *escort girl*, c'était une façon de retrouver le contrôle de sa vie, alors que tout le reste partait à la dérive. Mais ne s'aveuglait-elle pas ? Était-ce un pas en avant ou un pas dans le précipice ? Eh bien, elle avait vingt-quatre heures de restrictions pour le découvrir.

Finalement, la directrice de l'agence se révéla étonnamment banale. Naturellement, Monique n'était sans doute pas son vrai nom, mais Alex était mal placée pour le lui reprocher. C'était une femme d'une quarantaine d'années au sourire avenant. Lorsqu'elle entra dans le café, Alex n'eut aucun mal à la repérer.

Ladite Monique offrit gracieusement une tasse de thé à sa candidate un peu nerveuse. Alex s'en tira très bien, sans toutefois parvenir à masquer tout à fait son appréhension, qui perçait dans sa voix. Monique en avait vu d'autres, mais quelque chose en Alex l'intrigua. Cette fille était manifestement intelligente, motivée et, surtout, dotée d'une beauté très classique, ce qui plaisait beaucoup à ses clients. Par chance, elle affirmait préférer les hommes un peu âgés, ce que Monique trouvait très raisonnable. Elle avait essayé, en vain, d'imposer ce choix à d'autres filles.

Monique était persuadée qu'Alex conviendrait à merveille. Certaines candidates étaient sans expression, alors que celle-ci avait une étincelle indéfinissable. Il suffisait de l'arranger un peu, et elle serait parfaite.

— Je dois pouvoir vous joindre à tout moment. Avez-vous un portable ?

Alex hocha la tête. Dieu merci, Richard avait insisté pour lui en offrir un à Noël.

— Et une garde-robe de qualité ? Des tailleurs, par exemple ?

Alex acquiesça de nouveau. Ce serait un peu plus difficile, mais une ou deux de ses cartes de crédit devaient encore passer. Le plus important pour elle était de savoir combien elle pouvait gagner dans ce domaine qui lui était encore inconnu.

Avec une insouciance impressionnante, elle se pencha en avant et demanda sans préambule :

— Quels sont vos tarifs, Monique ?

L'autre femme baissa d'un ton.

— Ces messieurs réservent votre soirée : deux cents livres pour la première heure et cent livres par heure supplémentaire. Tous mes clients sont de très haut niveau. Ils doivent payer au minimum pour trois heures. Cela comprend un dîner, la conversation et… votre temps.

Alex saisit le sous-entendu. Ce qu'elle faisait de son temps dépendait d'elle, mais si les clients n'étaient pas satisfaits, Monique lui tomberait dessus à coup sûr. Son regard d'acier ne laissait pas place au doute. Toutefois, Alex était pratiquement certaine de s'en tirer à bon compte, à force de flatteries et de charme, et en se montrant un peu tordue.

Tout bien considéré, ce défi l'enthousiasmait. Cela faisait un moment que son esprit d'aventure n'avait pas été mis à contribution, et elle appréciait ce parfum d'intrigue. À sa propre surprise, elle avait hâte de commencer, même si son estomac se nouait à la perspective de devoir repousser les avances d'un vieux beau. Elle se força à penser à l'argent, à de grosses sommes d'argent qui feraient taire la banque à jamais. Et puis, ce boulot ne durerait pas éternellement, juste le temps de sortir du gouffre et de retomber sur ses pieds. Et elle était déterminée à ne pas coucher avec ces prétendus clients de haut niveau pour arriver à ses fins.

Monique lui demanda ses coordonnées, et Alex lui promit de téléphoner tous les jours pour lui indiquer ses disponibilités. Lorsqu'elle quitta le café, elle avait l'impression de flotter sur un petit nuage. Elle avait réussi l'entretien. Désormais, elle était officiellement *escort girl* pour des hommes riches et douteux. La promesse de cet argent facile chantait à ses oreilles, décuplant sa motivation. Elle monta avec assurance dans un taxi garé devant le café. Au diable la banque ! Elle allait remonter la pente et elle le ferait à sa façon. Ivre de joie, elle s'installa sur le siège et passa le trajet à penser à l'argent qu'elle comptait amasser.

3

Rien ne séduisait davantage Simon qu'une belle paire de fesses fermes et une moue boudeuse. Parfois, cependant, le prix à payer pour bénéficier de telles délices était trop élevé, même pour un homme doté d'une patience d'ange.

Pour donner le meilleur de lui-même face à l'objectif d'un photographe, Sebastian avait besoin qu'on flatte longuement son ego. Depuis le début de la séance, il faisait sa diva et refusait de poser correctement tant qu'il n'aurait pas été rassuré une bonne dizaine de fois sur son charme et sa beauté. N'importe quel enfant de six ans aurait été plus facile à amadouer, songeait Simon. À mesure qu'approchait la fin de la journée, il était de plus en plus épuisé par les efforts qu'il devait déployer pour obtenir un semblant d'exubérance de la part de son modèle. Près de lui, le styliste s'affairait, tandis que la cliente traînait dans un coin, au fond du studio. C'était elle qui avait choisi Sebastian pour cette campagne. Son œil d'amateur n'avait vu que des cheveux blonds qui volaient au vent et un sourire étincelant, mais n'avait pas remarqué l'agressivité qu'on devinait dans les pommettes saillantes. Finalement, grâce au professionnalisme de Simon et à ses dons de diplomate, sa précieuse campagne fut dans la boîte. Mais la journée avait été longue et pénible. Simon mourait d'envie de boire une bière bien fraîche et de retrouver un peu de tranquillité et de silence.

L'image de son appartement vide et calme et la perspective d'y passer une soirée en solitaire l'avaient aidé à surmonter cet après-midi interminable. Soudain, une pensée vint le tarauder, et son énervement, qui s'était apaisé avec la fin de la séance, resurgit de plus belle. Il pouvait oublier son petit dîner tranquille. Il avait promis à Charles d'héberger son fils pour quelques jours. Apparemment, il s'agissait d'un jeune baroudeur qui avait sillonné l'Asie du Sud-Est pendant presque deux ans. Simon, lui, ne s'était jamais permis de telles frivolités. Comment pouvait-on espérer réussir quand on perdait autant de temps à découvrir le monde ? Jamais il n'avait tout laissé tomber pour vivre sa vie, sauf le jour où il avait refusé net de reprendre l'affaire familiale. Mais sa rébellion s'était arrêtée là, et il prenait soin de préserver une grande partie des illusions de ses parents. En dehors du cercle restreint de ses amis branchés, qui n'ignoraient rien de sa vie, Simon restait l'exemple parfait du fils de militaire, le digne héritier d'un homme strict qui considérait une simple chemise rose avec suspicion.

Quoi qu'il en soit, mieux valait faire preuve de bonne volonté à l'égard de Charles et préparer à manger pour son fils. Charles Bell était un ami de son père et, surtout, l'une de ses meilleures relations d'affaires. Le retour imminent de son fils au pays avait été évoqué lors d'un repas dominical, quelques semaines plus tôt, et Simon, sous la pression du regard éloquent de son père, avait proposé de l'héberger un moment. Son offre avait été acceptée avec joie par Charles et son épouse, une femme d'une beauté un peu fanée. En regardant Charles, Simon s'était dit que Vivienne ne l'avait probablement pas épousé pour son physique, et ce n'était certainement pas non plus grâce à sa brillante personnalité que Charles avait emporté le morceau. Dans son propre intérêt, Simon s'était pris à espérer que leur rejeton ressemblait à sa mère, aussi bien physiquement que moralement, car ce cher Charles était un compagnon ennuyeux comme la pluie, même dans ses bons jours. Il semblait s'accorder à merveille avec le père de Simon, sans doute grâce à leur passé commun dans l'armée. Simon, lui, préférait passer son temps avec des personnes au caractère plus stimulant. Toutefois, il était décidé à faire son devoir et à jouer les hôtes modèles. Avec un peu de chance, le jeune baroudeur se réfugierait dans un squat au bout de quelques jours, quand il aurait constaté qu'il ne pouvait s'adapter au mode de vie sophistiqué et très citadin de Simon.

En passant la tête dans la loge du studio, Simon surprit Sebastian, les fesses nues, en train d'enfiler un jean. En général, Simon avait du mal à résister à une si belle paire de fesses, mais il décida de faire une exception à la règle. Si Sebastian ne pouvait travailler qu'après avoir été rassuré sur son charme pendant des heures, il en allait sans doute de même au lit. Or Simon en avait plus qu'assez de flatter des ego démesurés et de fréquenter de jeunes imbéciles dont la conversation faisait appel à deux ou trois neurones tout au plus. Lorsqu'il croisa le regard insolent et entendu de Sebastian, qui remontait son pantalon sur ses hanches et boutonnait sa braguette avec soin, celui-ci demanda :

— On prend un verre ?

Simon secoua la tête, ravi d'ébranler l'assurance arrogante du modèle.

— Désolé, Sebastian, je ne suis pas libre, ce soir. Il se trouve que j'ai un invité.

— Ah…

Sebastian trahit sa curiosité en écarquillant les yeux. C'était une mauvaise nouvelle pour ce jeune homme plein d'ambition. Dans le monde où il évoluait, Simon représentait une clé vers le succès, et il n'avait pas l'intention de lâcher le morceau facilement.

— Je connais l'heureux élu ? demanda-t-il, l'air faussement indifférent.

— J'en doute, répondit sèchement Simon, mettant fin à la conversation.

Simon ne supportait plus ce genre d'ange blond superficiel. Sebastian Snow était peut-être très beau, mais il distillait aussi un ennui profond. De plus, sa tignasse courte et décolorée ne faisait rien pour le rendre attachant aux yeux d'un homme qui pouvait donner un sacré coup de pouce à sa carrière naissante et le sortir de ses emplois actuels d'enfant chéri des mères de famille.

Simon était parfaitement à l'aise dans son rôle – bien mérité, selon lui – de photographe de mode du moment, que s'arrachaient les magazines de luxe. Exténué, il finit par chasser tout le monde de son studio, puis il salua son assistant, Jurgen, qui restait toujours d'un calme olympien, et rentra chez lui. Comme s'il n'avait pas suffisamment de problèmes, il avait appris le matin même que Jurgen allait quitter Londres pour offrir son expérience précieuse aux revues de mode de toute l'Europe et au-delà. Simon comprenait que Jurgen désire voler de ses propres ailes, mais il regrettait de le voir partir si vite. Son assistant avait un œil infaillible pour repérer ce qui allait plaire. En outre, il possédait une gentillesse et une politesse naturelles sous sa carcasse imposante, qualités auxquelles Simon avait eu recours lors de bien des séances difficiles. Enfin, s'il voulait quitter le nid, Simon ne pouvait l'en empêcher. Mais cela signifiait qu'il allait devoir supporter une horde de jeunes ambitieux qui considéraient les tâches fastidieuses d'un assistant comme dégradantes et qui croyaient gâcher leur talent quand on leur demandait de servir le café ou de ménager la susceptibilité des modèles. Seuls les plus brillants se rendaient compte que ce métier demandait un minimum de douceur et de tact.

Simon, lui, l'avait compris depuis longtemps, et il n'éprouvait aucune honte à caresser les gens dans le sens du poil pour mieux les manipuler. Son charme ravageur, allié à une intelligence qu'il dissimulait avec soin, poussait l'élite de la mode à sous-estimer ses talents d'homme d'affaires, et bien des rédactrices de magazine se mordaient les doigts d'avoir repoussé une de ses requêtes.

Pour Simon, cela faisait partie du jeu, et il le jouait à fond. À mesure que ses tarifs grimpaient, ses exigences suivaient. Aujourd'hui, grâce à son talent et sa notoriété, il travaillait pour les meilleures campagnes publicitaires et signait des contrats juteux. Les modèles, hommes et femmes, faisaient des pieds et des mains pour passer devant son objectif. Plus il était connu, plus il était sollicité par des femmes qui battaient invariablement en retraite, déçues de le voir aussi indifférent à leurs avances à peine voilées. Toutefois, il en avait présenté une ou deux à ses parents, ce qui l'avait énormément amusé. Jamais il n'oublierait l'expression d'une créature particulièrement ravissante qu'il avait traînée à la traditionnelle promenade du dimanche après-midi et qui avait dû sillonner la campagne perchée sur les escarpins les plus inconfortables qu'il eût jamais vus, car sa vanité lui interdisait d'enfiler une paire de bottes en caoutchouc. Si seulement elle avait su que Simon préférait les caleçons rembourrés aux décolletés avantageux et que ses efforts étaient totalement vains ! Sa mère commençait d'ailleurs à désespérer de le voir un jour engendrer de superbes petits-enfants avec une jeune femme bien sous tous rapports. Toutefois, ayant été élevé dans une famille de militaires où le mot « homosexuel » évoquait encore des images de cour martiale, Simon préférait garder ses parents dans une ignorance bienheureuse.

La circulation de cette fin d'après-midi était particulièrement dense, aussi fut-ce un Simon passablement énervé qui franchit la porte d'entrée de son appartement et se servit un généreux verre d'alcool. Il venait d'avaler une première rasade bienfaisante quand on sonna à la porte. Tout en jurant à voix basse, il longea le couloir pour aller ouvrir au jeune baroudeur. Son sourire méprisant s'effaça dès qu'il saisit la main ferme qu'on lui tendait. Sa première impulsion fut de ne pas la lâcher, mais lorsqu'il réalisa qu'une paire d'yeux bleus le fixait avec étonnement, il se ressaisit et s'écarta pour laisser entrer ce visiteur des plus bienvenus.

— Bonjour ! lança-t-il. Tu dois être Nick. Bienvenue chez moi. Je vais t'aider à…

Simon se rendait compte qu'il n'offrait qu'une lamentable parodie de l'hôte enjoué, mais il avait du mal à se remettre de sa stupeur. En guise de hippie déguenillé, il avait devant lui plus d'un mètre quatre-vingts de beauté bronzée et non frelatée. Certes, Nick portait un jean délavé et un sac à dos, mais c'était tout ce qu'il avait du baroudeur habituel. Le bracelet en cuir noué autour de son poignet ne faisait qu'ajouter à sa virilité radieuse, et quand il souriait, il y avait de quoi arracher des larmes de rage à la moitié des orthodontistes de Harley Street. Son nez puissant était assorti aux pommettes les plus sexy que Simon eût jamais vues, sauf peut-être chez ces danseurs russes qu'il était allé applaudir un jour. Quant à sa bouche charnue et sensuelle, elle affichait pour l'heure un sourire timide. Simon eut envie de crier d'extase et de se jeter sur son appareil photo, mais il dut se contenter de lui proposer une bière et une douche, bien qu'il ne fût pas sûr de supporter l'idée de savoir Nick nu dans sa salle de bains. Par chance, son invité accepta la bière et s'installa sur un des canapés. La douche et le rasoir semblaient moins urgents.

Prudent, Simon prit place sur l'autre canapé, en face de lui, et afficha un air de bonhomie rassurante.

— Alors, tu as fait bon voyage, Nick ? demanda-t-il à son invité si séduisant.

— Oui, merci. Mais c'est bizarre de devoir mettre un pull après deux ans passés en tee-shirt ou torse nu.

Ledit pull dissimulait les détails de la plastique admirable de Nick, mais Simon avait toujours été attiré par le mystère. Il était impatient de dévoiler celui-ci.

— Qu'est-ce que tu faisais en Extrême-Orient ? s'enquit-il d'un ton innocent, les yeux rivés sur ceux du jeune homme.

Nick, qui ne semblait pas se rendre compte de l'effet qu'il produisait sur son hôte, lui répondit avec un sourire détendu :

— Oh, j'ai pas mal bourlingué ! Rien de spécial, en fait. J'ai commencé par poser pour des photographes, puis j'ai un peu joué la comédie au Japon et en Thaïlande. Ils adorent les hommes aux cheveux blonds et aux yeux bleus, là-bas. Alors, j'en ai profité, avant de partir découvrir d'autres contrées. C'était vraiment de l'argent facile, quand j'y pense.

Ainsi, il avait été modèle... Mentalement, Simon se frotta les mains. Il se retrouvait en territoire familier. Ses antennes acérées étaient capables de détecter un hétéro-sexuel à cent mètres, mais l'expérience lui avait également appris que les goûts de certains changeaient souvent lorsqu'une promotion était en jeu. Son propre désir fit le reste. Tandis que Nick lui racontait ses voyages, l'imagination de

Simon se mit à tourner à plein régime. Au diable ce jeune crétin de Sebastian Snow! Nick avait mille fois plus de charme. Dans l'esprit de Simon se dessina la perspective d'une grande carrière de mannequin guidée par un mentor totalement intéressé, mais elle vola en éclats dès que Nick déclara :

— En fait, j'en ai vite eu marre de me pavaner bêtement devant l'objectif. L'argent, c'était très bien, je l'avoue, mais ce qui m'a le plus plu dans ce métier, c'est l'aspect technique. Là-bas, le matériel de qualité ne coûte vraiment pas cher. Je me suis donc équipé, et j'ai commencé à prendre des photos moi-même. Des paysages, mais aussi beaucoup de portraits. Bien sûr, je demandais toujours aux gens s'ils étaient d'accord pour que je les photographie. Je ne supporte pas ces touristes occidentaux qui débarquent en Asie et mitraillent les habitants sans se soucier de ce qu'ils en pensent. Heureusement, les gens des villes commencent à demander de l'argent pour poser.

Toujours prêt à s'adapter aux circonstances, Simon modifia aussitôt ses plans. Le départ soudain de Jurgen lui fournissait une occasion en or pour mettre le grappin sur Nick. Aussi proposa-t-il de jeter un coup d'œil sur le travail de son invité.

Flatté de l'intérêt que lui portait un photographe de renom, Nick accepta avec empressement.

— Ce serait super, si tu es vraiment sûr que ça ne t'ennuie pas. Et puis, si tu trouves ça nul, n'hésite pas à me le dire. J'ai vu beaucoup de tes photos et j'adore ce que tu fais. En comparaison, je suis vraiment un novice.

D'un geste, Simon écarta ses protestations de modestie, puis il prit le book de Nick et le feuilleta en silence. Il y avait un ou deux détails techniques à revoir, mais Nick possédait de toute évidence un talent certain et un œil fiable, ce qui ne s'apprenait pas. Ses clichés étaient bien meilleurs que ceux de bien des diplômés des prestigieuses écoles d'art qui franchissaient le seuil de son studio, pleins d'assurance et de morgue. Nick savait saisir une atmosphère, et une énergie vibrante se dégageait de ses portraits. C'était un merveilleux photographe.

— C'est très bon, Nick. Excellent.

Le jeune homme parut soulagé et lui adressa un sourire plein de gratitude. Après avoir pris une profonde inspiration, Simon lança donc son plan d'action.

— Écoute, mon assistant vient de m'annoncer qu'il me quittait. Il pense en avoir assez appris et va se mettre à son compte. J'en suis très heureux pour lui, même si j'espérais le garder un peu plus longtemps. Il faut du temps pour établir de bonnes relations de travail, et nous bossions bien ensemble. Je pense pouvoir en faire autant avec toi. Ça te dirait de devenir mon nouvel assistant ? Je te préviens, ce n'est pas un travail très reluisant, mais je t'enseignerai les ficelles du métier et je te mettrai en contact avec des personnes qui pourront t'être utiles par la suite.

Nick n'en revenait pas de sa bonne fortune. Dire qu'il lui avait suffi de franchir le seuil de l'appartement de Simon pour avoir des projets d'avenir ! Certes, la photo de mode et la publicité n'étaient pas ses domaines de prédilection, mais c'était une chance inespérée, qui lui donnerait l'occasion d'apprendre le métier.

— Ce serait formidable. Tu es sûr ? Écoute, ce n'est pas parce que mon père connaît le tien que tu dois te sentir obligé…

Simon le coupa aussitôt dans son élan.

— Ma proposition n'a rien à voir avec mon père ou le tien. Crois-moi, je ne fais jamais rien qui ne soit dans mon intérêt. Le boulot d'assistant ne paie pas beaucoup, et très souvent, tu me détesteras, mais je pense que tu as beaucoup à y gagner. Moi aussi, d'ailleurs.

Ravi, Nick se mit à balbutier avec gratitude :

— Eh bien, je ne te remercierai jamais assez. C'est dingue ! Je suis à Londres depuis à peine quatre heures, et j'ai déjà trouvé du boulot ! Demain, je commencerai à chercher un appartement. J'imagine qu'on a dû te forcer la main pour m'héberger, et je ne voudrais pas m'incruster chez toi. Je serais bien allé chez un copain, mais tous mes amis vivent à l'étranger ou se sont installés dans les îles Hébrides pour élever des moutons.

Simon avait toujours fait en sorte de préserver sa solitude, mais face à Nick, celle-ci perdit soudain de sor attrait. Affichant une bienveillance innocente, il entreprit de rassurer son invité.

— Oh, ne t'inquiète pas pour ça ! Tu ne me gênes pas, et il y a largement de la place pour deux, ici. En fait, tu peux rester aussi longtemps que tu le voudras. Ce sera sympa d'avoir de la compagnie.

Si les amis de Simon avaient pu l'entendre en cet instant, ils n'en auraient pas cru leurs oreilles. Simon, le plus solitaire des hommes, offrant son précieux espace si raffiné à un inconnu, à qui il venait de procurer du travail, par-dessus le marché ! Lorsqu'ils apprendraient la nouvelle, ils n'y comprendraient rien… jusqu'à ce qu'ils posent les yeux sur Nick. Alors, ils se crêperaient tous le chignon pour le séduire. Simon se doutait que la partie n'était pas gagnée. Toutefois, il était sûr de son charme. Et c'était cette assurance qui l'aveuglait et l'empêchait de voir que l'homme qui était assis à un mètre de lui, en train de savourer sa bière et de se réjouir de sa bonne fortune, était farouchement hétérosexuel.

Nick était beau, sensible et créatif, mais il aimait exclusivement les formes féminines. Seules les femmes l'attiraient, et surtout celles dont les rondeurs promettaient plus de plaisirs sensuels que les squelettes ambulants avec qui il avait souvent travaillé. Les hanches saillantes rendaient très bien sur une photo en maillot de bain, mais Nick croyait dur comme fer qu'un bon coup de fourchette trahissait un goût pour toutes les autres formes de plaisir. Il n'avait rien non plus contre les femmes qui tenaient la boisson, tant qu'elles gardaient assez d'énergie pour une nuit torride. La finesse de ses traits et ses manières posées amenaient de nombreuses femmes à sous-estimer ses appétits, pourtant visibles à sa lèvre inférieure charnue et sensuelle. Simon faisait désormais partie de tous ceux qui s'étaient déjà trompés sur son compte.

Persuadé que les choses se déroulaient à présent à sa convenance et très satisfait de lui-même, Simon se leva et décrocha le téléphone.

— Alors, c'est réglé. Mets-toi à l'aise pendant que je commande à manger. Tu aimes la cuisine thaïlandaise ?

— Oui, beaucoup.

Nick n'en revenait toujours pas d'être retombé sur ses pieds de façon aussi spectaculaire, aussi n'allait-il pas pinailler sur le choix d'un plat à emporter.

Soudain, Simon se frappa le front d'un geste théâtral.

— Bon sang ! Quel imbécile je fais ! Tu dois en avoir plus qu'assez de la bouffe asiatique et du riz. Une énorme pizza, ça te tente ?

Il était rare que Simon se montre aussi accommodant, mais Nick ne le connaissait pas encore assez pour le savoir. Après seize heures passées dans les avions et les aéroports, il ne demandait pas mieux que de laisser quelqu'un d'autre prendre les décisions à sa place.

— Comme tu voudras. Je ne suis pas difficile, j'aime tout, répondit-il d'un ton léger.

Le petit sourire qui accompagnait ces paroles fit naître un espoir insensé dans le bas-ventre de Simon, là où se situait l'épicentre de son univers émotionnel. Presque inconsciemment, il se frotta les mains et hocha la tête avec véhémence.

— Tant mieux. Bon, avant de commander la pizza, je vais te montrer ta chambre. C'est par ici...

Nick rassembla ses quelques effets et le suivit dans le couloir qui menait à la chambre d'amis. En découvrant le minimalisme étudié de la pièce, il approuva d'un simple signe de tête. Certes, il aurait préféré un ameublement plus classique et plus chaleureux, mais les meubles bruts, bien qu'un peu inachevés, lui parurent parfaitement fonctionnels. Et, surtout, il se réjouissait à l'idée de dormir dans un lit confortable. Qu'il s'agisse d'une merveille de design et d'ergonomie le laissait indifférent. Un peu déçu par cette absence d'enthousiasme de la part de son invité, Simon s'éloigna pour commander le dîner. Une fois seul, Nick jeta une pile de tee-shirts dans un tiroir et rangea ses précieux carnets et photos en lieu sûr. Il remarqua distraitement que la voix de Simon, qui lui parvenait depuis le salon, semblait plutôt excitée, mais il ne lui vint pas à l'esprit de s'interroger sur la longueur inhabituelle de cet appel à un service de plats à emporter.

De son côté, Simon s'efforçait d'avoir l'air détaché, tandis qu'il murmurait dans le combiné à l'intention d'Alex.

Mais il ne trompait personne. La jeune femme se moqua de lui quand il prétendit que c'était uniquement par bonté d'âme qu'il jouait les bons Samaritains. Elle connaissait Simon depuis toujours. Sous ses bonnes actions se cachait toujours une bonne dose de manipulation et de calcul. Elle adorait son ami, mais elle savait qu'il œuvrait avant tout dans son propre intérêt.

— Vraiment, ma chérie, comment peux-tu dire une chose pareille ? Je ne fais que respecter ma promesse d'aider un pauvre garçon paumé à se retrouver dans la capitale.

Alex n'était toujours pas dupe.

— Dis plutôt que tu vas l'aider à se retrouver sous ta couette. Tu es vraiment incorrigible, Simon. Comment sais-tu qu'il sera intéressé ?

Il se mit à rire.

— Oh, je le sais ! Je devine toujours ces choses-là. Tout est dans le regard. Et il a de ces yeux ! Écoute, ma chérie, je dois te laisser. Le dîner va arriver...

Cette petite conversation secrète fut en effet interrompue par la sonnette de la porte d'entrée, mais ce fut surtout l'apparition de Nick qui poussa Simon à raccrocher.

— On se rappelle bientôt. Je t'embrasse, murmura-t-il vivement.

Nick, les cheveux mouillés après sa douche, entra dans le salon, une bouteille de whisky à la main.

— Je t'ai pris ça au duty-free.

— C'est très gentil, mais tu n'aurais pas dû. Tiens, j'ai commandé deux grandes pizzas quatre saisons.

D'habitude, Simon surveillait sa ligne avec la vigilance d'un jockey, mais il s'était dit que Nick apprécierait un repas plus consistant. Il espérait d'ailleurs qu'il avait de l'appétit... et dans tous les domaines. Comme de nombreux hommes, quelles que soient leurs préférences sexuelles, Simon était persuadé de pouvoir combler ses partenaires les plus gourmands.

Tandis qu'il faisait des allers-retours entre le salon et la cuisine pour y chercher des éléments indispensables – moulin à poivre, bol de parmesan râpé – son invité mordait à belles dents dans sa part de pizza en buvant de la bière. Deux heures agréables s'écoulèrent ainsi, à parler essentiellement du travail de Simon. Ils savouraient un verre de whisky en guise de digestif, et Simon élaborait avec soin sa campagne de séduction, lorsque la sonnerie du téléphone retentit. Il réprima un soupir irrité et décrocha. À l'autre bout du fil, il ne fut guère surpris d'entendre la voix passablement avinée et un peu hystérique d'Alex.

— Quel salaud ! lança-t-elle, furieuse. C'est vraiment une ordure, ce type !

Ce n'était pas une grande nouvelle pour Simon, mais il lui murmura patiemment des paroles de circonstance, tandis qu'elle déversait sa rancœur dans ses oreilles.

— Il a tout simplement oublié notre dîner de Saint-Valentin de ce soir, à cause d'un crétin de client qu'il devait emmener au restaurant. Je suis restée à poireauter jusqu'à 22 heures, puis j'ai laissé un message sur son portable. Le temps qu'il me rappelle, j'avais presque fini la bouteille de vin. Le salaud !

En écoutant la jeune femme cracher son venin, Simon eut une légitime impression de déjà-vu. Alors qu'Alex était capable d'évaluer l'évolution de la dernière liaison de son ami à la fréquence de ses appels téléphoniques, lui-même pouvait deviner les rebondissements de son histoire avec Richard à l'heure tardive de ses appels et à son degré de véhémence. Cette fois, c'était manifestement sérieux. Héroïquement, Simon mit de côté ses propres préoccupations – non sans quelque irritation, certes – et déclara d'un ton rassurant :

— Allons, Alex, ce n'est pas si grave. Moi aussi, j'avais complètement oublié que c'était la Saint-Valentin. Les hommes ne pensent pas à ce genre de chose. Il n'y a pas de quoi en faire un plat, je t'assure.

Ce n'était pas vraiment un mensonge, même si Simon n'avait pas oublié la fête des amoureux, et pour cause. Il avait trouvé une carte de vœux un peu criarde le matin même sur son paillasson, qu'il s'était empressé de jeter à la poubelle, de peur que cet objet mièvre ne vienne nuire au bon goût de son environnement. Il soupçonnait vaguement Sebastian de lui avoir envoyé cette carte, ce qui aurait expliqué pourquoi le modèle avait fait la tête tout au long de la journée.

Malheureusement pour Simon, ses paroles apaisantes n'eurent pas l'effet escompté sur Alex. Au contraire, les reniflements pitoyables de la jeune femme ne cessèrent d'augmenter en volume et en fréquence. Finalement, abandonnant tout espoir de tranquillité, Simon lui dit de sauter dans un taxi et de venir chez lui, histoire de se faire dorloter un peu. Cet acte altruiste lui garantirait au moins une place au purgatoire, songea-t-il, si ce n'était une entrée triomphale au paradis. Alex le remercia avec effusion et promit de puiser dans la cave de Richard avant de partir, puis elle raccrocha.

Simon expliqua la situation à Nick, qui ne parut guère intéressé par les déboires amoureux de cette jeune femme qu'il ne connaissait pas. Il venait de lui tracer un portrait peu flatteur de Richard quand on frappa à la porte. Alex se tenait sur le seuil, les yeux rougis mais pleins de colère. Son sac en plastique contenait quelques bouteilles intéressantes chipées dans la précieuse cave de Richard. Elle passa devant un Simon plein de sollicitude, puis jeta sa veste sur le dossier d'un fauteuil crème impeccable et adressa un vague bonjour à Nick. La crise devait être grave, estima Simon. Il était rare qu'Alex fasse preuve d'une telle absence de curiosité.

Très vite, elle se lança dans une violente diatribe contre Richard.

— Par chance, c'est chez lui qu'il m'a fait mariner. J'ai pris soin de choisir les meilleures bouteilles, les plus poussiéreuses, celles qu'il garde depuis longtemps, déclara-t-elle en brandissant son sac en plastique sous le nez des deux hommes. Ça lui apprendra à me laisser en plan, à ce salaud !

Malgré la véhémence de ses propos, ses yeux brillaient dangereusement, et sa voix tremblait.

— Que dirais-tu d'un bon café, ma chérie ?

Simon s'efforçait de gérer au mieux la situation, sous le regard à la fois amusé et intrigué de Nick. Celui-ci observa la jeune femme et remarqua que ses yeux rougis étaient très grands. Les larmes qui y scintillaient ne faisaient qu'ajouter à la fragilité qu'il devinait en elle. Ce petit ami négligent devait être encore plus stupide que ne l'avait suggéré Simon, songea-t-il.

— Ne prends pas cet air paternaliste, Simon! Je ne suis pas complètement bourrée, simplement un peu fatiguée. À présent, va chercher ton foutu tire-bouchon.

Elle sortit de son sac une bouteille qui avait toutes les apparences d'un cru de qualité. Sans plus discuter, Simon lui tendit le tire-bouchon, tout en gardant les verres à distance raisonnable.

— Merde! J'ai cassé le bouchon!

Incapable de supporter de la voir massacrer un vin pareil, Nick lui prit gentiment la bouteille des mains et rétablit la situation. Quelques éclats de liège tombèrent dans le vin, mais cela ne les empêcha pas de l'apprécier, surtout Alex.

— Allons, ma chérie, remets-toi. Après tout, ce n'est pas la première fois qu'il te fait un sale coup.

Simon n'avait jamais cherché à cacher son aversion pour Richard.

— Justement, répliqua la jeune femme. Je sais bien que c'est un monstre d'indifférence. Je le lui ai dit, l'autre jour, et il m'a promis de faire des efforts. Et voilà le résultat! J'ai passé des heures à préparer ce foutu repas. Pour une fois, j'avais mis une robe et j'avais même acheté ces affreux bas qui tiennent tout seuls et qu'il aime tant! Regardez.

En apercevant soudain une cuisse fuselée, Nick sentit son cœur s'emballer. Sur ce point, il partageait l'avis du petit ami absent. Alex avait des cuisses extraordinairement lisses, et il ne pouvait rester indifférent à la vision de cette parcelle de peau au-dessus du bas, à l'instar de la moitié de la population masculine du monde occidental. Cette jeune femme un peu éméchée devenait de plus en plus intéressante.

— Oui, mon ange. Mais, pour lui, faire des efforts consiste uniquement à t'appeler plus souvent pour te dire combien d'heures de retard il aura.

Les paroles de Simon, qui se voulaient gentilles, eurent un effet profondément déprimant sur Alex. Elle poussa un gros soupir. Malheureusement, elle était d'accord avec lui.

— Je sais, je sais. Il est plus captivé par les cours de la Bourse et les courbes d'évolution du marché que par mes propres courbes sous la couette.

Elle plongea le regard au fond de son verre, sans remarquer le silence gêné que ses derniers mots avaient provoqué. Simon adressa un regard lourd de sous-entendus à Nick, mais il ne réussit pas à attirer son attention, car son invité fixait la petite silhouette recroquevillée sur le canapé. Simon ne put réprimer un mouvement d'agacement. Alex n'était pas la seule à voir ses projets romantiques échouer lamentablement.

— Au moins, il a bon goût.

Les paroles aimables de Nick rompirent enfin le silence et furent bien accueillies par la jeune femme, qui le gratifia d'un sourire radieux.

— N'est-ce pas ? Il a mis des années à constituer sa cave, et il lui reste plein d'autres bouteilles. Encore un petit verre ?

Après tout, pourquoi pas ? se dit Nick, qui ne voyait pas de raison de ne pas profiter de ces largesses inattendues. Simon se sentit obligé de suivre le mouvement. Mieux valait ne pas passer pour un rabat-joie à ce stade précoce de leurs relations. De plus, Nick semblait plutôt satisfait de la tournure qu'avait prise la soirée.

Après avoir rempli les verres, Alex avala une gorgée de vin et rejeta la tête en arrière, savourant l'agréable ivresse qui l'envahissait.

— Seigneur, vous avez de la chance, vous, les mecs. Vous ne vous faites pas des coups pareils.

— Oh, je n'en suis pas si sûr ! répondit Nick, devançant Simon. Les hommes ont un sens de la compétition très développé, tu sais. Ils sont capables d'écraser les autres pour arriver à leurs fins.

— Oui, mais pas dans le cadre d'une relation sentimentale. Jamais un homme ne ferait un tel coup à un autre homme. En tout cas, il ne s'en tirerait pas impunément.

— Je suppose que non.

Nick semblait un peu ébahi. Simon s'empressa de détourner la conversation.

— Nick vient de rentrer d'un long séjour en Extrême-Orient, annonça-t-il avec entrain.

— Tu me l'as déjà dit.

Simon jeta un regard furibond à son amie, histoire de lui rappeler que leur conversation était censée rester confidentielle. Mais la jeune femme l'ignora superbement et poursuivit :

— Alors, Nick, que faisais-tu dans cette bonne vieille Singapour ensoleillée ? demanda-t-elle d'un ton amical.

— En fait, j'ai surtout séjourné en Thaïlande, et j'ai pas mal bourlingué dans la région.

Alex émit un grognement de dérision.

— Avec la carte de crédit de papa, je suppose ?

Nick ne releva pas le sarcasme. Après tout, la jeune femme était sous le coup de la déception et passablement avinée.

— Non. J'ai financé moi-même la majeure partie de mon voyage, en posant pour des photos au Japon et à Hong Kong, puis en Thaïlande. Le pays m'a plu, alors j'y suis resté dix-huit mois.

Voilà qui devenait intéressant. Alex eut soudain envie d'en savoir plus.

— Pourquoi diable être rentré en Angleterre ? C'est un pays si ennuyeux !

Nick parut se rembrunir un peu et marqua une pause imperceptible avant de répondre :

— Oh, il était temps pour moi de bouger ! J'ai vécu une expérience difficile, alors j'ai décidé de rentrer et de trouver un emploi sérieux. En fait, j'aimerais devenir photographe.

Il croyait s'en être bien tiré, mais son hésitation avait attiré l'attention de Simon, qui se demanda aussitôt ce qui avait bien pu pousser Nick à quitter la Thaï-lande. Sans doute une dispute avec un amant plus âgé, un riche expatrié comme il en existait tant là-bas. Simon avait rencontré beaucoup de garçons qui avaient mené la grande vie de cette façon, jusqu'à ce que leur amant se lasse d'eux et passe à de la chair plus fraîche et plus docile. Le charme juvénile de Nick n'avait sans doute pas résisté à un nouvel arrivage de jeunes gens ravissants en provenance directe d'Europe.

Le vin avait décidément fait son effet sur Alex, qui approuva solennellement :

— Tant mieux pour toi. Il faut toujours s'efforcer de réaliser ses rêves.

Elle ponctua cette déclaration en agitant dangereusement son verre à moitié plein. Prudent, Simon le lui prit, en dépit de ses protestations. Elle se jeta alors sur lui, mais uniquement pour le cajoler, comme elle savait si bien le faire.

— Simon, tu pourrais donner un coup de pouce à Nick. Tu as un tas de relations dans le milieu.

Il lui adressa un sourire bienveillant.

— Je m'en suis déjà occupé, figure-toi. Désormais, Nick est mon nouvel assistant.

La jeune femme le dévisagea, ébahie.

— Eh bien, tu ne perds pas de temps ! Et ton petit Allemand, qui n'a toujours pas fait son *coming-out*, d'ailleurs ?

— Jurgen a décidé de s'installer à son compte. Et je crois qu'il ne fera pas son *coming-out* de sitôt, même si je n'ai aucun doute sur ses penchants. Je devine toujours ces choses-là.

Il prononça cette dernière phrase avec un regard éloquent à l'adresse de Nick, qui feignit de ne rien remarquer. Simon mit cela sur le compte de la timidité et reprit :

— À mon avis, il est tellement obsédé par son appareil photo qu'il n'a pas le temps de s'occuper d'autre chose.

Alex poussa un long soupir.

— Tout comme Richard et sa foutue banque. Je sais ce que c'est. En tout cas, c'est formidable pour toi, Nick. Vraiment. Mais prends garde à Simon. Il peut parfois se transformer en monstre d'exigence.

— Je suis sûr que non, répondit Nick avec un sourire. Et c'est une chance énorme pour moi. Il est temps que je me pose et que je fasse ce qui me plaît réellement. À mon âge, il faut arrêter de parcourir le monde sans but.

Avec son manque de tact habituel, Alex saisit la perche sans vergogne.

— Allons, tu as toute la vie devant toi ! Tu as quel âge, au juste ? Vingt-trois ans ? Vingt-quatre ?

C'était aussi l'âge que Simon lui avait attribué. La réponse de Nick les surprit tous les deux.

— C'est très flatteur, mais j'aurai vingt-neuf ans dans quelques jours.

De mieux en mieux. Un homme de vingt-neuf ans offrait bien d'autres perspectives qu'un jeune garçon sans expérience. La détermination de Simon se renforça. Il était de plus en plus las des liaisons avec de petits mignons du genre de Sebastian, dont le développement physique était en totale contradiction avec la mentalité d'adolescent attardé. Une relation d'égal à égal serait bien plus enrichissante.

— Eh bien, tu ne les fais vraiment pas, commenta Alex avec franchise.

Son air ouvertement admiratif énerva Simon. Quelques instants plus tard, quand Nick s'excusa pour aller aux toilettes, il en profita pour mettre les choses au point avec la jeune femme.

— Sympa, non? demanda-t-il d'un ton léger.

Alex ne fut pas dupe de cette nonchalance étudiée. Elle connaissait trop bien Simon pour croire que Nick ne lui inspirait qu'une réflexion aussi anodine.

— Très. Et mignon, avec ça. Il ressemble un peu à ce mec que tu avais emmené au *Boom Bar*, tu sais, machin, qui avait des pommettes hautes et un comportement d'asocial.

Simon comprit aussitôt à qui elle faisait allusion. Après tout, la description était parfaite. Toutefois, son honneur lui imposait de défendre ses propres goûts.

— Voyons, Alex! fit-il. Sebastian avait travaillé comme un fou toute la semaine, tu ne peux pas lui reprocher de ne pas t'avoir fait la conversation. Mais c'est vrai qu'il y a une certaine ressemblance. Même si, je l'admets, je trouve que Nick a plus de… personnalité.

Et plus de charme, plus de cerveau, plus de tout. Cependant, Simon était décidé à la jouer décontracté. Une petite voix lui disait qu'il aurait plus de mal que de coutume à emmener sa proie dans sa tanière, mais il n'avait pas l'intention de lâcher le morceau. Pourtant, il devait reconnaître qu'il avait des doutes au sujet de Nick. De quel côté de la barrière se tenait-il? Pour l'instant, il ne semblait pas avoir choisi son camp. Et Simon n'appréciait pas la façon dont il regardait Alex.

— Certes, Nick a posé pour des photographes, lui aussi, au Japon et ailleurs. Entre nous, je crois que c'est une brouille sentimentale qui l'a poussé à rentrer en Angleterre.

Simon parlait d'un ton assuré, comme pour marquer son territoire et affirmer ses droits sur Nick en tant qu'ami et mentor.

Alex aurait pu jurer que le frisson qui l'avait parcourue plus tôt était le signe d'un intérêt que Nick lui portait, mais vu son état éméché, elle préféra ne pas discuter avec Simon. En fait, elle se fiait totalement à son jugement lorsqu'il s'agissait de déterminer les penchants sexuels de quelqu'un. Il était un véritable expert dans l'art de démasquer les homosexuels cachés, et Alex avait évité bien des déceptions en se fiant à ses conseils avisés en la matière. Ainsi, lorsque Simon lui avait dit de se méfier de ce jeune musicien dont elle s'était entichée, elle avait effectivement découvert que ce dernier vivait avec son manager depuis presque un an. Toutefois, elle avait l'impression que la moitié des hommes qu'elle rencontrait par le biais de Simon n'étaient pas exclusivement attirés par leur propre sexe, que c'était simplement un petit plus destiné à donner un coup de pouce à leur carrière. Une chose était sûre, cependant : elle n'était pas de taille à rivaliser avec Simon quand il s'agissait d'instinct, car elle en était totalement dépourvue.

— Je vois. Et tu espères le consoler, je suppose ?

Même si son ami connaissait son affaire en matière d'homosexualité, elle n'allait pas le laisser s'en tirer sans l'aiguillonner un peu.

Soudain, Simon se mit à faire des signes frénétiques.

— Chut ! J'entends la porte de la salle de bains... Mais si tu tiens à le savoir, je ne cherche qu'à rendre service à son père. Nos familles sont amies depuis toujours.

— Ouais, c'est ça...

L'altruisme ne seyait guère à Simon, mais s'il tenait à s'aveugler sur ses propres intentions, elle ne pouvait l'en empêcher. Pas plus qu'il ne pouvait empêcher le démon qui sommeillait en elle de fouiner un peu et d'essayer de déterrer quelques anecdotes croustillantes sur la vie et les amours de son fascinant colocataire.

Dès que Nick réapparut, elle lui adressa son sourire le plus charmeur.

— Dis-moi, Nick, quel genre de photos fais-tu ? Je peux les voir ?

Ses clichés renfermaient peut-être quelques détails révélateurs. Désormais, Alex était sur le sentier de la guerre.

— En fait, ce que je préfère, ce sont les reportages de voyages et les paysages. J'aimerais en faire ma spécialité, un jour. Mais, en attendant, je suis prêt à profiter de toutes les occasions de progresser qui se présenteront.

Sur ces mots, il adressa à Simon un regard plein de gratitude. Celui-ci lui répondit d'un signe de tête gracieux.

Impatiente de voir son travail, Alex insista :

— Tu as raison. Tu n'as pas quelques photos à me montrer ?

— J'en ai déjà envoyé pas mal chez mes parents, mais j'ai un book dans ma… euh… ma chambre. Ça te dirait d'y jeter un coup d'œil ?

Simon, qui redoutait de voir une Alex pompette s'enfermer dans une chambre avec Nick, intervint vivement :

— Apporte-les ici, Nick. J'aimerais bien les regarder de nouveau. Je n'ai pas étudié les détails, la première fois.

— Oh, oui, va les chercher ! s'exclama Alex. J'adorerais voir ce que tu fais.

Nick lui sourit. Le vin avait rosi le visage de la jeune femme, lui donnant un air radieux qui n'était pas dénué de charme. Lorsqu'elle se mit à feuilleter les pages du book, elle rougit davantage.

— C'est superbe, commenta-t-elle. J'adore celle-ci… Regarde cette adorable frimousse.

Elle semblait sincèrement apprécier son travail. Touché par son intérêt, Nick hocha la tête.

— Elle est belle, n'est-ce pas ? Sa famille vit dans un village perdu des collines. Je leur ai demandé leur accord avant de tirer le portrait de la petite. Certains autochtones croient qu'on leur vole leur âme en les prenant en photo.

Frappée par cette idée étrangement romantique, Alex leva les yeux vers lui.

— C'est bizarre… fit-elle, l'air pensif. Enfin, pas tant que ça, quand tu penses que ton visage se retrouve figé dans le temps à jamais.

L'alcool rendait toujours Alex très loquace, et même si elle risquait de bredouiller de plus en plus à mesure qu'elle buvait, il lui donnait aussi un vocabulaire bien plus étendu. Mais Nick ne parut pas remarquer qu'elle trébuchait sur les mots et acquiesça.

— C'est tout à fait ça. Ils croient qu'on leur vole une part de leur être.

La conversation prenait un tour bien trop lyrique au goût de Simon. Il tourna donc les pages du book, jusqu'à ce qu'il tombe sur des images plus neutres de rizières à l'aube et de collines au crépuscule. Quelques pages plus loin, ses doigts impatients s'arrêtèrent sur la photo d'une femme blanche, dont la beauté sauvage contrastait avec les traits doux des femmes du pays qui l'entouraient.

— Qui est-ce ? s'enquit Alex, qui fixait elle aussi le cliché, intriguée, et se demandait comment cette femme s'était retrouvée dans ces contrées lointaines.

— Oh, c'est quelqu'un avec qui j'ai travaillé là-bas ! répondit Nick.

Son ton était neutre, mais Alex avait vu la lueur furtive de douleur qui était passée dans ses yeux. Soudain, la sonnerie du téléphone retentit, et elle perdit l'occasion d'en apprendre davantage.

Simon décrocha, écouta un instant son correspondant sans dire un mot, puis tendit le combiné à Alex.

— C'est Richard.

Le cœur de la jeune femme se serra. Une fois de plus, elle regretta d'avoir donné le numéro de Simon à son petit ami. Toutefois, le mal était fait. Elle ne pouvait éviter de lui parler. Mieux valait sembler la plus détachée possible, ce qui n'allait pas être facile, après la quantité d'alcool qu'elle avait ingurgitée.

— Allô ? fit-elle.

Son ton se voulait glacial, mais il sonnait nettement comme une invitation à la bagarre. Simon soupira et attendit la dispute qui n'allait pas manquer de suivre.

— Non, je ne peux pas venir te préparer à manger ! Au cas où tu ne l'aurais pas remarqué, j'ai déjà fait la cuisine. Ton dîner, c'est le truc froid qui se trouve dans le four.

Simon avait beau détester Richard, il savait qu'il n'était pas délibérément négligent. C'était simplement un homme comme les autres, mais décidé à se hisser au-delà de ses origines modestes, quoique tout à fait honorables.

Alex s'était murée dans un silence inquiétant. La nuque crispée, elle écoutait les propos conciliants de Richard. Simon croisa le regard de Nick, et ils échangèrent un sourire désabusé. Ce bref moment de solidarité masculine n'échappa pas à Alex, qui les fusilla du regard, avant d'interrompre le discours bien trop raisonnable de Richard par un geste puéril : elle lui raccrocha au nez et vint se rasseoir près de Simon.

— Si vous l'aviez entendu, cet imbécile prétentieux ! Il ne cessait de me répéter que ses associés avaient besoin de lui pour conclure l'affaire et que la Saint-Valentin n'était qu'une opération commerciale montée par les vendeurs de cartes de vœux et les fleuristes. Et les banquiers, bien sûr.

Elle prononça ces mots avec tout le mépris dont elle était capable et s'installa plus confortablement, très satisfaite d'elle-même.

Simon était d'avis que Richard n'avait pas complètement tort, en tout cas à propos de la Saint-Valentin. Il se garda néanmoins d'exprimer son opinion à voix haute et préféra se rabattre sur son rôle habituel de grand frère affectueux et inquiet.

— Qu'est-ce que tu comptes faire ? De toute évidence, tu n'as pas mangé, et tu ne peux pas continuer à boire du vin alors que tu es à jeun. Tu vas te rendre malade. Je crois qu'il y a du camembert dans le frigo et quelques restes d'hier. Viens, on va jeter un coup d'œil.

Alex le suivit docilement dans la cuisine et ouvrit le réfrigérateur, tandis qu'il lui préparait un repas improvisé et disposait sur une assiette du fromage et des crackers pour toute l'assemblée. Il ordonna ensuite à Alex de laver une grappe de raisin. Pendant qu'elle faisait couler l'eau du robinet, Simon reprit la parole.

— Alors, que penses-tu du comportement de ton petit ami ? demanda-t-il prudemment.

Elle secoua le raisin un peu trop violemment et déclara :
— Je trouve que c'est un connard fini.

— Ça, on le savait déjà. Mais qu'est-ce que tu vas faire pour y remédier?

— Eh bien… rien de spécial.

— Rien?

— Que puis-je faire? Richard trouve toujours des excuses tellement raisonnables et adultes qu'il me donne l'impression d'être une gamine de six ans.

Sa voix monta dans les aigus, ne faisant que confirmer l'avis de Richard. Comme il éprouvait une nouvelle et inquiétante bouffée de sympathie pour le banquier, Simon décida de changer de sujet. Il chassa Alex de la cuisine avec une pile d'assiettes, en espérant que Nick lui parlerait de ses voyages et détendrait l'atmosphère.

Ils avaient à peine entamé le fromage coulant à souhait quand la sonnette de la porte d'entrée retentit. Lorsque Simon revint, Richard sur ses talons, Alex sentit les miettes se coincer dans sa gorge nouée. Après avoir refusé le siège, puis le fromage et le vin que le maître des lieux lui proposait, Richard se dirigea droit vers Alex et lui prit son assiette des mains.

— Je crois qu'il est temps de rentrer, dit-il d'un ton péremptoire. Il faut qu'on parle.

Surprise par cette attitude possessive et furieuse d'être privée de son repas, la jeune femme se contenta de le regarder, bouche bée. Finalement, de peur de gâcher la soirée de tout le monde en faisant une scène, elle obtempéra. Elle se levait lorsque Nick vint tranquillement à sa rescousse.

— Alex, tu n'as pas fini de manger.

Malheureusement, Richard ne saisit pas les subtilités de cette intervention.

— Elle pourra manger chez moi. Il y a tout ce qu'il faut. Nous n'allons pas te déranger plus longtemps, Simon. Le temps de prendre la veste d'Alex, et on vous laisse tranquilles.

Son attitude avait peut-être de quoi impressionner dans une salle de réunion, mais dans le salon de Simon, elle n'eut aucun effet.

Pour une fois, Simon ne savait pas quoi faire. Il était tiraillé entre l'envie de clouer le bec à cet imbécile odieux et le soulagement de pouvoir rester enfin seul avec Nick. Parfaitement consciente de son dilemme, Alex déclara, les dents serrées :

— C'est vrai, Simon, il est temps que j'y aille. Merci pour tout. J'ai été ravie de te rencontrer, Nick. À bientôt.

— Oui, je l'espère, répondit-il avec sincérité.

L'espace d'un instant, il plongea les yeux dans les siens, puis il salua Richard d'un bref signe de tête. Après de nouveaux remerciements à l'adresse de Simon, Alex disparut.

Simon s'en voulait de ne pas avoir fait preuve de fermeté face au comportement affligeant de Richard, mais il oublia vite ses remords, tout à la joie de se retrouver en tête à tête avec Nick. Il se tourna vers son invité, qui gardait les yeux baissés vers son verre.

— Ce type est un vrai crétin, commenta-t-il, dès que Simon se fut assis.

La véhémence de Nick lui parut un peu étonnante, mais il ne put qu'approuver.

— On l'a tous remarqué. Mais, pour qu'Alex reste avec lui, il doit avoir des qualités cachées… et même très bien cachées, comme son humour. Enfin, parlons d'autre chose. Encore un verre ?

À sa grande déception, Nick s'étira, bâilla et annonça qu'il était épuisé.

— Non, merci. Je crois que je vais aller me coucher. Le décalage horaire, tu comprends.

Simon chercha désespérément un prétexte pour prolonger la soirée.

— Tu veux bien me remontrer ces vues de villages ? demanda-t-il en attrapant le book de Nick. J'ai très envie de m'en servir pour des photos de mode. Les autochtones seraient formidables en arrière-plan.

Nick rechignait à contrarier un hôte si accueillant, mais l'idée d'utiliser de gentils villageois en arrière-plan pour des photos de mode lui semblait ridicule, voire carrément choquante. Toutefois, il tourna obligeamment les pages jusqu'aux clichés qui intéressaient Simon et lui tendit le book.

— Je préfère les considérer comme des sujets formidables en eux-mêmes, dit-il simplement.

Simon fit aussitôt volte-face, furieux contre lui-même d'avoir à ce point manqué de tact.

— Bien sûr. Je voulais simplement dire que leur sérénité viendrait contrecarrer le côté superficiel de la mode. Le sublime face au ridicule, tu vois le genre.

Simon faisait de son mieux pour instaurer une complicité entre eux, mais même à ses propres oreilles, son argument sonnait faux. Néanmoins, Nick parut rassuré par cette nouvelle approche, et Simon reprit confiance en lui. Il regarda encore quelques clichés, avant de s'arrêter sur un enfant de la campagne qui riait avec insouciance face à l'objectif. De toute évidence, Nick avait réussi à gagner sa confiance. Simon était réellement impressionné.

— Ces yeux… fit il d'un ton inspiré. Tu as vraiment capturé son âme.

Simon sentait tout son corps vibrer. Il ne se contrôlait plus. Il croyait déjà humer le parfum de la victoire, et la proximité troublante de Nick avait un effet désastreux sur sa raison. Il le regarda droit dans les yeux, sans dissimuler son admiration, et déclara :

— Tu as un œil incroyable. Enfin, deux… Ah ah ah !

Cette fois, les dés étaient jetés. Simon venait de faire tomber son mouchoir, mais Nick ne le ramassa pas. En fait, il semblait complètement à côté de la plaque. Il étouffa un nouveau bâillement, sourit et remercia son hôte pour ses compliments. Puis il se leva et s'étira, manifestement exténué.

Simon avait l'impression d'avoir été rattrapé de justesse alors qu'il s'apprêtait à sauter dans le vide. Il était horrifié d'avoir montré son jeu de façon aussi évidente et ne pouvait que se réjouir que Nick soit aussi obtus. À son tour, il se leva et prit le verre vide des mains de son invité. Naturellement, il devait être crevé, le pauvre. Il avait besoin d'une bonne nuit de sommeil. Tant pis. Simon pouvait attendre. Il aurait de nombreuses occasions de donner à leurs rapports une tournure plus intime et de développer cette attirance physique qui existait déjà entre eux.

Jouant les hôtes inoffensifs, du moins pour l'instant, Simon veilla à ce que Nick ne manque de rien et lui promit de le réveiller le lendemain matin.

— Va donc te coucher, Nick. Laisse tout ça. Je m'en occuperai demain. Dors bien. Je frapperai à ta porte vers 7 heures.

— Très bien, merci. À demain.

Cela n'avait rien d'une déclaration enflammée, mais Simon se contenta du petit sourire qui accompagnait ces paroles et d'une tape amicale sur l'épaule. Ensuite, il demeura éveillé longtemps, allongé dans son lit, à essayer d'analyser la nature de cette émotion qui lui enserrait le cœur. Il priait pour qu'il ne s'agisse pas de sentiments authentiques lorsqu'il sombra enfin dans un sommeil agité et peuplé de rêves torrides.

4

Un martèlement sourd transperçait le brouillard qui régnait dans la tête d'Alex. La jeune femme émergea peu à peu du sommeil et reconnut le battement puissant et régulier d'un cœur contre son oreille. Elle tourna doucement la tête et grimaça de douleur. Une migraine infernale lui enserrait les tempes comme un étau, et elle avait la bouche pâteuse.

C'était bizarre. À qui appartenait le bras chaud et lourd qui enlaçait sa taille, cette odeur, ce large torse contre lequel elle était blottie ? Peu à peu, son regard trouble distingua une bague en argent familière. Perplexe, Alex leva prudemment la tête et considéra Nick avec stupeur. Elle s'humecta nerveusement les lèvres et parvint à pousser un gémissement interrogateur, mais Nick ne parut pas saisir le message.

— Que... qu'est-ce qui s'est passé ? balbutia-t-elle d'une voix enrouée.

Question idiote. La situation parlait d'elle-même. En entendant l'écho de ses propres paroles résonner bruyamment dans sa tête, Alex grimaça de nouveau. Voilà ce qui arrivait quand on buvait le mauvais champagne de la maison au lieu d'un cru de qualité, luxe auquel elle avait pris goût au contact de certains clients de l'agence.

— Tout.

Cette réponse laconique confirma les pires soupçons de la jeune femme.

— Ah...

Elle demeura un moment immobile, à essayer d'y voir plus clair dans son cerveau endolori. Puis, comme par miracle, les souvenirs resurgirent. Elle avait les cuisses un peu courbatues. En cherchant bien, elle trouverait sans doute quelques légères ecchymoses assorties aux cernes bleutés qui devaient souligner son regard, sans parler de ce sourire béat qu'elle sentait flotter sur ses lèvres et qui en disait plus long qu'un discours sur ses activités nocturnes. Pas de doute, Nick et elle avaient passé une nuit d'amour torride. Mieux encore : ils avaient fait l'amour jusqu'à ce qu'elle demande merci. Certes, c'était la plus extatique des expériences qu'elle eût jamais vécues, mais il vient un moment où même la plus passionnée des femmes ne parvient plus à se cambrer, à respirer, sans parler de crier de plaisir. Toutefois, Alex croyait se souvenir d'avoir promis à Nick d'une voix ensommeillée un réveil des plus sensuels. Et elle allait tenir parole. Elle tendit le bras d'un geste langoureux sur son torse musclé, s'étira et se lova contre lui en bâillant comme un chat repu.

Nick comprit qu'elle attendait qu'il réagisse. Le problème, c'était qu'il ne savait pas quoi faire. Il aurait aimé deviner les pensées et les sentiments d'Alex avant de tenter de passer prudemment à l'étape suivante. Il ne pouvait supporter l'idée que l'apogée de tous ses espoirs et de tous ses rêves finirait par n'être rien de plus qu'une aventure d'un soir. Pourtant, tout tendait vers ce genre d'épilogue. Le spectre menaçant de Richard planait au-dessus d'eux. Nick rêvait d'arracher la jeune femme des bras de cet ambitieux plein aux as qui ne pensait qu'à l'argent, mais il ne pouvait rien faire sans l'accord tacite d'Alex. Il chercha une question neutre à lui poser, histoire de tâter le terrain et de deviner son état d'esprit. Horrifié par son manque d'imagination, il s'entendit demander :

— Tu as bien dormi ?

Alex, qui avait le visage pratiquement enfoui sous son bras, décela la tension qui perçait dans sa voix et en conclut que cette dureté soudaine n'était pas exactement celle à laquelle elle aspirait. Elle leva la tête et lui adressa un sourire hésitant. Il sourit à son tour, sans se départir de sa réserve. Décontenancée, la jeune femme reprit sa position initiale, un peu plus loin de lui.

Voyant que la jeune femme ne répondait pas à sa question, Nick s'assombrit un peu plus. Les doutes qui avaient hanté sa nuit sans sommeil revinrent le tarauder. Allongé dans le noir, Alex entre ses bras, il avait beaucoup réfléchi et en était arrivé à des conclusions qui n'étaient guère optimistes. Un sentiment de solitude infinie s'était abattu sur lui, tandis qu'il écoutait le souffle régulier d'Alex. Puis, aux premières lueurs du jour, il s'était assoupi, mais les démons qui le tourmentaient l'avaient poursuivi jusque dans son sommeil.

Toujours à moitié endormie et en proie à une violente gueule de bois, Alex se demandait pourquoi Nick semblait soudain si distant. De toute évidence, sa présence n'était plus la bienvenue. Le corps qui s'était embrasé au contact du sien était maintenant glacial. Elle tendit la main vers lui, mais il se détourna.

— Arrête, tu me chatouilles, souffla-t-il, avec un manque évident de tact.

En réalité, il mourait d'envie de se jeter sur elle et de lui faire l'amour jusqu'à ce qu'elle demande merci, comme la veille. Mais il n'en avait pas le temps. Il voulait discuter avec elle avant que la situation ne lui échappe et qu'ils ne se séparent en laissant les choses en plan. La chaleur de sa peau contre la sienne l'empêchait de se concentrer. Il fut obligé de s'écarter de la jeune femme pour lui cacher l'intensité de son désir, alors qu'il brûlait de l'assouvir entre ses bras. Malheureusement, il ne parvint qu'à donner à Alex une impression contraire à ce qu'il pensait vraiment.

Elle le fixa avec l'air ébahi d'une victime d'accident. De toute évidence, elle ne comprenait pas son attitude et attendait qu'il s'explique. Mais, comme il ne disait rien, elle finit par marmonner :

— Désolée.

Mortifiée, elle reposa la tête, mais sur l'oreiller, cette fois, et non plus contre le torse de Nick. Un silence pénible s'installa. On n'entendait plus que les battements du cœur de Nick, qui semblaient plus frénétiques, à l'image des pensées qui tournaient dans l'esprit en ébullition d'Alex. Un gargouillement intempestif de son estomac suscita enfin une réaction de la part de Nick.

— Tu as faim, constata-t-il.

Manifestement, il était parti pour n'énoncer que des platitudes. La perspective de manger n'attirait guère Alex, mais un bon café bien corsé serait le bienvenu. Quelques tranches de pain grillé parviendraient peut-être à éponger l'alcool qu'elle avait consommé la veille et qui semblait avoir infiltré les moindres cellules de son corps. Elle grommela donc une réponse vaguement affirmative.

Elle sentit Nick bouger à côté d'elle pour décrocher le téléphone. Ce simple mouvement ramena à sa mémoire une foule de souvenirs récents, dont certains enflammèrent son corps. Elle faillit plonger sous la couette et pleurer de désespoir. Au lieu de cela, elle passa un doigt sous ses yeux pour essuyer une traînée de mascara et souffla discrètement dans ses mains pour évaluer l'état de son haleine. Dans le feu de l'action, la veille, elle n'avait pas eu l'occasion de se brosser les dents, ni de se démaquiller, si bien que ce matin, elle devait offrir un triste spectacle. Mais quelle importance, de toute façon ? Nick semblait se moquer pas mal de son apparence. L'assurance toute neuve qu'elle avait ressentie dans ses bras s'évanouissait à la vitesse de l'éclair face à la froideur grandissante de son compagnon, et la gêne remplaçait peu à peu son abandon insouciant.

Une idée désagréable lui vint soudain, qu'elle chassa aussitôt de son esprit. Cette expérience avec elle avait-elle conforté Nick dans son attirance pour les partenaires du même sexe ? Seigneur, jamais elle ne supporterait une telle humiliation ! Mieux valait ne pas y penser et garder espoir envers et contre tout.

— Alors, Nick, comment ça va ? s'enquit-elle avec un sourire radieux.

Il était adossé contre les oreillers, l'air grave, et regardait dans le vide. Il lui adressa un regard furtif et indéchiffrable.

— Bien. Le petit déjeuner ne va pas tarder.

Il ne paraissait guère disposé à discuter.

— Tant mieux, marmonna Alex.

Elle se détourna, toujours en proie aux mêmes doutes. La passion débridée de la nuit précédente semblait avoir provoqué en Nick une vague de regrets. Soudain, elle eut envie de pleurer de désespoir et de déception. Rassemblant les vestiges de son optimisme, et incapable de croire que tout puisse s'écrouler ainsi, elle décida de tenter de nouveau sa chance. Elle se redressa et se rapprocha de lui. Nick la regarda, puis détourna vivement les yeux. La jeune femme suivit son regard et remarqua que la couette avait glissé. Elle la releva pudiquement sur les seins qu'il avait caressés avec tant d'amour durant la nuit. Elle avait soudain l'impression d'être une allumeuse. Au moins, il ne s'écartait pas d'elle, même s'il semblait si crispé qu'elle se demandait s'il respirait encore. Elle attendit un signe de lui, n'importe lequel, mais rien ne vint. Il continuait à regarder au loin, plongé dans ses pensées.

Heureusement, quelques coups frappés à la porte apportèrent bientôt une diversion bienvenue. Nick se leva d'un bond et alla ouvrir, après avoir drapé une serviette autour de sa taille. Sa précipitation parut suspecte à Alex. La veille, il n'avait pas eu l'air gêné que l'employé la remarque. Mais, en plein jour, elle devenait manifestement une source d'embarras, et non l'icône de sensualité qu'elle croyait être à ses yeux. Maintenant qu'il avait obtenu ce qu'il voulait, Nick suivait le même chemin que bien des hommes dans ce monde. Une petite partie d'elle-même rejetait cette idée, mais Alex ne connaissait que trop bien l'aptitude des hommes à mentir. Elle avait rencontré de vrais professionnels du mensonge, qui trompaient sans vergogne épouses et fiancées tout en murmurant des mots doux à son oreille confiante. À l'époque, malheureusement, elle avait cru à ces paroles tendres.

Nick apporta le plateau jusqu'au lit et lui tendit une tasse de café, qu'il lui servit comme elle l'aimait, ainsi qu'il l'avait fait si souvent chez Simon. Elle lui adressa un sourire de gratitude et se prit à espérer qu'une dose de caféine délierait la langue de son compagnon. Après tout, peut-être avait-il mal à la tête et la bouche pâteuse, lui aussi. Elle pria ardemment pour que ce soit là la cause de son attitude étrange. Mais elle devait admettre que même le meilleur des hommes était capable de se transformer en un fieffé menteur.

Le petit déjeuner se révéla succulent, et Alex découvrit qu'elle mourait de faim après cette interminable nuit de délices – enfin, interminable jusqu'à ce que le soleil se lève et leur jette un sort. Elle lança un regard à Nick et remarqua qu'il continuait à étudier les particules de poussière qui flottaient dans l'air, tout en grignotant distraitement une tranche de pain grillé. Il était assis par-dessus la couette, à distance raisonnable de la jeune femme, sa serviette toujours serrée autour de lui. Son attitude réservée était éloquente.

Mille pensées tourbillonnaient dans le cerveau embrumé de Nick, mais il en arrivait toujours à la même conclusion. Il devait se rendre à l'évidence : ses finances le plaçaient nettement en fin de course. Il allait avoir du mal à jouer les grands seigneurs avec un budget que Richard aurait probablement considéré comme de l'argent de poche. Il était persuadé qu'Alex gâchait sa vie avec ce sinistre crétin de banquier, mais comment lui proposer de voler à son secours alors qu'il ne possédait même pas une carte de retrait à son nom ? Pour ajouter à sa confusion, une nouvelle pensée désagréable lui était venue à l'esprit. Peut-être Alex ne voulait-elle pas être sauvée des griffes de Richard ? Peut-être était-elle pleinement satisfaite de son sort ? Il savait qu'elle n'appréciait guère son travail d'assistante, et le filet de sécurité que représentait l'argent de Richard était toujours là pour la rattraper en cas de besoin.

Une autre idée déplaisante traversa soudain son cerveau agité. Et si elle prenait son pied à mener tous ces vieux types par le bout du nez ? Elle aimait peut-être être désirée par des directeurs de banque en mal d'affection. Leurs attentions flattaient sans doute son ego. Nick repoussa aussitôt cette pensée. Alex semblait ne pas remarquer l'effet qu'elle produisait sur les hommes, sur lui en particulier. En fait, elle paraissait manquer totalement de confiance en elle. À voir la façon dont elle s'était comportée jusqu'à présent avec lui, il était évident que l'idée qu'il puisse être sérieusement attiré par elle ne l'avait même pas effleurée. Au cours des nombreuses soirées qu'ils avaient passées à boire chez Simon, Nick l'avait observée et écoutée attentivement. Certaines des informations qu'il avait réussi à glaner ainsi s'étaient révélées très utiles lorsqu'elle avait fini par céder et succomber, la veille, à ses attentions pleines de sollicitude. Sachant qu'elle manquait d'assurance, il avait pris grand soin de la mettre à l'aise. Par bonheur, elle s'était épanouie entre ses bras. Certes, c'était peut-être le champagne qui l'avait poussée à s'abandonner, et non ses propres charmes...

Tandis que Nick ruminait ses pensées dans un silence impénétrable, Alex s'efforçait de démêler l'écheveau de la logique masculine. Durant toute la nuit, Nick avait été à ses pieds, et ce matin, il faisait de son mieux pour éviter tout contact avec elle. Elle se reporta en esprit à la nuit précédente et essaya d'identifier le moment où les choses avaient basculé. Elle en arriva à la conclusion qu'elle devait dormir quand cela s'était produit. Elle tenta ensuite de se rappeler les propos qu'ils avaient échangés, passa au crible la conversation troublante qui avait abouti à cette fusion extraordinaire... et, soudain, elle eut honte. Comment diable avait-elle pu oublier cela ? Elle se blottit plus près de Nick et prit sa main, hésitante.

Désireuse de le rassurer sur la qualité de sa performance, elle puisa dans ses réserves de tact et de compassion et déclara :

— Écoute, Nick, je suis désolée... Je me sens stupide. Comment c'était ? Pour toi, je veux dire ? Parce que tu n'as vraiment aucun souci à te faire sur ce plan-là. Continue à t'entraîner, et tu y arriveras bientôt. Ah ah ah !

Il la fixa comme si elle avait perdu la raison. La lumière froide de l'aube avait chassé de son esprit le petit mensonge auquel il avait eu recours pour la séduire, et il se demandait bien à quoi elle faisait allusion.

Alex fit une nouvelle tentative.

— Je voulais simplement te dire que tout était... impeccable. Rien ne cloche chez toi.

Devant le regard incrédule de Nick, le reste de son petit discours rassurant resta coincé dans sa gorge sèche, et lorsqu'il retira sa main, elle sentit son cœur cesser de battre un instant. Elle ne savait pas si elle avait dit ou fait quelque chose de mal, mais elle n'était de toute évidence plus la femme à qui il avait murmuré des mots tendres dans le noir.

— Merci. Merci beaucoup, bredouilla-t-il, avant de retourner à ses pensées.

Alors, c'était cela. Tout lui revenait, à présent, et il réalisait qu'il s'était trompé sur toute la ligne. Toujours prête à défendre les opprimés, Alex lui avait offert cette nuit d'amour afin de le rassurer sur ses capacités d'amant. Pour elle, ce n'avait été qu'une sorte de thérapie sexuelle dont il était le patient. Lui qui pensait avoir abattu toutes les barrières, qui croyait qu'elle s'était donnée à lui corps et âme ! L'idée qu'elle ait pu supporter ses caresses uniquement par pitié lui était intolérable. Peut-être embrassait-il vraiment comme un chiot affamé, ainsi que l'avait dit son ex. Alex avait-elle joué la comédie du début à la fin ? Après tout, elle avait l'habitude de rouler dans la farine de riches hommes d'affaires bien plus lucides que lui.

Pourtant, Nick sentait au plus profond de lui-même qu'elle avait été sincère. Un orgasme simulé était pour lui comme un meuble d'imitation, et il avait l'œil pour reconnaître la qualité. Toutefois, il était bien plus facile de s'accrocher à l'idée qu'elle lui avait joué la comédie que d'admettre qu'elle préférait le portefeuille bien rempli de Richard à ses propres protestations d'amour romantique. Sans plus réfléchir, il se tourna vers elle et déclara d'un ton résolument sardonique :

— Je suis ravi d'avoir réussi l'examen. Mais je crois que je vais me contenter de continuer à vivre comme avant, dans une ignorance bienheureuse.

Le cœur d'Alex se brisa. C'était bien pire que ce qu'elle redoutait. Comment pourrait-elle survivre, maintenant qu'il lui avait confirmé que les garçons s'amusaient bien mieux entre eux, ce que Simon lui répétait depuis des années ? Peu importait ce qu'ils avaient vécu cette nuit, tout n'était que mensonge. Elle avait lamentablement échoué. Elle se voyait déjà avec un bandeau sur le front proclamant : « Celle qui l'a ramené vers les garçons. » Atterrée par cette révélation, elle quitta le lit, trébuchant au passage sur les draps qu'elle s'efforçait d'enrouler autour de sa taille. Elle grommela vaguement qu'elle allait prendre une douche et se réfugia derrière la porte close de la salle de bains. Aussitôt, de grosses larmes de rage se mirent à couler sur ses joues.

Livré à lui-même, Nick sentit son assurance l'abandonner. La retraite précipitée d'Alex vers la salle de bains témoignait de sa hâte à le quitter. Il avait espéré qu'elle s'attarderait un peu pour le petit déjeuner et avait compté en profiter pour mettre les choses au point, mais la jeune femme n'en avait manifestement pas l'intention. En s'enfermant dans la salle de bains, elle affichait clairement son souhait de ne pas être dérangée. Aussi Nick mâchonnat-il son toast, seul et mal à l'aise, en se demandant comment toute cette aventure avait pu aussi mal tourner.

Sous le jet d'eau chaude qui essuyait les larmes de son visage, Alex se posait exactement la même question. La nuit qui venait de s'écouler lui avait au moins appris une chose : Nick n'hésitait pas à exprimer ses désirs. Or il n'avait de toute évidence aucune envie de la rejoindre sous la douche, sinon il aurait déjà frappé à la porte. Alex se lava avec soin, comme pour effacer toute trace de lui, mais elle ne parvint qu'à raviver le souvenir de ses caresses, de ses mains sur certaines parties de son corps, de ses gestes pleins de passion et de tendresse, des mots d'amour qu'il avait murmurés à son oreille. Oui, d'amour. Eh bien, il semblait avoir une notion assez floue de ce sentiment. À présent, elle n'avait plus qu'à se retirer du jeu le plus dignement possible. Mais comment faire pour garder la tête haute, quand on avait les yeux rouges et le cœur brisé ?

Après son séjour sous la douche, Alex réalisa qu'elle ne pouvait s'éterniser plus longtemps dans la salle de bains sans éveiller les soupçons, et elle réapparut enfin dans la chambre, vêtue d'un peignoir en éponge, les dents étincelantes et le visage fraîchement remaquillé. Elle se sentait un peu mieux, d'autant qu'elle n'était plus en tenue d'Ève. Nick n'avait pas bougé. Il fixait toujours le vide, adossé aux oreillers. Sans doute attendait-il de pouvoir passer à son tour sous la douche. Eh bien, il allait devoir patienter encore un peu. Après avoir rassemblé ses vêtements éparpillés dans la pièce, Alex retourna dans la salle de bains et s'habilla vivement, sans cesser de se maudire d'avoir frappé à la porte de cette chambre.

Surpris par ce nouveau départ précipité, Nick ravala le petit discours qu'il avait préparé et chercha des yeux ses propres affaires. Si les choses devaient se terminer ainsi, autant ne pas sombrer dans le ridicule en restant nu.

Lorsqu'elle ressortit de son refuge, vêtue de sa petite robe noire, Alex découvrit un Nick partiellement habillé, qui faisait nerveusement les cent pas près du canapé. Il devait brûler d'envie de s'en aller, songea-t-elle, de retrouver la compagnie plus rassurante des hommes. Décidée à prendre le taureau par les cornes, elle le regarda droit dans les yeux.

— Tu vas quelque part ? lui demanda-t-elle d'un ton presque accusateur.

Nick sursauta.

— Non. Mais il faut que je parte vers 10 h 30. Pour le boulot, naturellement.

Alex haussa les sourcils avec mépris et répéta entre ses dents :

— Naturellement.

Après un silence, Nick désigna le canapé et s'assit. Puis il leva les yeux vers Alex, qui était restée figée près de lui.

— Alex, assieds-toi une minute, fit-il d'un ton presque suppliant. J'ai quelque chose à te dire…

À la fois furieuse et terrifiée, l'esprit en alerte, Alex haussa les épaules et s'installa à l'extrémité opposée du canapé. Elle afficha un petit sourire poli et froid et se prépara à entendre le pire.

Nick prit son courage à deux mains et fit une nouvelle tentative.

— Euh… je voulais te poser une question.

Ses yeux suppliaient la jeune femme de lui accorder une chance, mais elle ne voyait rien, aveuglée par la colère et le désespoir qui l'étreignaient. Le sang battait à ses oreilles, la rendant sourde à la prière qui perçait dans la voix de Nick. Elle attendait le verdict. Elle devinait ce qu'il allait lui annoncer, elle le sentait au plus profond d'elle-même, et rien ne pouvait lui ôter cette idée de la tête.

Nick savait que s'il ne saisissait pas sa chance maintenant, il la perdrait à tout jamais, au profit des voitures de luxe et des écoles privées. Pourtant, il hésitait, effrayé par l'importance de la tâche qu'il s'était assignée. Leur avenir à tous les deux était entre ses mains. Il respira profondément et se jeta à l'eau.

— Alex… je me demandais… Enfin, tu as quelque chose de prévu, aujourd'hui ?

La jeune femme n'en croyait pas ses oreilles. Elle s'était attendue à voir tomber le couperet de la guillotine, à entendre Nick anéantir ses rêves de bonheur et lui briser le cœur, mais il ne l'avait pas fait, et c'était presque pire. Il lui demandait si elle avait des projets pour la journée ! Frappée par son manque d'imagination, elle le fixa, terriblement déçue. Les dents serrées pour éviter de hurler, elle répondit :

— Richard doit rentrer dans l'après-midi. J'ai promis d'être là pour l'accueillir.

Les entrailles de Nick se nouèrent. Il sentait bien qu'il avait tout gâché, mais il ne comprenait toujours pas comment, ni pourquoi elle le dévisageait comme s'il était un traître abject. Pourquoi diable ne voyait-elle pas la lumière et ne renonçait-elle pas à toute idée de profiter de l'argent de Richard pour mener une vie de pauvreté mais pleine de passion ? Malheureusement, le courage qui avait mené Nick aussi loin choisit cet instant pour l'abandonner. Il fixa tristement ses pieds nus et marmonna un « ah » éloquent. Ravie de voir qu'il semblait avoir du mal à encaisser la nouvelle, Alex se dit que le couperet de la guillotine n'était pas complètement tombé. Pas encore, du moins.

— Bon, je ferais mieux de me bouger. Je dois retrouver Simon à l'appartement vers 11 heures, dit-il avec légèreté, sans se rendre compte de l'effet dévastateur de cette déclaration pourtant anodine.

Alex esquissa de nouveau un petit sourire peu naturel. Elle commençait à exceller dans l'art de dissimuler ses véritables sentiments derrière un masque amical et poli.

— Il ne faut surtout pas le faire attendre, le pauvre chou, fit-elle en minaudant.

Nick ne pouvait que remarquer le ton fielleux de sa voix, mais il choisit de l'ignorer. Il n'était qu'un homme, après tout, même s'il avait une sensibilité hors du commun, et il préférait se concentrer sur les détails pratiques de l'affaire. Il jeta un coup d'œil à sa montre et calcula que s'il se dépêchait de prendre sa douche, ils auraient encore le temps de discuter avant son départ. Cette petite conversation permettrait à Alex de lui révéler ce qui la tourmentait.

— Écoute, je vais me doucher. Sers-toi donc une autre tasse de café. J'en ai pour deux minutes. Ensuite, on pourra décider de ce qu'on va faire.

Les espoirs de la jeune femme resurgirent, mais ils furent vite anéantis par la remarque suivante de Nick.

— Ce serait bien de se retrouver pour le déjeuner, par exemple.

« C'est ça », songea la jeune femme. Il allait sans doute lui expliquer qu'elle était une fille formidable et qu'il l'aimait beaucoup, mais que cette nuit torride avait été une malheureuse erreur et qu'il savait désormais quels étaient ses véritables penchants. Alex n'imaginait que trop bien la scène : la mine grave de Nick, ses propres tentatives pour sauver la face et faire semblant de prendre la chose à la légère. Enfin, après cette mésaventure, elle allait sans doute trouver la compagnie de Richard reposante. Voire d'un ennui profond.

En tout cas, son petit sourire poli se révéla très utile, car Nick parut l'interpréter comme un assentiment à son invitation à déjeuner. Alex le regarda rassembler ses affaires, puis détourna les yeux de son corps nu, désormais familier mais interdit. Il se rendit ensuite dans la salle de bains, dont il laissa la porte ouverte, ce qu'elle trouva plutôt bizarre. Elle attendit quelques secondes, jusqu'à ce qu'elle entende le bruit de la douche, et se mit en chasse. Elle n'eut pas à chercher longtemps. Elle découvrit du papier à lettres sur le bureau et entreprit d'écrire un petit mot d'adieu.

C'était le meilleur moyen de réussir sa sortie, mais elle eut du mal à trouver les mots justes. Quelques brouillons ratés se retrouvèrent dans son sac à main, jusqu'à ce qu'elle soit enfin satisfaite de sa prose. Tout en écrivant, elle guettait les bruits dans la salle de bains. Par chance, Nick semblait effectuer ses ablutions avec le plus grand soin. Sans doute voulait-il être impeccable pour son rendez-vous avec Simon, songea-t-elle avec amertume.

Elle se relut attentivement. «Cher Nick...» Ces deux mots lui avaient demandé de précieuses secondes. «Chéri» était trop affectueux. Quant à «Mon chéri», elle l'avait écarté encore plus rapidement, trouvant cette formule résolument trop maternelle, rôle qu'elle se refusait à endosser, quels que soient les problèmes de Nick. Elle avait donc décidé de rester simple et neutre. Il était inutile que Nick sache à quel point il l'avait meurtrie. Après tout, elle serait amenée à le revoir, et s'il y avait la moindre gêne entre eux, Simon le remarquerait en moins de temps qu'il ne lui en fallait pour ôter un tee-shirt moulant d'un torse musclé. Elle s'était donc efforcée de donner une impression de compréhension, mêlée à une petite dose de réprobation et assaisonnée d'une goutte de vitriol, histoire de regonfler son estime de soi. Il comprendrait ainsi qu'elle l'avait percé à jour, qu'elle lui souhaitait bonne chance et n'était en rien affectée par ce qui n'avait été qu'une rencontre intéressante sur le chemin de la vie branchée de ce siècle. Ses mots le toucheraient sans doute là où ça faisait mal, que ce soit sous la ceinture ou dans son ego.

Tout bien considéré, elle était plutôt satisfaite de son message.

Cher Nick,
Merci pour cette soirée très agréable et instructive. Il est toujours sympathique d'échanger quelques idées en buvant un verre de vin... ou douze, en ce qui me concerne.

Elle lui signalait clairement qu'elle n'avait pas été dupe de sa tactique de drague, tout en restant spirituelle et légère. La suite était teintée d'un sarcasme meurtrier, le tout bien caché sous une apparence des plus anodines.

Désolée de partir en coup de vent, mais je viens de me rappeler que Richard prend un vol plus tôt. Je ferais bien d'aller l'accueillir à l'aéroport.

Jamais une telle idée ne l'avait effleurée. En général, Richard l'appelait de sa voiture avec chauffeur quand il avait fini de travailler. Cela donnait à Alex le temps d'enfiler quelque chose de plus élégant avant d'aller le retrouver dans l'endroit qu'il avait choisi comme lieu de distraction ce soir-là. Elle pouvait compter sur les doigts d'une main le nombre de leurs dîners en tête à tête et avait oublié la plupart des noms des relations et clients divers qu'elle avait dû côtoyer au cours de la majeure partie de ses soirées avec Richard. Mais, sur le papier, cette formule donnait l'impression d'une petite amie dévouée qui ne laissait pas une aventure d'un soir mettre son couple en péril.

J'espère que Simon et toi passerez une journée réussie et épanouissante. Embrasse-le pour moi.

Et il ne s'en priverait sûrement pas. La gorge d'Alex se noua. Elle s'essuya les yeux, furieuse, et s'exhorta à maîtriser ses émotions. La meilleure chose à faire était de se retirer dans le calme et la dignité. Ensuite, elle pourrait pleurer tout son soûl. Lors de sa prochaine entrevue avec Nick, avec un peu de chance, elle se sentirait mieux et aurait presque tout oublié de cette regrettable incartade. Toutefois, elle devait admettre qu'elle en doutait fortement.

Elle signa le message, après avoir décidé de ne pas ajouter « Baisers ». Nick en recevrait suffisamment de la bouche de Simon, sans doute dans une chambre noire, tandis qu'ils développeraient ensemble leurs chefs-d'œuvre. Il y avait encore des clapotis d'eau dans la salle de bains lorsque Alex enfila son manteau et remonta la bretelle de son sac à main sur son épaule. Après un dernier regard plein de regrets au lit défait, elle tourna les talons et quitta la chambre. La porte se referma avec un cliquetis discret, mais perceptible. Alex retint son souffle jusqu'à ce qu'elle soit parvenue au rez-de-chaussée. Pour une fois, elle se moquait de l'opinion des employés, et elle passa devant la réception la tête haute, en se mordant les joues pour empêcher ses larmes de couler. Quand elle eut indiqué son adresse au chauffeur de taxi, elle appuya la tête contre la vitre et observa les rues sans les voir, terrassée par le malheur qui l'accablait.

Lorsqu'il sortit de la salle de bains, quelques minutes plus tard, Nick ne comprit pas tout de suite qu'Alex était partie sans prévenir. Il avait mis longtemps à trouver les mots qui reflétaient sa pensée, mais il pensait avoir concocté le discours idéal. Après un instant de stupeur, il repéra la lettre disposée avec soin sur son oreiller. Il dut la lire à deux reprises avant de saisir tout ce qu'impliquaient ces quelques lignes. Ensuite, il resta assis au bord du lit, totalement incrédule, à se demander comment il avait pu se fourvoyer à ce point.

Sous la douche, il avait cherché un moyen de lui parler des sentiments qu'il avait pour elle, de la persuader qu'un amour sincère pouvait surmonter tous les obstacles, même leurs découverts respectifs à la banque. Il avait récité à voix haute plusieurs phrases, sachant que le bruit de la douche empêcherait Alex de l'entendre. Finalement, il avait décidé de faire dans la simplicité, atout aux vertus éprouvées, et avait mis au point un petit discours concis mais éloquent. Plus question de tourner autour du pot, d'affecter la désinvolture. Il s'était dit qu'il allait prendre son courage à deux mains, jeter ses craintes aux orties, se mettre à genoux s'il le fallait. C'était ainsi que, le souffle court, le cœur battant à tout rompre, il avait surgi de la salle de bains, décidé à la demander en mariage.

Mais le message d'Alex avait anéanti tout son optimisme. Nick demeura immobile, ne sachant que faire. Il s'était creusé la tête pour organiser cette soirée romantique, sans parler de l'argent que cela lui avait coûté, et il se retrouvait hors jeu. Il avait espéré que cet hôtel de luxe et le champagne à volonté donneraient à Alex l'illusion d'une certaine opulence, mais il ne l'avait pas trompée une seconde. De toute façon, son statut actuel d'assistant de photographe et ses tenues bon marché étaient éloquents. Une fois de plus, sa relative pauvreté avait joué contre lui. Pour lui, le sexe n'avait jamais été un problème. C'était son incapacité à la maintenir dans un paradis doré qui avait poussé Louisa à lui lancer des insultes aussi cruelles. Il ne se rappelait que trop bien l'air de dérision qu'avait pris son ex-petite amie quand il lui avait annoncé son intention de devenir photographe. Elle n'arrivait pas à comprendre pourquoi il abandonnait une carrière lucrative de modèle pour s'engager dans une telle galère. Cela avait marqué la fin de leur histoire d'amour. Adieu l'Asie, bonjour Londres et une nouvelle vie. Une vie qu'il avait crue bien partie lorsqu'il avait rencontré la femme de ses rêves en la personne d'Alex. Ils étaient faits l'un pour l'autre. Le problème, c'était qu'elle n'en semblait pas vraiment convaincue.

Dans ce cas, il ne lui restait qu'à la convaincre. Sous ses airs de gentil garçon, Nick cachait une détermination à toute épreuve. C'était cette volonté de fer qui lui avait permis de partir en Asie contre l'avis de son redoutable père et qui l'avait mené au seuil d'une carrière de photographe. Il sentait au plus profond de lui-même qu'il réussirait dans ce domaine, car il était doué et travailleur. Il avait aussi la certitude qu'Alex et lui étaient destinés l'un à l'autre. Nick était prêt à parier son cher Nikon et toutes ses photos qu'Alex l'aimerait un jour autant qu'il l'aimait. Il lui suffisait de la reconquérir. L'espace de quelques heures, elle s'était abandonnée dans ses bras, et il ferait en sorte qu'elle recommence.

Fort de cet espoir, le cœur plus léger, il s'habilla et glissa son portefeuille dans la poche arrière de son pantalon. La facture de l'hôtel allait sans doute être salée. Il balaya la pièce du regard avant de partir et remarqua quelque chose sur un des oreillers. C'était un cheveu d'Alex. Il le récupéra et l'enveloppa dans un mouchoir en papier. Ce serait son talisman, un symbole de son ardeur à gagner le cœur de la femme qu'il aimait. Étrangement réconforté, Nick quitta la chambre et alla prendre le bus, en homme qui venait de vider son compte en banque par amour.

5

— Je me disais qu'on pourrait faire un saut chez *Joe*, plus tard. Quelques relations de travail s'y réunissent pour déjeuner, suggéra Richard.

Plongé dans la rubrique financière du journal dominical, il ne refaisait surface que pour boire une gorgée de café ou mordre dans son croissant. Il songea qu'Alex se montrait anormalement calme, mais attribua ce silence inhabituel à quelque trouble typiquement féminin. La veille, d'ailleurs, elle avait repoussé fermement ses avances, invoquant un mal de ventre doublé d'une migraine. Il reprit sa lecture sans s'inquiéter outre mesure, puis, agacé de n'obtenir aucune réaction à ses efforts pour engager la conversation, il regarda de nouveau par-dessus son journal et réitéra patiemment sa proposition. Alex semblait fascinée par le papier peint et affichait un air vague que certains auraient qualifié de rêveur. En entendant Richard se racler la gorge, elle sursauta. L'espace d'un instant, elle le dévisagea comme s'il lui était totalement inconnu.

— Hein? Qu'est-ce que tu dis? fit-elle d'un ton las.

— Je disais que Jules et quelques autres vont déjeuner tout à l'heure chez *Joe*, et je proposais qu'on se joigne à eux.

Il s'exprimait toujours d'un ton calme, mais où perçait un soupçon d'impatience. Depuis qu'il était revenu de Genève, la veille, Alex était incroyablement distraite. Ce devait être une crise particulièrement virulente du syndrome prémenstruel. Pour une fois, il était sûr de n'y être pour rien. Il avait fouillé sa mémoire, en quête de quelque méfait qu'il aurait commis, mais n'avait trouvé aucune bévue récente. Depuis la catastrophe de la Saint-Valentin – à la suite de quoi Alex avait refusé de lui adresser la parole pendant quinze jours – il avait une conduite exemplaire. Il l'avertissait chaque fois qu'il pensait manquer leur rendez-vous et l'appelait même quand il risquait simplement d'être un peu en retard.

Le problème avec Alex, c'était qu'elle était incapable de le soutenir dans ses efforts pour promouvoir sa carrière.

Elle ne semblait pas comprendre que ses propres désirs ou besoins, quels qu'ils soient, passeraient toujours après les exigences de l'emploi du temps de Richard. Pourtant, il l'emmenait dîner dans les restaurants les plus cotés de la capitale, lui faisait déguster les meilleurs vins et rencontrer les plus grands noms de la finance. Des hommes vraiment passionnants, tous au sommet de leur art, des êtres intelligents et d'excellente compagnie. Et tout ce qu'elle avait à faire était de sourire, d'être ravissante et gentille, de le mettre en valeur. Bref, de s'arranger pour qu'il soit fier de sortir avec elle. Ce n'était pas trop demander, quand même. Elle l'accusait souvent de ne penser qu'à son travail, d'être égoïste, mais les choses n'étaient pas aussi simples. Richard considérait qu'il œuvrait pour eux deux, pour leur assurer un avenir confortable dans lequel elle jouerait un grand rôle, il en avait la certitude. Alex avait de la conversation, une bonne éducation et du style. Une fois apprivoisée, elle serait certainement un atout précieux pour son mari, lorsqu'il s'agirait d'impressionner des associés potentiels ou de recevoir des clients importants. Richard aurait seulement aimé qu'elle fasse preuve d'un peu plus d'enthousiasme quand ils sortaient avec des amis ou des relations d'affaires. Quelques semaines plus tôt, elle avait refusé tout net de participer à un dîner avec des banquiers américains, sous prétexte qu'elle se sentait incapable de supporter la compagnie de convives aussi incultes sur le plan littéraire.

— Comme tu veux.

Cette réponse à la suggestion de Richard reflétait bien l'apathie qui semblait s'être emparée de la jeune femme, d'habitude si dynamique. De toute évidence, quelque chose n'allait pas, mais Richard se garda bien d'en faire la remarque. Il n'avait aucune envie de s'engager dans une conversation qui promettait d'être longue et délicate. Il trouva donc refuge dans les cours de la Bourse, tout en remerciant Dieu de l'avoir fait de sexe masculin.

Pendant ce temps, Alex put se replonger dans sa rêverie. Nick la prenait dans ses bras et l'emmenait au bout du monde, vers un paradis où tout était simple et où l'amour sincère balayait les obstacles et les complications. Depuis la veille, il ne l'avait pas appelée une seule fois, même sous un faux prétexte. Mais comment lui en vouloir ? Le petit mot qu'elle lui avait laissé ne pouvait guère être interprété comme un encouragement à approfondir leur relation. De toute façon, en ce moment même, il était probablement en train de s'esclaffer en lisant les ragots des journaux à sensation, tandis que Simon lui servait une orange pressée et des brioches. Cette pensée lui était insupportable, mais le petit démon qui sommeillait en elle persistait à faire apparaître cette image dans son esprit tourmenté. Elle n'avait pas dormi de la nuit, moins à cause des ronflements de Richard que des souvenirs de la nuit précédente, qui ne cessaient de surgir à sa mémoire. Non seulement elle avait dû repousser les avances pathétiques du banquier, mais elle avait passé son temps à penser à un amant bien plus passionné, en sachant qu'elle n'aurait plus jamais droit à ses faveurs. Lorsque le jour s'était levé, l'image de Nick était toujours là. Et elle avait beau essayer de la chasser de son esprit, elle revenait sans cesse à la charge.

Elle avait également dû persuader la directrice de l'agence qu'elle était clouée au lit à cause d'une grippe intestinale carabinée, car la simple perspective d'une entrevue avec un vieux bonhomme sordide lui donnait la nausée. En fait, l'idée qu'un autre homme que Nick la touche lui était insupportable. Elle ignorait combien de temps Richard accepterait qu'elle le repousse, mais tant pis pour lui. Elle regarda dans sa direction et vit ses deux larges mains roses de part et d'autre du journal. Comment diable avait-elle pu envisager une relation à long terme avec lui ? Ou même une relation tout court, d'ailleurs. Comme pour confirmer cette opinion, il s'humecta l'index pour tourner une page, manie qui agaçait prodigieusement la jeune femme, de même que sa façon de toussoter toutes les cinq minutes sans raison. Non, décidément, leur couple n'avait aucun avenir. Il fallait qu'elle se ressaisisse au plus vite. Nick avait disparu de la circulation, sans doute persuadé qu'un torse bien musclé et une barbe de trois jours avaient plus d'attraits que ses rondeurs féminines. Alex savait qu'elle allait devoir en faire son deuil. Mais cet homme caché derrière son journal ne constituait pas forcément la solution au problème.

Comme par un fait exprès, Richard choisit cet instant pour abandonner sa lecture et lui accorder un peu d'attention. Il avait enregistré les chiffres et les données qui l'intéressaient et se disait qu'il y avait peut-être une façon tout aussi agréable de passer un dimanche matin. Une partie de jambes en l'air ferait peut-être du bien au moral d'Alex. Cela lui montrerait que, même à cette période délicate du mois, elle pouvait encore être désirable. En matière de psychologie féminine, Richard connaissait son affaire. Il avait discrètement consulté les magazines d'Alex et se considérait désormais comme l'homme moderne par excellence. Il trouvait normal d'essayer de la comprendre, car cela contribuait à la bonne santé de leur relation. Il estimait en effet que leur couple était comme une équipe qui visait le même but – ses succès professionnels – ou, plutôt, comme un joueur et un supporter, Alex jouant le dernier rôle. Il aurait été ravi de la laisser s'adonner à son goût pour l'écriture. Malheureusement, Alex était trop fière pour accepter le moindre soutien financier, sans parler d'être entretenue. Richard savait qu'il devait prendre ses sentiments en considération, et il la consultait souvent sur des questions cruciales, comme la destination de leurs prochaines vacances ou la couleur de sa nouvelle housse de couette.

Il avait même l'esprit assez large pour tolérer ses amis un peu louches et leurs goûts excentriques. Après tout, c'étaient des artistes, ce qu'il n'avait jamais été. En apparence, il acceptait l'homosexualité de Simon, bien que cette idée le fît frémir intérieurement. Richard n'était pas le dernier à échanger avec ses amis des plaisanteries graveleuses sur les pédales et autres tapettes, en affirmant par exemple qu'il préférait ne pas se retrouver dos à Simon. Mais bon, c'était juste pour rigoler. En définitive, même s'il avait des réticences face aux pratiques sadomasochistes ou échangistes très en vogue en ce moment, il se considérait en gros comme un homme qui vivait avec son temps, et surtout résolument viril, comme le prouvait sa présence régulière sur des terrains de rugby boueux. Au contraire de ses coéquipiers, il n'avait pas encore réussi à convaincre Alex de laver sa tenue de sport et laissait cet honneur à la femme de ménage. Cependant, malgré son indécrottable féminisme, Alex possédait des qualités, à commencer par un corps terriblement sexy…

Richard se leva de son fauteuil et vint glisser un bras autour des épaules de la jeune femme, avant d'enfouir son visage dans son cou et de lui caresser les seins.

Alex écarta sans ménagement ses mains baladeuses et s'enfuit dans la cuisine. Frustré et incrédule, Richard lui emboîta le pas et la regarda remplir la bouilloire. Lorsqu'il osa poser une main sur son bras, elle le foudroya du regard.

— Oui ? fit-elle d'un ton hargneux, avant de reporter son attention sur un paquet de café, qu'elle entreprit de déchirer violemment.

— Alex, qu'est-ce que tu as, à la fin ?

Cette fois, plus question de faire preuve de patience. Richard était fâché et contrarié qu'elle l'ait repoussé.

— Et toi ? répliqua-t-elle en lui tournant le dos.

Elle triturait impitoyablement l'emballage du café à l'aide d'une fourchette, n'ayant pas réussi à trouver de couteau pointu, ce dont Richard ne pouvait que se réjouir.

— Eh bien, si tu tiens à le savoir, je déteste qu'on m'ignore et qu'on me traite comme si je sentais le pâté.

Seigneur, comme il pouvait se montrer puéril, parfois, songea Alex.

— Je ne comprends pas de quoi tu parles, répliqua-t-elle.

Sur ce, elle se rua hors de la cuisine et alla se réfugier dans la salle de bains, ce qui commençait à devenir une habitude. Elle abaissa le couvercle des toilettes et s'assit. Puis, la tête dans les mains, elle émit un long gémissement de douleur. C'était bien plus pénible qu'elle ne l'avait redouté. Elle ne mangeait plus, ne dormait plus et ne pensait plus qu'à Nick. Tout en se balançant d'avant en arrière, elle se passa une main dans les cheveux et parvint à cette épouvantable conclusion : elle était amoureuse, et même désespérément amoureuse. Comment allait-elle s'en remettre ? Elle ignora Richard, qui tapait à la porte et la suppliait de lui ouvrir, et se laissa aller à son chagrin.

À moins de trois kilomètres de là, Nick entendait lui aussi frapper à la porte de la salle de bains. Cette fois, Simon voulait simplement savoir ce qu'il voulait pour le petit déjeuner. Nick acquiesça distraitement à une des suggestions de son colocataire et se glissa sous la douche, avec le faible espoir qu'un vigoureux jet d'eau chaude dissiperait un peu sa tristesse. Vingt-quatre heures plus tôt, il se trouvait dans la même situation, en train de répéter son petit discours destiné à convaincre Alex qu'ils étaient faits l'un pour l'autre. Au souvenir de sa déconvenue lorsqu'il avait découvert qu'elle était partie, il sentit son cœur se briser. Une douleur terrible lui comprimait la poitrine en permanence. Il ne parvenait plus à se concentrer sur rien. La veille, Simon avait dû lui demander à trois reprises de recharger son appareil, ce qu'il n'avait jamais à faire d'ordinaire. Par chance, il ne s'agissait que de repérages pour une séance importante prévue la semaine suivante. Nick n'osait imaginer la réaction de Simon s'il s'était laissé aller à une telle étourderie en présence d'un client. En l'occurrence, le photographe avait fait preuve d'une patience remarquable, se contentant de hausser les épaules et de balayer d'un geste de la main les plates excuses de Nick.

En y réfléchissant bien, Simon se montrait vraiment prévenant, ces derniers temps. Peut-être s'était-il rabiboché avec Sebastian. Nick avait remarqué que l'arrivée du jeune homme jetait toujours un froid, mais sans doute Simon et lui avaient-ils réglé leur différend. Peu importait, toutefois. Nick avait trop de soucis avec sa propre vie sentimentale pour se préoccuper de celle de Simon.

Il avait établi un plan : il resterait calme, tout en prenant garde à ne pas être trop désinvolte. Il s'arrangerait pour qu'Alex comprenne qu'il était toujours intéressé, mais de façon très subtile. Il faudrait aussi qu'il la sèvre peu à peu du luxe auquel elle était habituée, pour l'amener à apprécier une vie plus simple. La tâche était d'ampleur, il en avait conscience, mais il allait déployer tous les efforts nécessaires pour atteindre son objectif. S'il échouait, il adopterait une nouvelle tactique. Puis une autre. Car il n'était pas question qu'il renonce à Alex, pas après avoir goûté au fruit jusqu'alors défendu et l'avoir trouvé si enivrant. Il souffrait terriblement de l'absence de la jeune femme. Il devait agir au plus vite, avant que

ce manque ne prenne des proportions encore plus inquiétantes.

Il se sécha vivement les cheveux et sortit de la salle de
bains, puis il se laissa guider le long du couloir par un appé-
tissant fumet d'œufs au bacon. Simon semblait avoir pris
goût au petit déjeuner traditionnel, au moins le dimanche
matin. Il avait même renoncé à sa sacro-sainte huile d'olive
pour se tourner vers une cuisine plus consistante.

Pour être honnête, Simon devait reconnaître qu'il était
agréablement surpris par ce changement dans ses habitudes culinaires, même si cela l'obligeait à faire un peu
plus d'exercice que de coutume pour compenser cette ali-
mentation moins saine et garder une ligne irréprochable.
Nick avait d'ailleurs réussi à imposer plusieurs autres nou-
veautés dans sa vie ascétique. La dernière idée qu'avait eue
Simon reflétait ainsi les goûts et les intérêts de son colocataire, et il était impatient de lui en faire part. En fait,
lorsqu'ils n'étaient pas ensemble, au travail ou à la maison,
il songeait souvent à Nick et accumulait les petites choses
à lui dire. C'était la première fois que Simon prenait en
considération les pensées et les goûts de quelqu'un d'autre,
ce qu'il trouvait à la fois effrayant et enrichissant. La situation n'avait pas évolué d'un millimètre sur le plan physique, mais il préférait se montrer prudent et patient,
persuadé que cette attente était le gage d'une liaison
durable. Si ses amis ou ses anciens amants avaient pu lire
dans ses pensées, ils en auraient conclu que Simon avait
perdu la raison ou qu'il se berçait d'illusions et prenait son
désir intense pour de l'amour.

— Ça sent bon, dit Nick en regardant d'un œil gour-
mand le contenu de la poêle.

Simon lui répondit d'un sourire et savoura la satisfaction qu'il éprouvait chaque fois qu'il parvenait à faire plaisir à Nick. Décidément, cette relation était une véritable
révélation. S'il continuait dans cette voie, il allait bientôt
arborer un tablier à carreaux et se déclarer homme au
foyer. Il disposa avec soin les mets sur deux assiettes
blanches et s'attabla à son tour, puis il leur servit son café
du Kenya favori. Les deux hommes dévorèrent avec appétit et en silence pendant un moment. Simon se concentra

sur son assiette pour ne pas se laisser troubler par le spectacle de Nick vêtu de son seul caleçon. Après une dernière bouchée, il soupira d'aise, repu, et alluma une cigarette.

— J'ai une nouvelle à t'annoncer, déclara-t-il enfin. Notre foyer va s'agrandir.

Il lui sourit. Il avait du mal à maîtriser son impatience, certain que Nick serait ravi.

— Ah, bon ? fit ce dernier, toujours absorbé par ses œufs au bacon.

Simon avait servi à Nick une portion bien plus généreuse que la sienne, désireux de lui faire plaisir tout en évitant de grossir lui-même.

Il continua, guettant la réaction de Nick sur son beau visage :

— J'ai décidé de m'offrir un cadeau d'anniversaire en avance. Tout à l'heure, nous deviendrons les heureux parents d'un chat abyssin. Enfin, d'un chaton.

Son regard plein d'espoir s'illumina un peu plus quand il vit le sourire radieux de son colocataire.

— Formidable ! Je ne savais pas que tu aimais les animaux. En plus, les chats abyssins sont vraiment superbes.

Et ils n'étaient pas les seuls. Simon dévisagea Nick en tirant sur sa cigarette. Son plan avait marché. Nick semblait ravi. Comme le montraient ses photos, il adorait les animaux. Simon avait délibérément choisi la race de chats la plus sauvage et la plus exotique possible. Il tolérait à peu près les chats, car ils avaient une certaine élégance et exigeaient peu d'affection. Il espérait simplement que ce compagnon à quatre pattes ne bouleverserait pas trop son mode de vie.

— Tant mieux. Je dois aller le chercher à 15 heures. Tu veux m'accompagner ?

Simon parlait d'un ton désinvolte, afin de ne pas trahir ses véritables motivations. Il tenait en effet à surveiller Nick de près. Celui-ci sortait parfois avec des amis, mais Simon les avait tous rencontrés, et ils lui avaient paru inoffensifs. Il prenait grand soin de ne pas se montrer trop possessif, de peur d'effrayer Nick et de le faire fuir. La plupart du temps, ils sortaient ensemble ou avec Alex, quand la jeune femme n'était pas en train de s'ennuyer avec Richard. En réalité, ce chaton était un cadeau que Simon offrait à Nick, dans l'espoir que l'animal favoriserait un rapprochement entre eux.

— Bien sûr.

Comme toujours, Nick proposa de l'aider à débarrasser, mais Simon refusa. Il avait sa façon de procéder, et les efforts enthousiastes mais maladroits de Nick ne faisaient que l'irriter. Or, il n'avait pas envie de se montrer à lui sous ce jour-là.

— Non, merci. Au fait, j'ai bien envie d'organiser une petite fête pour mon anniversaire. Ça fait des années que ça ne m'est pas arrivé. Ce serait une bonne idée de réunir tout le monde à la maison, non ? Après tout, je passe le cap des trente ans.

En réalité, Simon n'avait jamais organisé de vraie réception dans son appartement si coquet. Il s'était contenté de donner de rares dîners ou d'inviter quelques amis triés sur le volet à boire l'apéritif. Toutefois, il se dit qu'en interdisant le vin rouge et en surveillant les événements, ses meubles sortiraient intacts d'une soirée de réjouissances et son parquet sans marques de talons aiguilles. Il réprima un soupir et songea qu'il aurait été plus heureux dans une autre époque, plus respectueuse des traditions et du savoir-vivre.

— Formidable. C'est quand, exactement ?

— Dans trois semaines. Le 3 juin. Par chance, ça tombe un samedi. J'espère que le temps se sera radouci, pour qu'on puisse sortir sur la terrasse.

Nick revit Alex, drapée dans son long manteau, lorsqu'il lui avait ouvert la porte de la chambre d'hôtel. Il faisait froid pour un mois de mai. La jeune femme avait dissimulé sa tenue sexy sous son manteau, comme toutes les *call-girls*, mais Nick se rappelait simplement l'avoir trouvée ravissante. Puis elle avait révélé une robe très près du corps qui laissait peu de place à l'imagination… Plaisante et dangereuse image que Nick refoula vivement au fond de son esprit. Il reporta son attention sur Simon, qui s'attendait manifestement qu'il participe aux préparatifs de la fête.

— La terrasse, ce serait bien. On pourrait même y installer un éclairage, suggéra-t-il.

— Super, approuva Simon, les yeux pétillants. Tu te chargeras de la déco, et moi de la bouffe.

Les choses se déroulaient bien mieux qu'il ne l'avait espéré. Cette fête lui permettrait de flirter sauvagement avec Nick, mais en toute sécurité, car il y aurait foule. Il les imaginait déjà en train de tout organiser, unis par l'effervescence des préparatifs. Il avait lu quelque part qu'un but commun avait pour effet de rapprocher les personnes les plus différentes. Il profiterait de l'occasion pour tâter plus sérieusement le terrain.

Les semaines s'écoulèrent dans un brouillard de décisions et de changements de dernière minute, jusqu'à ce que Simon se prononce pour un décor blanc sur fond blanc avec une touche d'argenté, ce qui constituait une grande extravagance pour lui. Nick et lui étudièrent des menus et goûtèrent divers amuse-gueules sans grand enthousiasme. Puis sa rédactrice de mode préférée lui communiqua sous le sceau du secret le numéro de téléphone d'un des meilleurs traiteurs de la capitale, une femme qui faisait des merveilles avec quelques woks et avait une connaissance encyclopédique des cuisines de tous les pays d'Asie. Simon était ravi de pouvoir ainsi satisfaire les goûts de Nick, grand adepte des mets thaïlandais.

Il y aurait des bougies flottantes dans de grands récipients en argent, ainsi que des nénuphars, pour la touche romantique. Des guirlandes lumineuses orneraient les figuiers de la terrasse. Un pianiste mettrait une ambiance musicale feutrée, ce qui permettrait d'utiliser, pour une fois, le piano que Simon avait récupéré deux ans plus tôt dans le grenier de ses parents. Il avait pris quelques leçons, sans grande conviction, mais sa nature perfectionniste lui interdisait de jouer tant qu'il n'aurait pas le niveau d'un virtuose. En tout cas, l'instrument conférait au salon un certain cachet et contribuait à créer l'impression de raffinement que Simon cherchait à donner. Le DJ qui devait arriver plus tard dans la soirée avait reçu des instructions strictes. Simon tenait à satisfaire les noctambules qui participeraient à l'événement. Lui-même n'éprouvait aucun attrait pour la techno et adorait secrètement le groupe Abba, mais il avait une réputation branchée à sauvegarder et d'importantes relations à impressionner.

Tandis que l'heure approchait et que Mme Ang s'installait, Simon se rendit compte que sa chère Miu Miu avait disparu. Même les serveurs furent mis à contribution pour la retrouver, sans résultat. Simon commençait à se demander si toute cette agitation n'avait pas poussé la chatte à sauter de la terrasse, quand Nick revint de l'épicerie du coin et la découvrit cachée sous son lit. À bien des égards, cette petite chatte lui rappelait Alex. À l'idée que des inconnus allaient envahir son territoire, elle sortait ses griffes et s'enfuyait.

Depuis leur nuit à l'hôtel, Nick avait revu la jeune femme à plusieurs reprises. Richard l'accompagnait toujours, si bien qu'ils n'avaient pu échanger que quelques propos sans intérêt. Une fois, il avait cru déceler une étincelle de désir dans son regard, mais il s'était dit qu'il prenait ses rêves pour des réalités. La présence de son immonde petit ami à son bras prouvait assez qu'elle avait fait son choix et qu'elle entendait s'y tenir, quelles qu'en soient les conséquences. Très bientôt, elle arborerait un collier de perles et ne parlerait plus que de ses parties de tennis. « Amuse-toi bien », songea-t-il avec amertume. Quant à lui, il avait l'intention de boire comme un trou tout au long de la soirée, en prenant garde toutefois de ne pas marcher sur les pieds des invités pour ne pas abîmer leurs chaussures de marque.

Pendant que Nick rassurait Miu Miu, Simon effectuait une dernière inspection de l'appartement avant l'arrivée des premiers invités. Il ajusta les tapis, les bouquets de fleurs, les essuie-mains. Ce fut à cette dernière occasion qu'il trouva la bague en argent de Nick, posée sur le bord du lavabo. Il la prit et se rendit dans sa chambre, qu'il avait *a priori* classée zone interdite pour tous ses invités. Tout semblait en ordre. Au moment où il s'apprêtait à aller jeter un ultime coup d'œil à la cuisine, le téléphone posé près de son lit se mit à sonner. Encore des questions agaçantes de dernière minute, un ami d'un ami qui n'avait aucun sens de l'orientation et bien peu de bon sens. Simon lui expliqua patiemment le chemin, deux fois de suite, avant de suggérer un peu sèchement au dénommé Claudio de prendre un taxi. Puis, tout en maudissant les stylistes milanais et leurs semblables, Simon retourna à son poste de surveillance, en oubliant qu'il avait laissé la bague de Nick sur sa table de chevet.

Les premiers invités ne tardèrent pas à se présenter, et ensuite, tout s'emballa. Des serveurs en Armani déambulaient parmi l'élégante assistance, espérant être remarqués par quelqu'un de célèbre. Le pianiste passait en douceur du boogie-woogie à Beethoven, les bougies scintillaient à la tombée du jour, et les amuse-gueules de Mme Ang remportaient un vif succès. Un verre à moitié vide à la main, Nick surveillait discrètement la porte d'entrée, tandis qu'un de ses voisins racontait une histoire apparemment palpitante sur les dangers de Manhattan pour les célibataires. D'une oreille distraite, Nick enregistra des bribes de conversation à propos d'un pommeau de douche, d'une ceinture et de savon. Cela n'avait aucun sens, se dit-il. En fait, il ne comprenait qu'une chose : Alex n'était pas encore arrivée.

Machinalement, il se joignit aux rires qui marquaient la fin du récit et vida son verre. Il traversait la pièce pour aller en chercher un autre quand la jeune femme apparut soudain à un mètre de lui. Vêtue d'une robe noire légèrement plus sage que celle qu'il lui avait déjà vue, les cheveux tirés en arrière, elle illuminait la pièce. De toute façon, elle aurait produit le même effet sur lui si elle avait été déguisée en nonne. Elle semblait rayonnante. Nick espérait que ce n'étaient pas ses ébats avec son crétin de petit ami qui lui donnaient ce teint lumineux et ces joues roses. Le crétin de petit ami en question ne tarda pas à la rejoindre et lui tendit un verre. Elle le prit sans un mot et balaya la pièce du regard. Sans doute cherchait-elle Simon, pour lui remettre le cadeau qu'elle tenait sous le bras. Elle posa soudain les yeux sur Nick et croisa franchement son regard. Elle se figea, puis baissa les yeux, toujours pétrifiée. Richard lui donna un coup de coude et désigna la terrasse, où se trouvait Simon. Avec un sourire plein de gratitude, elle le suivit, laissant Nick vider son verre d'une traite.

Enhardi par l'alcool, qui atténuait aussi sa souffrance, Nick leur emboîta le pas et se joignit au petit groupe qui s'était formé autour de Simon, sur la terrasse. Celui-ci estimait que tout se déroulait à merveille et était décidé à continuer dans cette voie. Pour l'heure, il souhaitait se détendre et se pavaner devant sa cour. Quand Nick apparut, la soirée n'en devint que plus belle. Il lui fit signe d'approcher et le présenta à ses amis, lesquels lancèrent des regards envieux aux deux jeunes gens. Selon toute vraisemblance, Simon était bien installé dans sa vie de couple. D'ailleurs, avec un compagnon pareil, il ne pouvait qu'être comblé.

Nick profita de ces présentations pour se tourner enfin vers Alex.

— Bonsoir, dit-il.

La réponse de la jeune femme fut tout aussi laconique. À la voir si froide, Nick commençait à se demander sérieusement si la nuit qu'ils avaient passée ensemble n'était pas le fruit de son imagination. Lorsqu'elle se pencha vers Richard, il s'ordonna à lui-même d'arrêter de soupirer après une femme qui s'intéressait plus à l'argent qu'à l'amour. Un autre whisky, avalé à la hâte, accrut encore sa colère et son indignation. Sans un mot, il tourna les talons, plus que jamais décidé à noyer son chagrin dans l'alcool.

Alex le regarda s'éloigner, totalement désespérée, mais incapable de lui courir après et de le supplier de l'écouter, même si elle en mourait d'envie. Personne n'avait remarqué la froideur de leur échange. Les autres invités étaient trop imbus d'eux-mêmes ou trop éméchés pour s'en rendre compte. Quant à Richard, il semblait plus intéressé par son verre de champagne que par ce qui l'entourait. Finalement, Alex marmonna une vague excuse et se précipita aux toilettes.

Pour la troisième fois en peu de temps, elle se retrouva enfermée dans une salle de bains, le cœur gros, à se demander pourquoi la vie était aussi injuste. Le problème, lorsqu'on se réfugiait aux toilettes lors d'une soirée, c'était qu'il fallait en sortir tôt ou tard, sous peine d'éveiller les soupçons. Par chance, personne ne vint frapper à la porte, et elle parvint à ressortir et à se glisser dans le couloir sans croiser personne. Incapable de retourner se joindre aux autres dans l'immédiat, elle se rendit dans la chambre de Simon, sachant qu'elle y serait à l'abri. Là, elle s'assit sur le lit et se mit à réfléchir. Elle se retrouvait dans une soirée où son petit ami faisait de son mieux pour boire la majeure partie du champagne, sans doute parce qu'elle ne cessait de trouver des prétextes pour repousser ses avances, et l'homme dont elle était follement amoureuse plaisantait avec son colocataire, qui était sans doute aussi son amant. Lorsque Simon avait fièrement présenté Nick à ses invités, Alex avait eu un coup au cœur. L'intérêt que le jeune homme avait suscité ne lui avait pas échappé. En ce moment même, les gens s'interrogeaient certainement sur ses prouesses sexuelles, en lançant des regards discrets à son anatomie pour évaluer la bonne fortune de Simon.

Alex, à bout de nerfs, décida d'appeler un taxi. Elle s'éclipserait discrètement et laisserait les deux hommes se livrer à leurs petits jeux. Richard ne remarquerait sans doute pas son absence. Quant à Nick, elle ne pouvait se retrouver en sa présence sans avoir envie de se jeter dans ses bras. Il valait donc mieux qu'elle s'en aille. Elle se pencha pour décrocher le téléphone, mais s'arrêta net. La bague de Nick était posée sur la table de chevet. Alex savait qu'il tenait tant à ce bijou qu'il ne l'enlevait presque jamais. Voir ses soupçons confirmés de façon si flagrante eut raison de son sang-froid, et elle se mit à pleurer à chaudes larmes, sans plus se soucier qu'on la surprenne ou que le mascara coule le long de ses joues. Enfin, au bout de dix minutes, elle se ressaisit, se remaquilla de son mieux et regagna le salon, décidée à faire une sortie élégante. La bague serrée dans sa main, elle s'approcha de Nick et lui tendit le bijou.

— Je crois que tu as perdu ceci.

Elle ne vit pas sa réaction, car elle sortit sans plus attendre sur la terrasse, où elle croisa Richard. Il avait tellement bu que l'alcool avait annihilé sa froideur coutumière, laquelle avait laissé place à une tendresse inhabituelle qui s'exprima avec panache.

Il saisit Alex par les épaules, l'attira à lui et l'embrassa sur la bouche, avant de l'entraîner dans un coin qu'il croyait isolé. Prenant sans doute les silhouettes des invités qui les entouraient pour des figuiers, il se mit à genoux et demanda Alex en mariage d'une voix tremblante d'émotion. Elle le fixa, bouche bée, et lui demanda de répéter. De nombreux convives, amusés, s'étaient approchés. Richard réitéra sa demande, à laquelle il crut bon d'ajouter :

— Tu auras une carte de crédit illimitée sur tous mes comptes.

Sur ces mots, il leva vers elle un regard implorant.

À cet instant, Alex eut l'impression de voir sa vie défiler devant elle, puis elle se sentit emportée dans un tourbillon cauchemardesque peuplé de visages grimaçants. Enfin, la scène cessa de tourner, mais elle constata qu'un des visages monstrueux était toujours là, à hauteur de sa taille, et que son propriétaire attendait une réponse positive de sa part. Autour d'eux, les invités paraissaient retenir leur souffle. Alex ne bougea pas, de peur de tomber dans le précipice qui semblait s'être ouvert à ses pieds. Sur sa paume, la marque de la bague de Nick lui brûlait encore la peau. Elle se sentait trahie et complètement désespérée. Depuis qu'elle avait trouvé ce maudit bijou, elle avait l'impression de se noyer, et elle savait qu'elle ne referait jamais surface. Alors, elle s'entendit acquiescer.

Le visage rougeaud de Richard s'illumina. Il se releva avec difficulté et l'enlaça si fort qu'il faillit lui briser les os. Alex se demanda vaguement pourquoi elle trouvait ce baiser aussi répugnant. Quelques invités essuyèrent une larme, mais elle n'aurait su dire s'ils pleuraient de rire ou d'émotion. Une ancienne actrice à la froideur légendaire fut si émue qu'elle vint les embrasser tous les deux. Quelqu'un exprima ouvertement son approbation en applaudissant. Probablement un des Américains, songea Alex. Même les observateurs les plus cyniques purent se dire que, décidément, ils n'avaient jamais vu une telle faute de goût.

Tout le monde se mit à réclamer du champagne pour fêter la nouvelle. Stupéfait, Simon s'éloigna de son cercle d'amis pour demander à quelqu'un si c'était vrai. Comme on le lui confirmait, il parvint à masquer son désarroi et remplit généreusement tous les verres qui se présentaient. Il proposa ensuite de porter un toast aux futurs mariés, d'une voix qui ne trahissait qu'un soupçon d'ironie. Richard était aux anges. Il se rengorgeait fièrement et acceptait les félicitations en héros. À son côté, une Alex toujours hors d'elle-même se contentait de sourire et s'efforçait d'éviter le regard de Simon, bien qu'elle sût qu'elle aurait à se justifier par la suite. Elle ne voyait Nick nulle part. Peut-être avait-il raté l'événement. En réalité, le jeune homme n'en avait pas loupé une miette et, à l'agonie, s'était vengé sur une bouteille de whisky. Il ne parvint pas à la féliciter, car il redoutait de tomber à genoux pour la supplier de changer d'avis et de ne pas commettre la plus grave erreur de sa vie.

Entraînée vers le salon dans un brouhaha de compliments, Alex se retrouva en train de danser à la demande générale, avec un Richard qui lui murmurait des mots d'amour dans le cou et affichait un sourire béat. Elle décida de fixer son regard sur son oreille droite et de faire bonne figure, malgré le frottement intolérable de son entrejambe contre son ventre. Maintenant qu'ils étaient fiancés, elle n'allait plus pouvoir se refuser à lui, et cette perspective l'emplissait d'un effroi presque virginal. Voilà, elle s'était vendue, elle avait trahi tous ses rêves et ses espoirs, uniquement parce qu'elle n'avait plus rien à perdre. Tandis qu'elle tournoyait dans les bras de Richard, elle sentit ses yeux s'embuer de larmes. Plusieurs autres danseurs le remarquèrent et échangèrent des sourires attendris, émus par cette belle histoire d'amour. De l'autre côté de la pièce, l'unique objet de l'amour d'Alex observait le couple vedette avec hargne, son verre à la main, et priait pour que les cours de la Bourse s'écroulent dès le lendemain, emportant Richard en enfer.

— Eh bien, elle a fini par perdre la bataille, déclara Simon, qui avait rejoint Nick et regardait son amie d'un œil triste.

— On peut le dire, répondit Nick avec amertume, tandis qu'un abruti faisait danser la femme de sa vie sans même respecter le rythme de la musique.

Enfin, le morceau se termina, au grand soulagement d'Alex, qui se libéra de l'emprise de Richard et de son haleine avinée. Elle se réfugia dans un coin de la pièce, mais elle était encore trop en vue. Elle se dirigea donc vers la cuisine, en se disant que quelques instants de repli parmi des gens qui ignoraient tout de l'affreuse nouvelle lui feraient du bien et lui épargneraient l'obligation de rayonner de bonheur. De toute façon, le personnel qui s'agitait dans la cuisine était bien trop occupé pour remarquer la présence d'une femme perdue qui venait de commettre l'erreur de sa vie. Pour ne pas trop gêner, elle se cacha près du réfrigérateur. Malheureusement, Simon entra bientôt, pour dire un mot à l'équipe de Mme Ang, et la repéra aussitôt. Sachant qu'elle était coincée, Alex se dit qu'il valait mieux en finir une fois pour toutes et écouter ce qu'il avait à lui dire.

— Tu es complètement cinglée ou quoi ? fit-il sans préambule, tant il était horrifié par son comportement.

— Non, marmonna-t-elle.

Elle se concentra sur son nez, car elle avait lu dans un magazine que c'était un bon moyen de s'empêcher de pleurer. De toute évidence, l'auteur de l'article n'avait jamais été confronté à une catastrophe d'une telle ampleur. La seule solution était de garder la tête haute et de se justifier, mais elle ne parvint qu'à esquisser un rictus pathétique et à regarder Simon, qui secoua la tête, ahuri. Il lui tapota doucement le bras, comme s'il avait affaire à une attardée mentale, et lui suggéra de rejoindre les autres invités.

En regagnant le salon, elle vit Richard se laisser enlacer par une portraitiste au talent médiocre mais au *sex-appeal* toujours vivace, bien qu'elle ne fût plus de la première jeunesse. Alex se plaqua contre le mur et chercha un endroit plus discret où se réfugier. Elle se glissa derrière un paravent japonais, certaine d'être en sécurité, du moins pendant quelques instants. Malheureusement, le coin sombre était déjà occupé, comme elle put le constater quand elle recula à pas de loup et entendit un juron étouffé. La lueur des chandelles n'arrivait pas jusque-là, mais la silhouette appuyée contre le mur avait quelque chose d'horriblement familier. Ses soupçons furent confirmés lorsqu'une main la saisit par le bras, envoyant une décharge électrique dans tout son corps.

— Tiens, tiens, mais c'est notre future mariée toute rose de bonheur, railla la voix de Nick. Je suppose que l'heure est aux félicitations.

Il parlait tranquillement et de façon remarquablement claire pour un homme au bord du coma éthylique. Malgré la pénombre, Alex devinait l'intensité de son regard, plein d'une émotion qu'elle ne réussit pas à identifier. Pendant de longues secondes, aucun d'eux ne prononça un mot. Puis Nick resserra son emprise sur son bras, comme pour l'attirer à lui. Machinalement, Alex baissa les yeux sur sa main. La bague en argent était là, étincelante. Alors, tout lui revint : son désespoir en découvrant le bijou sur la table de chevet de Simon, son sentiment profond et absurde d'avoir été trahie. Elle se dégagea, recula vivement, écarta le paravent et retourna parmi les invités. La foule parut l'avaler, et Nick la regarda s'éloigner, impuissant, incapable d'articuler les mots qu'il avait envie de lui hurler. Il aurait fait n'importe quoi, il aurait vendu son âme pour pouvoir la supplier de ne pas épouser Richard, mais son corps ne lui obéissait plus. Il était comme cloué au mur par la lance empoisonnée qu'il avait reçue en plein cœur. La main toujours serrée autour de sa bouteille, ne tenant debout que par miracle, il fixa l'endroit où Alex avait disparu et lutta de toutes ses forces pour ne pas pleurer.

6

Simon savoura le vif succès qu'avait remporté sa soirée pendant au moins une semaine. Nick mit à peu près autant de temps à se remettre de sa gueule de bois. Plusieurs journées laborieuses et très silencieuses s'écoulèrent avant que Simon ne puisse obtenir autre chose qu'un vague grommellement en réponse à ses questions. Le photographe commençait à se demander s'il avait dit ou fait quelque chose de mal pour que son assistant soit dans cet état, quand, soudain, survint une éclaircie. Nick esquissa un sourire. Il mit sa mauvaise humeur sur le compte de sa gueule de bois, mais Simon ne mordit pas à l'hameçon. Après y avoir bien réfléchi, il s'était dit qu'il avait peut-être enfin suscité la jalousie de ce colocataire trop réservé à son goût. Il se rappelait en effet avoir flirté ostensiblement avec un ou deux spécimens de choix parmi les invités. Ce ne pouvait pas être une simple coïncidence que Nick ait commencé à rentrer dans sa coquille justement à l'issue de cette fête. Une fête couronnée, Simon devait l'admettre, par l'annonce fracassante des fiançailles d'Alex. Lui-même, malgré ses efforts et son perfectionnisme, n'aurait jamais réussi à mettre en scène une telle attraction.

Il se repassa en esprit le film de la soirée, mais pas un instant il ne lui vint à l'idée qu'il n'était peut-être pas à l'origine de l'humeur maussade de Nick. Il avait depuis longtemps refoulé toute pensée négative à propos du jeune homme et n'avait aucun doute sur le couple qu'ils allaient former. Rien ne pouvait entamer son optimisme, pas même le fait qu'il n'y avait encore eu aucun contact physique entre eux. Il lui fallait simplement trouver un moyen de gagner la confiance de Nick, de lui montrer qu'il ne le ferait pas souffrir comme cette personne inconnue qu'il avait aimée en Extrême-Orient. Peut-être serait-il judicieux de changer de cadre, de partir loin des curieux de la ville. Un petit tour à la campagne permettrait sans doute aux sentiments de Nick de s'exprimer. D'ailleurs, Simon connaissait l'endroit idéal. Depuis des années, ses parents entretenaient un minuscule cottage dans la région des landes sauvages du Devon. Quand leurs enfants avaient quitté la maison pour mener leur vie, ils l'avaient gardé, dans l'espoir de voir un jour leurs petits-enfants s'amuser dans le jardin et s'ébattre en pleine nature.

Depuis, Simon avait dû subir les sous-entendus incessants de sa mère, qui voulait absolument que ce rêve idyllique se réalise. Par chance, sa fille Helen lui avait donné deux beaux petits-enfants, ce qui l'avait un peu calmée, même si cela n'avait pas suffi à la faire taire. Elle accepta donc volontiers de prêter le cottage à Simon pour qu'il puisse y « passer le week-end avec quelqu'un ». Peut-être aurait-elle hésité à lui confier les clés si elle avait su que ce « quelqu'un » était du genre à se raser les joues plutôt que les jambes. Enfin, tant qu'elle restait dans cette ignorance insouciante, tout le monde était content.

La perspective de ce week-end réjouissait Simon. Cela faisait un certain temps qu'il n'avait pas pris un peu de repos, et le silence lugubre des landes exerçait soudain sur lui un charme semblable au chant des sirènes. En outre, ce petit séjour lui permettrait de disparaître de la circulation pendant quelques jours, ce qui ne manquerait pas d'attiser les ragots sur son nouveau compagnon. Son nom allait être sur toutes les lèvres, les salons allaient bourdonner du récit de ses aventures, jusqu'à ce qu'il réapparaisse avec, l'espérait-il, de quoi justifier la curiosité de ses amis à son bras, même s'il ne considérait pas Nick comme un compagnon purement décoratif.

Son plan semblait parfait, mais, très vite, Simon se rendit compte qu'il y manquait un élément. S'il n'avait pas réussi à séduire Nick en dormant dans la chambre voisine de la sienne, il n'y avait aucune raison que cela change uniquement parce qu'ils se retrouveraient dans un cadre différent. Non. Il fallait qu'il trouve un prétexte pour se rapprocher de lui, pour établir une véritable complicité entre eux. Pourquoi ne pas inviter le couple de tourtereaux ? Il prétendrait que ce serait l'occasion de mieux connaître Richard. En y pensant bien, il avait tout à y gagner. Il était évident que Nick ne supportait pas plus la compagnie de Richard que lui. Toutefois, il resterait poli, tandis que lui-même s'efforcerait de paraître intéressé par ce que Richard lui raconterait. Lui et Nick seraient solidaires face à l'ennemi, ce qui ne manquerait pas de créer des liens. Ils affronteraient ensemble cette expérience angoissante. Et il n'y avait rien de plus stressant que de supporter Richard pendant tout un week-end.

Ce soir-là, au cours du dîner, Simon soumit donc son projet à Nick, qui réagit avec une véhémence surprenante. Il faillit s'étouffer, puis se mit à rejeter systématiquement les raisons pour lesquelles Simon jugeait qu'ils devaient tous deux faire un effort dans l'intérêt d'Alex.

— Après tout, la pauvre, elle va se sentir très isolée une fois qu'elle aura épousé cet imbécile. La plupart des amis d'Alex le détestent, ce salaud, mais ils sont trop gentils pour le lui dire franchement. Il n'y a rien de pire que de se caser avec quelqu'un que ton entourage ne peut pas voir en peinture. C'est la mort sociale assurée. Il faut qu'on se montre solidaires et qu'on essaie de le connaître un peu mieux. Il doit bien avoir des qualités, ce type. Peut-être qu'il aime les animaux, je ne sais pas, moi...

L'espace d'un instant, Nick imagina une horde de fouines se précipitant vers Richard et le saluant comme l'un des leurs. Il se demandait avec effroi si Simon n'avait pas perdu la raison. En organisant ce fichu week-end, il les condamnait à deux jours de bonne humeur forcée. Malheureusement, il semblait très sérieux. Nick n'était pas certain de pouvoir supporter le spectacle d'Alex et de Richard ensemble, mais après un instant de réflexion, il se dit qu'il tenait peut-être là une occasion inespérée de profiter d'un moment volé pour reconquérir Alex ou, au moins, de la persuader de s'engager dans les fiançailles les plus longues de l'histoire de l'humanité. S'il parvenait à passer ces deux jours sans tirer une décharge de chevrotine sur Richard, ce week-end se révélerait peut-être bénéfique. Il sirota donc son café en écoutant distraitement Simon lui exposer ses projets de promenades en pleine nature et de repas plantureux dans les pubs du village, tout en imaginant lui-même un retour à la nature d'un autre genre.

Lorsque Simon fit part de sa proposition à Alex, celle-ci se dit qu'il devait y avoir anguille sous roche. Toutefois, il semblait sincèrement désireux de nouer des liens avec Richard et d'accepter enfin son statut de fiancé de sa plus vieille amie. De manière générale, l'annonce de ses fiançailles avait été accueillie par un silence ébahi par ses amis et sa famille. Les gens lui avaient présenté les félicitations d'usage, mais sans conviction. Ses parents, qui n'avaient pas encore rencontré Richard, avaient eu l'air un peu contrariés qu'il n'ait pas pris la peine de demander à son père la main d'Alex. La jeune femme avait frémi en songeant qu'il aurait adoré cela. Elle devait admettre qu'elle trouvait son fiancé parfois très snob, et elle était horriblement gênée quand il s'efforçait de masquer ses origines sociales sous un vernis de pédanterie et de distinction superficielle. Elle comprenait qu'il s'agissait d'un manque d'assurance de sa part, mais cela n'éveillait en elle que de la pitié, voire de la haine.

En fait, depuis les fiançailles, elle se sentait de plus en plus mal. Le jour où Richard glissa la bague à son doigt, il lui sembla qu'on venait de lui passer les menottes. À présent, lorsqu'il la prenait par la taille d'un geste possessif, elle avait l'impression d'étouffer. En outre, il avait une tendance agaçante à lui donner son avis sur sa façon de s'habiller, et Alex savait qu'il mourait d'envie de lui interdire de porter des minijupes. Toutefois, la perspective de cette union semblait le rendre si heureux qu'elle n'avoua à personne qu'elle avait l'impression de monter à l'échafaud. Le choc du début s'était estompé, et elle était maintenant sûre d'elle, au moins sur un point : elle préférait être à découvert jusqu'à la fin de ses jours plutôt que d'épouser cet homme. Elle se garda de le dire, par lâcheté, mais aussi pour ne pas le blesser dans son amour-propre.

En tout cas, elle avait désormais une excuse de choix pour repousser ses avances. Lorsqu'il tenta de lui faire l'amour, juste après la fête de Simon, elle déclara qu'elle désirait attendre la nuit de noces. À sa grande stupeur, il accepta ce mensonge énorme, sans doute parce qu'il se considérait comme un homme honorable, capable de se retenir face à la future mère de ses enfants. Néanmoins, il n'en était que plus impatient de convoler en justes noces, et il ne cessait de laisser traîner des brochures mensongères vantant sur papier glacé des lunes de miel de rêve. À sa demande, Alex examina la possibilité d'un bungalow sur une plage surpeuplée, avant de décréter que cela ne correspondait pas vraiment à sa conception du paradis sur terre. Elle parvint également à convaincre son fiancé que sa mère serait très contrariée si elle ne se mariait pas à l'église du village d'où sa famille était originaire. Pour une fois, elle bénit toutes ces contraintes sociales et remercia le Ciel d'avoir une mère plutôt à cheval sur les traditions.

Le week-end venu, alors qu'elle endurait la conduite irascible de Richard, Alex regretta amèrement de ne pas avoir trouvé d'excuse pour échapper à ce calvaire. Le trajet fut ponctué par les réflexions acerbes de son fiancé, voire par ses francs éclats de colère. Même Alex en prit pour son grade, sous prétexte qu'elle était vraiment nulle comme copilote. Ils durent demander leur route à divers autochtones ébahis, dont la plupart, naturellement, les induisirent en erreur. Enfin, Richard parvint à les mener à bon port, trois heures et demie après leur départ de Londres.

Il grommelait qu'il espérait que les autres étaient déjà arrivés quand la porte du cottage s'ouvrit. Avec un sourire chaleureux, Simon lui tendit une main ferme. Le couple alla chercher ses bagages dans la voiture et entra dans un petit salon aux poutres apparentes. Nick leur adressa un bref salut, puis Simon leur montra leur chambre, la seule de la maison, et leur apprit qu'il avait décidé de camper dans le salon avec Nick. Alex pesta intérieurement contre tant de bonté, même si elle préférait savoir que ce ne seraient pas Simon et Nick qui partageraient l'unique lit double. Alex jeta son sac de voyage sur l'édredon et retourna dans le salon, soulagée de ne plus se retrouver seule avec Richard.

Le soleil n'avait pas réussi à percer à travers les nuages, et un crachin déprimant tombait. Simon, qui avait compté sur une belle soirée estivale, commençait à se demander ce qu'ils allaient faire, confinés dans le cottage. Son idée de départ était d'organiser un barbecue dans le jardin et de s'installer sur l'herbe, en buvant du cidre et en bavardant gentiment. Mais comment délier les langues ? Nick était fermé comme une huître, et les tourtereaux ne desserraient pas les dents. Puis la pluie se fit plus drue, excluant toute possibilité de soirée en plein air. Ils se rabattirent donc sur le pub du village, où ils savourèrent l'excellente cuisine de Mme Bridge.

À la fin du repas, Alex se demanda comment elle allait finir son crumble aux pommes. Elle se sentait à peine capable d'esquisser un mouvement, tant elle avait mangé. Au début, la présence de Nick lui avait coupé l'appétit. Mais, au fil du repas, elle s'était laissé contaminer par l'atmosphère chaleureuse du pub villageois et avait fini par apprécier la soirée. Simon se montrait tout à fait charmant. Il posait à Richard un tas de questions intelligentes sur les marchés et faisait mine d'être fasciné par ses réponses et impressionné par l'étendue de ses connaissances. Richard était si flatté d'être l'objet de tant d'attention qu'il en oubliait d'afficher son arrogance coutumière. Il rit même à une ou deux plaisanteries de Simon sur les mœurs de deux banquiers très en vue, dont les épouses respectives auraient été horrifiées d'apprendre le goût prononcé pour les beaux jeunes gens. N'importe quel avocat spécialiste des divorces aurait donné sa mallette en croco et les clés de sa BMW pour obtenir des preuves concrètes de ces frasques. Richard garda ces informations en mémoire, car il savait qu'elles pourraient lui être utiles un jour, mais il masqua au mieux son intérêt, se contentant d'écouter Simon en gloussant de temps à autre. Alex réalisa très vite qu'elle ne supporterait jamais ces gloussements toute sa vie durant.

Simon embobina Richard comme il savait si bien le faire. Il le prit dans ses filets aussi facilement qu'autrefois, lorsqu'il allait à la pêche avec son père dans cette même campagne. D'ailleurs, il trouvait que le teint gris de Richard, dû aux heures passées devant son écran à jongler avec des chiffres, n'était pas sans rappeler les écailles d'un poisson. Il avait en outre à peu près autant de conversation qu'un saumon mort, mais Simon poursuivit son objectif. Il changea de sujet, passant de la Bourse à la chasse, avant de demander à son invité ce qu'il pensait de la construction d'immeubles en béton dans des zones protégées. Du coin de l'œil, il vit que Nick était mal à l'aise et fixait son assiette vide.

— Personnellement, je ne vois pas pourquoi les défenseurs de la nature font tant d'histoires, déclara Richard. Après tout, ces maudits oiseaux et insectes peuvent toujours aller s'installer ailleurs, non ? Qu'en penses-tu, chérie ?

À vrai dire, en cet instant, Alex s'efforçait de ne pas trop penser. Mais elle cessa d'observer Nick, qui triturait une serviette en papier, pour sourire à son fiancé et répondre d'une voix doucereuse :

— En fait, je suis totalement contre. Si tout le monde raisonnait comme toi, on vivrait dans une jungle de béton, et il ne resterait pour toute faune que les gros lards qui auraient empoché les bénéfices.

Richard répondit par un grommellement de dédain à cette réaction typiquement féminine et reporta son attention sur Simon. Lui, au moins, savait reconnaître un argument logique quand il en voyait un.

— Bien dit.

Nick avait parlé à voix basse, mais ses paroles eurent l'effet d'un rayon de soleil sur le cœur de la jeune femme. C'était la première fois qu'il lui disait quelque chose de gentil depuis leur nuit d'amour. Touchée et encouragée par ce dégel, elle décida de poursuivre la conversation.

— Alors, Nick, qu'est-ce que tu deviens ?

C'était une question anodine, mais Nick rentra aussitôt dans sa coquille.

— Ça va, marmonna-t-il.

— Tu as beaucoup de boulot, en ce moment ? Simon dit que vous êtes débordés, mais que tu t'en tires très bien.

Enfin, songea-t-elle avec tristesse, Simon ne faisait peut-être pas du tout allusion au travail en disant cela. Nick eut un sourire sans joie et leva les yeux vers elle.

— Aussi bien que possible, répondit-il en soutenant son regard pendant un instant.

Alex se mit à balbutier nerveusement :

— Ah, formidable ! Je… je suis très contente pour toi.

— Dommage que je ne puisse pas en dire autant.

Son sous-entendu était clair. D'ailleurs, elle aurait dû le comprendre depuis longtemps. Tout comme Simon, Nick souhaitait maintenir le *statu quo*. Il aimait la situation telle qu'elle était, avec leur petit trio qui passait des soirées à discuter et à plaisanter, trop souvent aux dépens de Richard. C'était facile, pour ces deux vauriens. Ils la considéraient comme une sorte de mascotte qui les amusait et leur permettait de voir combien leur relation était plus enrichissante que la sienne. Eh bien, qu'ils aillent au diable ! Elle leur montrerait qu'elle pouvait avoir une vie à elle, en dehors de leur petit cercle restreint. Elle avait peut-être un métier ennuyeux qui ne menait à rien et un fiancé dont la compagnie était aussi folichonne que celle d'un prédicateur mormon, mais Richard avait bon cœur et la couvrait de bijoux. Son annulaire gauche était orné de diamants et de platine. Elle aurait préféré un solitaire, mais elle était touchée de savoir que Richard avait participé à la création de cette bague, qu'il lui avait offerte timidement la veille. Elle tendit la main pour l'admirer et surprit le regard fixe de Nick. Simon et lui devaient trouver le bijou vulgaire et ostentatoire, mais il rassurait la jeune femme, car il clamait au monde entier qu'elle appartenait à quelqu'un et qu'un homme l'avait choisie.

La lumière qui jouait sur les multiples facettes des diamants attira l'attention de Simon, qui s'interrompit brusquement au milieu d'une phrase. Il saisit la jeune femme par le poignet et examina le bijou.

— Tiens, tiens… C'est vraiment quelque chose.

Simon était le maître des formules à double sens, songea Alex avec agacement. Richard afficha un large sourire, flatté par ce qu'il prenait pour un compliment.

— Je l'ai dessinée moi-même avec un type de Hatton Garden. Elle est unique au monde. Comme toi, chérie.

Simon et Nick se raidirent, comme pour lutter contre le fou rire. Irritée par leur attitude moqueuse, Alex se blottit contre Richard avec un sourire coquet.

— Ça, je dois dire que je n'en ai jamais vu de semblable, commenta Simon, en toussotant pour ne pas éclater de rire.

Comme il proposait d'aller chercher un verre pour tout le monde, Richard déclara :

— Je t'accompagne.

Il se leva avant qu'Alex ait pu l'en empêcher, et la jeune femme se retrouva seule avec Nick, à son grand désarroi.

— Ce doit être crevant de trimballer cette énorme bague toute la journée, dit ce dernier.

— Oh, je vais m'y habituer !

— Je n'en doute pas.

Elle détourna les yeux, gênée par son ton sarcastique et son regard insistant. Heureusement, les deux autres revinrent bientôt du bar, et ils quittèrent le pub peu après. Alex se sentait épuisée. Toute la soirée, elle avait encouragé Richard à boire du whisky, dans l'espoir que cela l'empêcherait d'avoir des insomnies, mais il s'était montré bien trop raisonnable à son goût. Par chance, dès qu'ils furent de retour au cottage, Simon sortit une bouteille et insista pour servir un double whisky à Richard. En réalité, il était toujours en pleine entreprise de séduction et ne se doutait pas qu'il rendait service à Alex. La jeune femme fut ravie de voir Richard vider son verre d'une traite et en accepter un autre. Grâce à son faible pour l'alcool, il ronflerait sans doute au bout de trente secondes, la laissant ruminer ses regrets et son chagrin tout son soûl.

Pour une fois, Nick se dispensa de whisky. Alex put l'observer à loisir depuis les profondeurs de son vieux fauteuil, car il semblait plongé dans la contemplation du tapis sur lequel il était assis et ne contribuait à la conversation qu'en émettant quelques onomatopées. Alex se demanda s'il gardait son énergie pour plus tard. Elle espérait que ses bouchons d'oreilles seraient efficaces. Les vieilles portes en bois du cottage n'étaient pas vraiment ce qui se faisait de mieux en matière d'insonorisation. Elle regarda avec horreur le canapé convertible qui servait de lit d'appoint. Formidable. Elle allait passer la nuit près de Richard, qui ronflerait comme un sonneur, pendant que, dans la pièce voisine, Simon fricoterait avec l'homme qu'elle aimait.

Richard s'étira, bâilla et annonça qu'il était crevé. Alex crut lire un certain soulagement dans les yeux de Simon, mais il joua les hôtes modèles jusqu'au bout, déclarant qu'il était encore tôt et qu'il restait du whisky.

— Non, vraiment, merci. Il faut bien récupérer un peu, n'est-ce pas, Alex ?

Elle était trop déprimée pour faire autre chose qu'acquiescer, aussi le suivit-elle dans la petite chambre. En d'autres circonstances, ce cadre aurait été des plus romantiques. La lueur dorée de la lampe éclairait les couleurs un peu passées de l'édredon en patchwork, et les oreillers en plumes étaient accueillants à souhait. Simon avait posé deux serviettes moelleuses au pied du lit. Il leur souhaita une bonne nuit et se retira. En entendant le cliquetis de la serrure, la jeune femme eut l'impression de se retrouver enfermée dans la cellule d'une prison. Elle tendit une serviette à Richard et lui suggéra de passer en premier dans la salle de bains. Elle profita de son absence pour se déshabiller vivement et enfiler un immense tee-shirt gris qui lui arrivait aux genoux et était aussi seyant qu'un linceul – métaphore lugubre qui ne lui sembla que trop justifiée. Elle se glissa sous les couvertures et y resta jusqu'au retour de Richard. Puis elle se précipita dans la salle de bains, où elle s'attarda aussi longtemps que possible, pour laisser à Richard le temps de s'endormir.

En regagnant la chambre, elle tendit l'oreille pour tenter de deviner ce qui se passait dans le salon, mais elle ne perçut qu'un murmure de conversation. Dans le lit, elle trouva un Richard hélas bien réveillé. Son regard en disait long sur ses intentions. Bizarrement, l'air de la campagne et la nourriture copieuse semblaient avoir un effet aphrodisiaque sur lui, et le whisky n'avait réussi qu'à le détendre et à lui faire oublier sa réserve. Dès qu'Alex se fut glissée sous les draps, le plus loin possible de lui, il tendit la main et se mit à lui caresser les seins. La jeune femme le repoussa, mais il crut à un jeu. En quelques secondes, elle se retrouva coincée sous son corps lourd et entreprenant.

— Arrête, Richard, nom de Dieu !

Elle appuya avec force les deux mains sur ses épaules, et il finit par comprendre qu'il n'arriverait pas à ses fins.

— Bon sang, Alex, j'en ai assez de cette comédie, marmonna-t-il en roulant sur le côté. Si ça continue comme ça, je vais exploser, moi !

L'espace d'un instant, la jeune femme imagina Richard en train d'exploser littéralement sous ses yeux. Voilà qui résoudrait tous ses problèmes. Malheureusement, la vie n'était pas aussi simple. En remarquant qu'il était réellement peiné par son attitude, elle éprouva un soupçon de remords. Elle se radoucit donc, mais son élan de gentillesse ne dura que trente secondes, durant lesquelles il en profita pour revenir à la charge. Il glissa une main sous son tee-shirt, tout en essayant de lui écarter les cuisses de l'autre. Cette fois, c'en était trop. Alex se redressa, parvint à le repousser et quitta précipitamment le lit.

— Si tu n'arrives pas à te calmer, je vais dormir dans le salon avec les autres. Je te signale que le devoir conjugal, ça n'existe pas. Quand je dis non, c'est non.

Sa colère et ses paroles eurent aussitôt un effet apaisant sur Richard, qui afficha un air contrit. Elle ne précisa pas qu'elle aurait préféré se réfugier dans la cabane de jardin plutôt que de passer la nuit dans la même pièce que les deux garçons, à essayer d'ignorer ce qu'ils faisaient à côté d'elle. Elle avait l'horrible impression que Simon aurait adoré avoir une spectatrice à ses exploits.

— Désolé, chérie. Vraiment, je regrette. Mais tu es irrésistible, et ça fait si longtemps…

Pas assez longtemps, au goût de la jeune femme, qui se disait que cette histoire devenait de plus en plus ingérable. Elle lui fit promettre de ne pas poser la main sur elle, ni la langue, ni toute autre partie de son corps et se glissa de nouveau sous les draps. Elle passa la majeure partie de la nuit éveillée, à guetter le moindre bruit suspect en provenance du salon. Au cours de sa veille, elle prit la décision de se lever aux aurores. Sous prétexte de préparer le café, elle traverserait le salon et pourrait constater *de visu* la terrible vérité. Elle plaça même son réveil de voyage sous son oreiller. Puis les secondes continuèrent à s'égrener, symboles de sa vie qui s'écoulait et la menait inexorablement vers la prison du mariage, avec la perspective rieuse de passer toutes les nuits qu'il lui restait à fixer le plafond.

Si elle avait su que Nick était réveillé, lui aussi, elle aurait été réconfortée. Elle aurait également été infiniment rassurée de découvrir que Simon dormait sur le canapé, à bonne distance de Nick, qui avait fermement rejeté sa proposition de partager le canapé. Nick avait la certitude que les intentions de Simon étaient honorables, mais il préférait la solitude de son sac de couchage à la moitié d'un matelas étroit déjà occupé par un autre homme.

Après que Richard et Alex s'étaient retirés dans leur chambre, les deux hommes avaient discuté pendant une heure. Simon avait fait une réflexion ironique sur la finesse des murs et s'était félicité d'avoir apporté des bouchons d'oreilles. Il en avait proposé une paire toute neuve à son ami, qui avait, là encore, décliné son offre. Nick avait la ferme intention de demeurer éveillé toute la nuit, tel un chien de garde à l'affût. Il tenait à entendre le moindre souffle en provenance de la chambre et était prêt à se précipiter pour regarder par le trou de la serrure au premier bruit suspect.

À 4 heures du matin, il n'en pouvait plus. Il avait affreusement mal au dos, et son esprit résonnait de mille tourments. De plus, Simon avait une tendance agaçante à grincer des dents durant son sommeil, ce qui produisait un bruit à peu près aussi agréable que celui d'une craie sur un tableau noir. Ne voyant rien d'autre à faire, Nick sortit de son sac de couchage et alla trouver refuge dans la cuisine, avec l'intention de se préparer un chocolat chaud pour se réconforter au cœur de cette longue nuit solitaire.

Soulagé d'avoir réussi à quitter le salon en toute discrétion, il poussa la porte de la cuisine et grimaça en l'entendant grincer sur ses gonds. Puis il entra à pas de loup dans la pièce et tâtonna en vain sur le mur, en quête de l'interrupteur. Il avança prudemment dans la pièce, en prenant soin de ne pas heurter les meubles. Quand ses yeux se furent accoutumés à la pénombre, il décela les contours de la table et ceux de la fenêtre, qui formait une tache plus claire dans l'obscurité. Soudain, un détail attira son attention. La fenêtre aurait dû dessiner un rectangle parfait. Or quelque chose masquait un de ses angles. Quelque chose qui respirait doucement mais distinctement dans le noir.

— Alex ?

Ce n'était pas vraiment une question. Il aurait reconnu son parfum léger n'importe où et était capable de tracer les moindres nuances de son corps dans ses rêves. Comme elle ne répondait pas, il avança encore.

Telle une biche aux abois, la jeune femme resta figée sur place, le souffle court. Elle s'était toujours demandé pourquoi certaines personnes devaient se pincer pour se convaincre qu'elles ne rêvaient pas. Mais, à présent, elle les comprenait. Seul un contact physique aurait pu la persuader qu'elle se trouvait effectivement dans la cuisine, en compagnie de Nick, et non au lit, à côté de Richard. Elle eut la bonne surprise de voir Nick s'approcher d'elle. Sans réfléchir, sans dire un mot, il tendit la main et lui caressa la joue. Puis il l'attira à lui et l'embrassa avec une telle ardeur qu'elle en eut le tournis. Ils restèrent longtemps ainsi, enlacés, à sentir le même désir monter en eux. Brusquement, une porte claqua dans la maison et ils se séparèrent vivement. Sans savoir ce qui lui faisait le plus peur, être surprise par Richard ou rester seule avec Nick, Alex s'éloigna vers la porte, sans plus penser à la table, contre laquelle elle se cogna violemment. Mais même la douleur fulgurante qui lui transperça la cuisse ne parvint pas à chasser le trouble qui avait envahi son corps au contact de Nick.

Nick distingua la silhouette d'Alex jusqu'à ce qu'elle soit engloutie par la pénombre du couloir. L'espace d'une seconde, il se demanda si ce baiser si silencieux, si furtif avait vraiment existé, si cette étreinte n'avait pas été le fruit de son imagination. Il retourna finalement vers son lit de fortune et passa le reste de la nuit à somnoler, troublé par le parfum d'Alex sur ses doigts et par le souvenir de ses lèvres douces et de ses cheveux soyeux.

Au matin, quand son réveil se mit à sonner, Alex ne parvint d'abord pas à croire qu'elle avait réussi à s'endormir. Puis elle songea qu'il lui faudrait survivre à cette journée uniquement grâce à l'adrénaline et à sa volonté, car elle ne devait avoir dormi qu'une petite heure, étant donné qu'elle se rappelait avoir entendu chanter les oiseaux et vu naître les premières lueurs du jour. Épuisée, elle éteignit son réveil, referma les yeux et plongea dans un rêve troublant où elle était aux prises avec un poulpe qui essayait de l'étouffer. Quand elle rouvrit enfin les paupières, elle découvrit que son rêve était devenu réalité et que le poulpe n'était autre que Richard. Elle sortit de cette lutte sans merci empourprée et furieuse. Pour le calmer, elle dut le menacer de rompre leurs fiançailles s'il n'arrêtait pas tout de suite. Puis elle se leva et chercha son réveil. Elle finit par le retrouver là où elle l'avait lancé, sous la commode, et constata avec effroi qu'il était plus de 10 heures. Il était trop tard pour qu'elle sache si leur baiser n'avait été pour Nick qu'un moment d'égarement vite oublié dans les bras de Simon ou s'il avait passé le reste de la nuit à penser à elle, avant de sombrer à l'aube dans un sommeil agité.

La jeune femme enfila un jean et un tee-shirt et jaillit hors de la chambre comme si elle avait un tueur en série à ses trousses. Elle s'obligea néanmoins à prendre une profonde inspiration avant d'entrer nonchalamment dans le salon. La pièce était déserte et trop bien rangée. Le canapé était replié, les couvertures empilées avec soin. Il ne restait pas le moindre indice permettant de deviner ce qui s'était ou non passé durant la nuit.

Alex trouva Simon et Nick dans la cuisine, les cheveux en bataille, assis devant un café.

— Salut, ma belle ! Tu as bien dormi ?

Simon affichait un air taquin. Il savait parfaitement que Richard ronflait comme un sonneur et avait compris qu'il n'y avait eu aucun épisode scabreux entre les deux tourtereaux.

Alex marmonna un vague bonjour et accepta sur le même ton une tasse de café. Lorsqu'elle s'assit à table, un souvenir troublant revint à sa mémoire. Elle effleura subrepticement sa cuisse encore endolorie, pour s'assurer qu'elle n'avait pas rêvé. De toute évidence, elle ne se montra pas assez discrète, car elle surprit au même instant le regard indéchiffrable de Nick posé sur elle. Elle rougit légèrement et se concentra sur sa tasse.

— Dites donc, vous êtes bien grincheux, tous les deux, ce matin, commenta Simon.

Simon avait remarquablement bien dormi pour un insomniaque. Il avait pris soin de ne pas abuser du whisky et avait été heureux de se réveiller dans la même pièce que l'être aimé. Il avait deviné que Nick n'avait pas bien dormi, mais avait attribué ce fait au désir qu'il devait éprouver pour sa personne et s'était félicité d'être aussi irrésistible. Encore une nuit, et il faudrait sans doute qu'il repousse ses avances. Nick était manifestement en train de surmonter sa timidité, et Simon était prêt à le laisser approcher à son rythme. Quand le grand moment arriverait enfin, ce serait parfait.

— Des toasts ? lança-t-il d'un ton enjoué.

Il posa une assiette de pain grillé entre ses deux camarades silencieux, puis se tourna vers le fourneau.

Nick et Alex étaient trop fatigués pour trouver ce silence pénible. Mais le malheureux Simon accueillit avec une joie presque sincère l'arrivée de Richard, se réjouissant d'avoir enfin quelqu'un à qui parler. Il en avait assez de siffloter devant sa poêle.

Richard faisait toujours preuve d'une énergie débordante le matin, ce qu'Alex avait toujours considéré comme une preuve flagrante d'incompatibilité entre eux. Toutefois, cet entrain se révélait utile, au vu des circonstances.

Simon et lui se lancèrent dans une discussion fort animée sur la façon dont ils allaient occuper cette nouvelle journée, tandis que Nick et Alex mangeaient en silence. La jeune femme se demanda un instant pourquoi Simon était passé d'un petit déjeuner à base de fruits frais et de germes de blé aux plus traditionnels œufs au bacon, mais elle était trop préoccupée pour s'en inquiéter plus longtemps.

Simon avait prévu une promenade revigorante sur la lande, puis un thé complet au pub dans l'après-midi. Tout cela serait très champêtre et lui donnerait tout le temps de sonder Richard et de trouver le meilleur moyen d'éviter la catastrophe que serait son mariage avec Alex. Le banquier avait beau être affable, il n'était pas l'homme qu'il fallait à son amie d'enfance. Or, cette dernière n'était pas assez lucide pour s'en rendre compte, et au fond de l'esprit manipulateur de Simon, il y avait beaucoup d'affection pour la jeune femme. Dieu seul savait pourquoi elle s'était fourrée dans un tel pétrin, mais il devait exister un moyen de la tirer de là. Alex était bien trop perdue pour s'en sortir seule. Richard avait manifestement compris qu'une union avec une jeune femme de bonne famille servirait son image de marque et ses ambitions. C'était peut-être là que se trouvait la solution, d'ailleurs. Simon n'avait qu'à insinuer qu'Alex n'était pas celle qu'il croyait. Il pouvait évoquer une tare congénitale ou quelque secret honteux qui affecterait irrémédiablement la réputation du banquier s'il était révélé au grand jour.

Naturellement, Simon devrait faire preuve de la plus grande prudence. Si Alex se rendait compte de ses manigances, elle le tuerait. Avant de se confier à Richard, il lui demanderait donc de rester muet comme une tombe. Ensuite, il prétendrait être tombé par hasard sur un secret de famille, secret qu'Alex n'avait pas eu la franchise de dévoiler à son fiancé. Il faudrait que ce soit une affaire assez sordide pour mettre en péril la précieuse carrière de Richard et le dégoûter pour de bon. Très content de lui, Simon décida de ne révéler son plan à personne, même pas à Nick. Il savait que celui-ci désapprouverait son projet et qu'il insisterait pour en parler à Alex. Il était trop honnête et trop intègre. Tant pis. L'enjeu était de taille, et Simon se sentait le devoir de protéger Alex contre elle-même et contre toute une vie de soirées ennuyeuses et de parcours de golf.

Dès qu'ils eurent terminé le petit déjeuner, Simon prit la tête des opérations. Il prêta à ses trois camarades des chaussures de marche et répartit plusieurs objets utiles parmi les membres de leur petite troupe. C'était un meneur d'hommes de nature, et il arpentait la lande depuis sa prime jeunesse. Ils se munirent de bouteilles d'eau, de sandwiches, de tablettes de chocolat et de K-way, malgré les protestations des trois néophytes, persuadés que le temps allait rester au beau fixe. Simon les fit taire, et ils se mirent en route dans sa voiture, celle de Richard ne convenant guère aux chemins de terre jalonnés d'ornières.

Tandis qu'ils sillonnaient les chemins, Nick entreprit de forger quelques projets personnels. Alex et lui s'étaient installés à l'arrière, car Simon avait décidé de voyager à l'avant avec Richard et de laisser les deux grincheux ensemble. La tête appuyée contre la vitre, la jeune femme regardait défiler le paysage, plongée dans un état semi-comateux, ce qui lui permettait de ne pas être trop sensible à la proximité troublante du corps de Nick.

Mais ces efforts flagrants pour l'ignorer ne découragèrent pas Nick. Il était hors de question qu'il abandonne la lutte. Même quand il avait trop bu, il refusait de perdre espoir. Au fond de lui, il savait qu'il pouvait y arriver, si seulement Alex lui accordait une chance. Sinon, il n'aurait qu'à provoquer cette chance, ce qu'il comptait faire pendant la randonnée de quinze kilomètres. Il espérait qu'en pleine nature, la jeune femme lui ouvrirait son cœur. Cette beauté sauvage et verdoyante, la majesté de ces vieilles pierres la pousseraient à lui avouer la vérité.

Trop vite aux yeux d'un citadin pur et dur tel que Richard, ils se garèrent à l'entrée d'un sentier et se préparèrent pour leur expédition. Richard avait passé toute sa vie dans le béton, et il se méfiait de la campagne et de la terre. Il ne tenait pas à salir ses Timberland toutes neuves. En matière de randonnée, une petite balade dans les rues de Fulham lui suffisait amplement, et quand il partait en week-end, il choisissait en général un hôtel de luxe doté d'un parcours de golf où il pouvait parler affaires avec ses associés. Une fois, il avait enduré le calvaire d'une fête donnée dans une maison de campagne et s'était juré de ne plus jamais participer à ces rituels dont semblaient raffoler les bourgeois. La nourriture était immangeable, la maison glaciale et la joie forcée qu'affichaient tous les invités intolérable.

Cette randonnée s'annonçait comme une expérience pénible. Cela faisait plus de six mois qu'il n'avait pas mis les pieds dans la salle de gym de sa société, et la perspective de se mesurer à deux hommes manifestement en meilleure forme que lui ne l'enchantait guère. Mais il n'y avait pas moyen de se défiler. Simon semblait si résolu à les mener à travers champs et collines qu'il ne lui restait qu'à serrer les dents et à avancer. Avec un peu de chance, Alex serait impressionnée par ses efforts. Peut-être cela lui vaudrait-il une récompense plus conséquente qu'un baiser posé distraitement près de la bouche et un bâillement éloquent pour lui montrer combien elle était fatiguée. L'espoir faisait vivre.

La petite troupe se mit en marche, Simon et Richard en tête. Ce dernier devait pratiquement trottiner pour rester à la hauteur de son compagnon, mais ils prirent vite de l'avance sur Nick et Alex. Seuls le bruit de leurs pas, le craquement des brindilles ou le chant d'un oiseau rompaient le silence. L'itinéraire prévu par Simon devait les emmener d'abord à travers bois, puis jusqu'à une corniche qui donnait sur la rivière. Ils arpentèrent donc la lande, avant de descendre vers le cours d'eau. La pente devint de plus en plus abrupte. Les cuisses et les mollets de Richard souffraient, guère habitués à tant d'efforts. Simon ne cessait de bavarder avec entrain, apparemment indifférent à sa fatigue. Bientôt, Richard fut incapable de dire un mot et dut se contenter de répondre par monosyllabes. Simon s'en félicita. Il pourrait bientôt passer à la deuxième phase de son plan machiavélique. Il maintint donc son rythme impitoyable, sans se rendre compte que l'écart avec Nick et Alex s'était considérablement creusé.

Tout en regardant les deux silhouettes rapetisser peu à peu devant eux, Alex chantonnait, histoire de rompre le silence pesant et de garder le moral. Sa nuit sans sommeil ne l'avait pas vraiment préparée à endurer la fatigue d'une telle randonnée, mais elle parvenait à faire bonne figure et à avancer bravement. Lorsqu'elle s'arrêta pour renouer son lacet, Nick l'attendit, à sa grande surprise. À en croire son regard qui fixait un point au loin, il ne devait rêver que de rejoindre Simon. Alex ignorait si elle pourrait supporter encore longtemps ces douches écossaises incessantes de sa part. À un moment, elle se pâmait dans ses bras, ivre de désir, puis il la fuyait comme si elle avait la peste. Si c'était ainsi qu'il voulait que les choses se passent, à sa guise, mais il aurait au moins pu entamer une conversation polie. Elle décida finalement de rompre le silence, qui devenait trop oppressant.

— Merci de m'avoir attendue, dit-elle avec un sourire encourageant.

Il sortit de sa rêverie et haussa les épaules, mais pas de façon hostile.

— Pas de problème.

Mais il était déjà reparti. Déterminée à ne pas se laisser distancer, elle le rattrapa. Nick baissa les yeux vers elle et s'adoucit. Ce baiser volé l'avait déstabilisé, et il s'était réfugié dans sa coquille. Quant à Alex, elle avait une expression si neutre qu'on aurait pu croire qu'il ne s'était rien passé. Pourtant, il savait qu'il n'avait pas imaginé ce baiser. Alex s'était cambrée contre lui, ivre d'un désir aussi puissant que le sien… «Reviens sur terre, Nick!» s'exhortat-il. À cet instant, il remarqua que les deux autres avaient disparu. Il n'aurait sans doute pas d'autre occasion d'être seul avec Alex. C'était le moment ou jamais. Il s'éclaircit la gorge et chercha le meilleur moyen d'aborder le sujet. Il ne pouvait s'en prendre de front à Richard. Après tout, il devait bien y avoir quelque chose en lui qui plaisait à Alex. Les femmes étaient parfois difficiles à comprendre. Non, mieux valait oublier Richard et tenter de lui faire avouer la vérité. Il n'y tenait plus, il fallait qu'il sache si elle éprouvait quelque chose pour lui. Mais, pour cela, il devait peutêtre commencer par lui dire ce qu'il ressentait lui-même, se jeter à l'eau, au risque de se ridiculiser. Par amour.

L'idée était bonne, mais il ne parvint pas à prononcer une phrase. Il avait pourtant tous les mots en tête. Il n'avait qu'à lui dire tout simplement qu'il l'aimait, éviter de parler d'un ton suppliant et encaisser bravement sa réponse si celle-ci se révélait négative. Dans ce cas, il devait admettre que sa désillusion serait cuisante. Comment réussirait-il à survivre, si Alex affirmait que la nuit qu'ils avaient passée ensemble n'était qu'une regrettable erreur, que cette nuit, qu'il considérait comme la plus pure expression de leur amour, n'était à ses yeux qu'une aventure d'un soir, qu'elle ne pouvait aimer un homme qui se retrouvait à découvert tous les mois et qui n'avait toujours pas amorcé de carrière à vingt-neuf ans ?

Alex ne semblait pas se rendre compte qu'il était en proie à de tels tourments. En fait, elle était trop concentrée sur la descente escarpée vers la vallée pour remarquer les sourcils froncés de son compagnon. La pluie avait rendu glissant le chemin déjà jalonné de cailloux et de racines. À une ou deux reprises, elle faillit tomber. La main de Nick la rattrapa et lui épargna la honte de descendre vers la rivière sur l'arrière-train. Il garda un instant sa main dans la sienne, le temps qu'elle retrouve son équilibre. L'espace d'une seconde, elle crut qu'il allait l'embrasser de nouveau. Mais il la relâcha avec un sourire étrange.

— Laisse-moi passer le premier. Je pourrai au moins te rattraper si tu glisses encore.

Si seulement cela pouvait se produire ! Alex faillit exprimer ses pensées à haute voix, mais elle préféra se contenter d'un sourire plein de gratitude. Elle avait déjà du mal à se comporter en amie. Mieux valait ne pas compliquer encore les choses en prononçant des paroles qu'elle regretterait aussitôt ou en posant une question dont elle redoutait de connaître la réponse. Elle contempla néanmoins les fesses de rêve de Nick, devant elle, tandis qu'il descendait vers un terrain plus sûr.

Nick avait décidé de lui parler dès qu'ils auraient atteint le bas de la colline. C'était ce qu'il s'était juré lorsqu'il avait lâché sa main, à regret. Il inspirerait profondément et se jetterait à l'eau, aussi difficile que ce soit et au risque d'avoir le cœur brisé. Mais il était encore pire de vivre sans savoir s'il y avait un vague espoir, si Alex voulait être autre chose pour lui qu'un amour impossible et une source de désir désespéré. Rester dans l'ignorance était atroce. Si elle lui disait clairement qu'elle n'était pas intéressée, le choc serait net, comme une amputation, et il pourrait essayer de reprendre sa vie en main.

Enfin, ils arrivèrent en bas. Le cœur de Nick était empli d'appréhension. En homme de parole, il aida la jeune femme à franchir les derniers mètres, puis il oublia tout simplement de la lâcher. Les secondes s'écoulèrent ainsi, se changèrent en minutes. Ils se regardaient prudemment, les yeux dans les yeux, sans bouger. « C'est le moment », songea Nick en ouvrant la bouche.

Soudain, un cri les fit sursauter, suivi aussitôt d'un autre, et tout espoir d'une conversation intime s'envola. En reconnaissant la voix de Simon, ils se précipitèrent vers la rivière, Nick en tête. Au détour d'un virage, ils s'arrêtèrent net. Plongé jusqu'aux mollets dans l'eau boueuse, Richard pestait, trempé de la tête aux pieds, les cheveux plaqués sur le crâne. Sur l'autre rive, Simon, sec et impeccable, adressait des conseils d'une voix sévère à son infortuné compagnon.

Nick et Alex devinèrent aisément ce qui venait de se passer. En bon sportif, Simon avait décidé de traverser la rivière en sautant souplement de pierre en pierre. Richard avait essayé de l'imiter, oubliant qu'il avait les jambes moins longues que lui et donc moins d'élan, et s'était vite retrouvé dans l'eau glacée. Le malheureux pataugeait à présent sur le fond glissant, alourdi par ses vêtements trempés. Simon cherchait à le faire venir vers lui, mais Richard ne voulait rien entendre, préférant revenir à son point de départ. Alex et Nick restèrent bouche bée, fascinés par ce spectacle. Au bout de quelques secondes, leur étonnement fit place à un fou rire incontrôlable. C'en fut trop pour Richard, qui se mit à jurer comme un charretier. Soudain, il glissa et s'étala sur le dos, buvant la tasse au passage. Le temps qu'il se relève, il était dans un état lamentable. Même Alex cessa de rire. Il agita les bras et continua à jurer, mais finit par revenir sur la rive.

— Merde ! Ça pue, toute cette flotte ! Regardez-moi ça… Je suis trempé ! Je vais choper une pneumonie si on ne rentre pas vite fait. Il faut que je me sèche. Tout de suite. Je suis asthmatique. J'ai déjà l'impression d'étouffer.

Il avait effectivement mauvaise mine et claquait des dents, malgré la chaleur estivale. Simon les rejoignit, et tous quatre rebroussèrent chemin en direction de la voiture. Richard avançait péniblement, à l'agonie, dans un silence boudeur. Ses compagnons l'encourageaient de leur mieux, même s'ils ne pouvaient se retenir d'échanger de temps à autre quelques regards complices. Alex trouvait que son fiancé avait l'air de sortir d'un sketch des Monty Python, mais elle se garda d'exprimer son opinion à voix haute. Mieux valait lui laisser un semblant de dignité.

Ils montèrent en voiture et repartirent dans le même silence gêné. En plaçant deux sacs-poubelle pour protéger le siège passager, Simon ajouta encore à l'humiliation et à la souffrance de Richard. Pendant le trajet, seuls le ronronnement du moteur et le bruissement du plastique rompirent le silence. Tous faisaient de leur mieux pour ignorer la puanteur qui commençait à se dégager des vêtements de Richard. Dès que la voiture s'arrêta devant le cottage, le banquier sauta à terre et attendit impatiemment devant la porte que Simon lui ouvre. Puis il fila dans la salle de bains en se disant qu'une douche bien chaude chasserait cette abominable odeur de végétaux en décomposition et le réconforterait un peu. Mais ce n'était décidément pas son jour de chance. Dans la matinée, l'antique chaudière avait déjà fourni toute son eau chaude, et Richard fit l'amère expérience d'une douche froide. Taciturne et lugubre, il ressortit très vite de la salle de bains et se dirigea vers la chambre. Les autres se mirent à remuer leurs tasses de thé et à parler d'une voix forte, de peur qu'il ne comprenne qu'ils étaient en train de se moquer de lui.

En voyant son expression morose, Simon passa un bras amical autour de ses épaules et déclara d'un ton enjoué :

— Vous, les gars de la ville, vous vous croyez capables de marcher sur l'eau !

Comme sa plaisanterie ne remportait aucun succès, Simon s'éloigna en direction du fourneau. Richard s'écroula sur une chaise et fixa le mouchoir froissé dans sa main.

— Vous pourriez faire preuve d'un peu de compassion. Je suis gelé, je me suis claqué quelque chose dans la jambe et j'ai mal dans la poitrine.

Il ponctua son bulletin de santé de quelques quintes de toux et d'une grimace de douleur.

— Mon Dieu, c'est vrai ! J'avais remarqué que tu boitillais. Où as-tu mal ?

Simon entreprenait déjà de tirer diaboliquement sur le membre blessé. Richard s'écarta comme s'il venait de se brûler.

— Là, justement, grommela-t-il.

— Oh, désolé ! Que dirais-tu d'une bonne tasse de thé ? Alex, il doit en rester dans la théière.

Mortifiée par le comportement ridicule de son fiancé, celle-ci lui tendit de mauvaise grâce une tasse brûlante. Tous regardèrent Richard boire à petites gorgées.

— Je parie que tu as déjà plus chaud, déclara Simon, qui faisait de son mieux pour rétablir l'ambiance cordiale qu'il avait eu tant de mal à créer.

Mais Richard ne l'entendait pas de cette oreille.

— Pas vraiment. Alex, je crois qu'il va falloir qu'on rentre à Londres. Je n'ai pas mon inhalateur, et je sens que je vais avoir une crise. La dernière fois que je l'ai oublié, je me suis retrouvé à l'hôpital. Ils m'ont dit que cela ne devait pas se reproduire.

Alex doutait de la véracité de ces déclarations. Elle ne se rappelait même pas avoir jamais vu le maudit objet. Et c'était la première fois qu'elle entendait Richard parler d'asthme. Il avait peut-être le souffle court, mais elle aurait juré qu'il avait avant tout été atteint dans son amour-propre. Une fois de plus, il tentait de la séparer de ses amis, qui plus est au moment précis où Nick et elle semblaient arrivés à un point crucial de leurs relations. Elle n'avait aucune idée de ce que le jeune homme avait voulu lui dire, en bas de la colline, mais elle sentait que c'était important, voire vital. Pendant le long regard qu'ils avaient échangé, ils s'étaient dit un tas de choses. Alors, elle n'avait aucune envie de se laisser embarquer au loin uniquement parce que la fierté de Richard avait été mise à rude épreuve.

— Tu t'en sortiras sûrement sans inhalateur. Tu ne sais même pas si tu vas avoir une de tes… crises.

Elle s'efforçait de se montrer gentille et compatissante, mais tenait à lui faire comprendre qu'elle refusait de céder à son caprice.

— Non, vraiment, Alex. Je me sens de plus en plus mal. Il faut absolument que je rentre, sinon…

Sa phrase se finit dans une plainte. Alex haussa les épaules et lança un regard désespéré à Simon, qui ignora délibérément cet appel au secours.

— Bien sûr qu'il faut que tu rentres, si c'est grave à ce point. Mais je crois qu'il vaut mieux que tu laisses le volant à Alex, dans ton état. Est-elle assurée pour ta voiture neuve ?

À cet instant précis, Alex éprouva une bouffée de haine pour son ami de toujours. Ne comprenait-il pas que Richard ne cherchait qu'à attirer leur attention ? Mais non, Simon était certainement trop occupé à se frotter les mains à l'idée de rester seul dans ce petit cottage romantique. Seul avec Nick.

À la perspective de lâcher Alex au volant de sa décapotable toute neuve, Richard se sentit soudain beaucoup mieux.

— Je pense que je pourrai conduire si nous partons tout de suite. Si nous tardons, je… Enfin, je suis désolé pour cette fâcheuse histoire, Simon. J'espère que tu n'avais rien prévu de spécial pour le dîner.

— Euh… non, rien de spécial. Je regrette que vous ne puissiez pas rester. Mais j'ai été ravi de te recevoir.

Sans le savoir, Richard venait de rendre un grand service à Simon, en lui permettant de passer la soirée seul avec Nick au cottage. Quelle aubaine ! Simon était certain que le gigot qu'il avait acheté serait excellent, accompagné d'une bonne bouteille de vin. Pour l'ambiance, il passerait du Billie Holiday sur le vieux tourne-disque, objet qui ne manquerait pas de mettre Nick d'humeur plus sentimentale. Seule ombre au tableau, Simon n'avait pas eu l'occasion de faire croire à Richard que la famille d'Alex était affligée d'une tare congénitale. Mais il tomba d'accord avec le banquier pour dire qu'il serait risqué de retarder plus longtemps le départ. Il lui arracha la promesse de revenir une autre fois et l'aida même à charger la voiture, en faisant mine de ne pas entendre les insultes qu'Alex lui chuchotait.

132

Richard démarra brusquement, impatient de s'en aller au plus vite. Le cœur serré, Nick regarda le véhicule flambant neuf s'éloigner dans un crissement de pneus. De toute évidence, Simon tenait à rester au cottage, mais lui, il savait très bien où il avait envie d'être. Il était prêt à sacrifier un week-end loin de la chaleur accablante d'un été en ville pour reprendre sa conversation avec Alex là où la chute de Richard l'avait interrompue. Par deux fois, il avait raté le coche, d'abord dans la cuisine, puis en bas de la colline. Il ne suivit Simon dans la maison que quand la voiture eut totalement disparu et qu'il ne vit plus les boucles brunes d'Alex.

À partir de cet instant, il ne songea plus qu'au dernier regard qu'elle lui avait lancé. Ce regard avait fait renaître ses espoirs, et au grand désarroi de Simon, Nick passa toute la soirée perdu dans ses pensées, indifférent à l'ambiance que Simon s'était donné tant de mal à créer. Les chandelles et la musique douce n'eurent aucun effet sur lui, et le gigot ne trouva que des papilles endormies. Simon avait la nette impression que leur relation n'évoluait pas exactement comme il l'avait prévu. Il s'était passé quelque chose et il ignorait quoi, mais Nick n'était pas le seul à avoir une volonté de fer. Simon n'était pas non plus du genre à abandonner. Ce fut donc dans le même état d'esprit que les deux hommes finirent par se souhaiter une bonne nuit, avant de se coucher dans des pièces distinctes, cette fois. Jamais Nick n'avait dormi dans un canapé aussi confortable. Il sombra aussitôt dans un sommeil réparateur, et ses rêves entretinrent l'espoir dans son cœur jusqu'au lendemain matin. Il allait partir en quête de ce que les lèvres et les yeux d'Alex lui avaient promis.

7

— Je ne sais vraiment plus comment m'y prendre, avec lui. J'ai essayé toutes les manigances possibles et imaginables, et rien ne fonctionne. Je commence à désespérer d'arriver un jour à mes fins. Non, cette fois, je laisse tomber.

Comme toujours, Simon semblait sincère, mais Alex connaissait la chanson. Elle écouta patiemment la litanie de ses peines de cœur, tout en sachant qu'il allait très vite retrouver toute son énergie et qu'il se sentirait si léger qu'il redoublerait d'efforts pour mener à bien son entreprise de séduction.

— Et… euh… qu'as-tu tenté, au juste ? demanda-t-elle, dès qu'elle put placer un mot.

Alex n'était pas certaine d'avoir envie de le savoir, mais telles étaient les exigences de l'amitié. Et puis, peut-être qu'en apprenant quelque terrible vérité à propos de Nick et Simon, elle parviendrait à éteindre la petite flamme d'espoir qui brûlait en elle depuis ce week-end désastreux dans le Devon.

— Oh, tu sais, les mêmes petites attentions que d'habitude ! Dîner aux chandelles, musique douce, la totale. J'écoute ce qu'il me raconte, je ris à chacune de ses vannes. En fait, c'est un type plutôt intéressant et profond.

Seigneur ! songea Alex. Simon devait être vraiment mordu pour trouver la conversation de Nick intéressante, étant donné que les échanges des deux hommes tournaient en général autour des appareils photo, des pellicules, des objectifs et autres filtres, sans parler du chat. Nullement embarrassé par la mièvrerie de ses propos, Simon poursuivit ses louanges.

— C'est un garçon très sensible, très attentionné. Tu sais, il est à fond pour la protection de l'environnement. On achète même du papier toilette recyclé. Et j'ai commencé à trier les ordures.

Pour que Simon renonce à son papier toilette de luxe, il fallait qu'il soit sérieusement amoureux. Quant au recyclage des ordures, c'était le pompon ! Simon était le type même de l'adepte de la société de consommation. À ses yeux, porter deux fois de suite la même chemise était déjà du recyclage. Et encore, il ne le faisait que dans les cas d'urgence, quand il revenait d'une nuit passée à l'autre bout de la ville dans un autre lit que le sien. En imaginant son ami en train de séparer scrupuleusement le carton du plastique, la jeune femme se dit que la pile de bouteilles de champagne devait tout de même dépasser celle des emballages de produits bio.

— D'accord, fit-elle. Donc, vous discutez et vous triez vos ordures, et ensuite ?

Tout cela était bien joli, mais elle était pressée d'en arriver au point crucial. Elle croisa mentalement les doigts, priant pour que leurs activités se limitent au choix d'une lessive qui respectait l'environnement.

— Eh bien, rien. Enfin, tu vois le genre, un regard de temps en temps, un sourire, mais rien de concret sur le plan physique. Malheureusement…

Le soulagement qu'elle ressentit en entendant ces paroles la surprit. Elle croyait avoir remisé ses sentiments pour Nick dans un coin de sa mémoire, mais ce n'était manifestement pas le cas.

— T'a-t-il dit quelque chose qui pourrait te faire croire qu'il recherche autre chose que ton amitié ?

C'était un véritable supplice, mais Alex devait insister.

— Rien de précis, mais je sens qu'il se passe un truc entre nous. Pas toi ? Enfin, je sais bien ce que je ressens pour lui. Cette fois, c'est différent, Alex. Je tiens réellement à lui. J'ai vraiment envie de le rendre heureux.

« Et tu as vraiment envie de l'avoir dans ton lit », songea amèrement la jeune femme. Elle se garda d'exprimer ses pensées à voix haute, mais elle doutait fortement de la pureté des sentiments de Simon. Elle savait d'expérience que son ami avait le goût de la chasse. Il avait beau se pâmer devant Nick et être persuadé de la sincérité de ses motivations, son bel amour s'évanouirait dès que son colocataire aurait succombé.

— D'accord, mais tu ne connais même pas ses penchants sexuels. Tu l'as déjà vu avec un autre homme ? Je veux dire, impliqué dans une relation sentimentale avec un homme ?

Alex attendit en priant ardemment. Après un long silence, Simon reprit la parole.

— Eh bien, non, c'est vrai. Mais je me demande s'il ne sort pas en secret avec quelqu'un. Depuis quelque temps, il est plus renfermé et distrait que d'habitude. J'ai l'impression qu'il me cache quelque chose.

— Et alors ?

Alex ne parvint pas à maîtriser sa voix, qui partit dans les aigus, mais Simon était si préoccupé par ses propres problèmes qu'il ne remarqua pas la soudaine agitation de la jeune femme.

— Mais il pense peut-être à moi, finalement. On ne sait jamais. Il se demande peut-être comment me séduire, comment faire le premier pas…

Alex avait son avis sur la question, mais elle ne voulait pas briser les illusions de Simon. De plus, son histoire devenait de plus en plus intéressante.

— Donc, il n'a rien fait de concret qui puisse te conforter dans un sens ou dans un autre ?

— Non. Mais c'est mon colocataire. Difficile de se lancer dans une déclaration d'amour quand on risque de briser une belle amitié. Toutefois, j'ai remarqué un petit détail…

— Lequel ?

Alex n'en pouvait plus, mais elle s'efforça de rester calme et attentive.

— Eh bien, sur sa table de chevet, il a un exemplaire de ce livre à succès sur les hommes qui viennent de Mars et les femmes de Vénus. Enfin, cela ne veut sans doute rien dire. Il cherche peut-être à mieux comprendre ses relations avec les femmes en général. Quand tu es avec lui, il te semble mal à l'aise ?

Le terme était plus qu'approprié, mais Alex n'avait pas envie d'inquiéter Simon.

— Non, non. Je n'ai rien remarqué de particulier. Peut-être qu'il n'a pas une grande expérience des femmes et qu'il lit ce livre pour se renseigner. Apparemment, sa dernière histoire l'a meurtri. Il a sans doute besoin de mettre ses idées au clair. D'ailleurs, tu n'as pas la certitude qu'il était avec un homme, en Asie. Si ça se trouve, il s'agissait d'une femme. Après tout, tu l'as dit toi-même, tu ne l'as jamais vu en compagnie d'un homme. Pourtant, tous ces beaux garçons que tu fréquentes ne sont pas exactement du genre farouche. Il a dû avoir de nombreuses ouvertures.

Tout en parlant, Alex se demandait qui elle cherchait à convaincre.

— Cela ne signifie pas pour autant qu'il est hétéro, protesta Simon. Je ne l'ai jamais vu avec une fille non plus.

S'il avait su! songea Alex. Simon était convaincu d'avoir percé Nick à jour, et pourtant…

— Allons, ma belle, tu me connais. Est-ce que je me suis déjà trompé dans ce domaine? J'ai deviné que cet avocat dont tu étais tombée follement amoureuse marchait à voile et à vapeur avant même que tu ne me parles de sa fascination étrange pour Gloria Gaynor. Quant à cet acteur…

— D'accord, d'accord! Tu as gagné!

Alex n'avait pas envie qu'on lui rappelle ses erreurs passées. C'était trop humiliant. Simon avait beau jeu de se moquer d'elle, alors qu'elle avait les moyens de réduire à néant ses théories fantasques. Elle savait d'expérience que Nick pouvait être un amant passionné dans les bras d'une femme. Malgré son instinct soi-disant infaillible, il y avait toutes les chances pour que Simon se trompe du tout au tout au sujet de Nick. Oui, pour une fois, il faisait peut-être totalement fausse route. L'absence de preuves concrètes de son prétendu penchant pour les garçons permettait à la jeune femme de garder une lueur d'espoir. Elle sentit renaître son optimisme. Enfin, presque.

— En tout cas, il m'a dit qu'il voulait bien partir avec moi.

Cette fois, elle était fixée. Il n'avait fallu que quelques secondes pour anéantir ses espoirs. Le ton triomphant de Simon avait des relents de « je te l'avais bien dit ». Alex faillit avoir la nausée.

— Alex, tu rêves?

— Euh… désolée, je viens de m'étrangler avec ma salive.

Elle respira profondément et déglutit.

— Alors, vous comptez partir où? demanda-t-elle, d'une voix aussi posée que possible.

Elle n'en revenait pas de s'exprimer d'un ton aussi indifférent. Avec un numéro d'actrice aussi convaincant, elle n'aurait pas été étonnée qu'on lui décerne un Oscar.

— On part faire une séance photo à Bali pour une campagne de pub. On restera peut-être quelques jours de plus, pour visiter un peu la région.

Et Simon comptait manifestement profiter de ce voyage pour conclure. Alex ôta nerveusement une poussière imaginaire de sa veste et envisagea de se transpercer le cœur à l'aide d'un coupe-papier. Ce serait moins pénible que d'endurer les révélations assassines de Simon.

— Formidable. Quand pensez-vous partir ?

En apparence, Alex restait calme et détendue. Dieu merci, elle n'avait bu que deux cafés, ce matin-là. Quand elle abusait de la caféine, elle avait tendance à ne plus contrôler ses nerfs.

— Dans quinze jours, répondit Simon, l'air ravi. En fait, je voulais te demander un grand service. Est-ce que tu pourrais garder Miu Miu pendant notre absence ? Il est hors de question que je la laisse dans une pension pour animaux. La pauvre chérie a trop besoin d'amour.

Tout en se disant qu'elle comprenait très bien ce que ressentait l'animal, Alex accepta avec grâce de s'en occuper. Au moins, elle aurait accès à l'appartement de Simon, ce qui lui permettrait de se morfondre à loisir dans la chambre de Nick. Peut-être même passerait-elle une ou deux nuits dans son lit. Après tout, si elle ne pouvait avoir Nick, autant pleurer sur son oreiller.

— C'est vraiment sympa de ta part, déclara Simon. On te rapportera quelque chose de divin de Bali, c'est promis. Et pourquoi pas un beau garçon, histoire de mettre un peu de piquant dans tes nuits ?

Alex faillit lui répondre qu'elle connaissait un beau garçon qui aurait parfaitement fait l'affaire et que c'était justement celui qu'il emmenait dans ses bagages, mais elle se contenta de ricaner et promit d'aller régulièrement s'occuper de Miu Miu. Enfin, elle raccrocha, soulagée que cette conversation pénible soit terminée, et poussa un long soupir. Elle reprit distraitement son travail, sans se rendre compte de ce qu'elle tapait. Lydia lui avait laissé une montagne de boulot, avant de partir pour trois jours dans un hôtel de luxe à la campagne. Alex avait hâte d'en finir, pour pouvoir se consacrer à ce qui l'intéressait vraiment.

En ce moment, le seul aspect positif de sa vie était son désir croissant d'écrire. Elle en avait même besoin, ne fût-ce que pour échapper à une existence qui ressemblait de plus en plus à une gigantesque partie de ping-pong. Elle avait écrit quelques nouvelles pour un concours organisé par un magazine et prenait de plus en plus d'assurance. Elle avait déjà griffonné plusieurs textes pour Lydia, notamment quand il fallait rédiger d'urgence un communiqué de presse et que sa patronne refusait de sacrifier un déjeuner ou un rendez-vous mondain pour s'acquitter de cette tâche. Elle avait reçu des commentaires très élogieux – de façon indirecte, bien sûr, car Lydia faisait croire qu'elle était elle-même l'auteur de cette prose. Toutefois, ces compliments avaient donné envie à Alex de développer ses propres idées et de s'engager plus sérieusement dans une activité qu'elle avait toujours aimée.

Depuis le week-end raté dans le Devon, elle s'efforçait de gérer les retombées de l'annonce de ses fiançailles. Sa mère, qui mourait d'envie de voir enfin l'homme qui avait su gagner le cœur de sa fille, insistait pour organiser une réception en l'honneur des futurs mariés. Jusqu'à présent, Alex avait réussi à éviter que les deux familles ne se rencontrent, et elle s'efforçait de convaincre sa mère de renoncer à son projet. Elle-même n'avait toujours pas fait la connaissance des parents de Richard, et elle se disait qu'après tout, les présentations pouvaient bien attendre jusqu'au jour du mariage. Richard partageait son avis, mais pour des raisons différentes et peu honorables aux yeux d'Alex. Elle se moquait éperdument de savoir où et par qui il avait été élevé. Le fait qu'il ait honte de ses origines modestes la révoltait. Les parents de Richard étaient certainement des gens très bien, et il ne rendait service à personne en les cachant ainsi. Quant à elle, elle espérait que ses propres parents ne feraient subir qu'un interrogatoire bref et pas trop embarrassant à son fiancé. Comme sa mère ne laissait pas tomber l'idée d'une rencontre avant le mariage, ils se décidèrent finalement pour un dîner dans un restaurant, en territoire neutre. Richard, comme il fallait s'y attendre, choisit un établissement de luxe aux tarifs prohibitifs. Bref, si on avait demandé à Alex ses prédictions pour la soirée, elle n'aurait pu dire qu'une chose : l'événement serait mémorable.

Quand sa bague eut définitivement pris sa place à son doigt, Richard accéléra le mouvement. Comme s'il redoutait qu'elle ne change brusquement d'avis, il lui fit visiter des appartements. Il semblait désireux de ne pas perdre un instant. Alex tenta bien de suggérer qu'ils vivent séparément jusqu'au mariage, sous prétexte que ce serait plus romantique, mais Richard ne voulut rien entendre. Il affirma que, puisqu'elle allait devenir sa femme, il était temps qu'elle renonce à sa vie de bohème et qu'elle s'habitue à accepter son aide financière. Pour Richard, une aide ne pouvait prendre que la forme de billets de banque. La simple idée d'offrir un soutien psychologique à quelqu'un lui donnait des sueurs froides. Mais il n'avait pas de mauvaises intentions et, à l'évidence, il faisait tout pour qu'Alex ne regrette pas d'avoir décidé de l'épouser. La jeune femme devait admettre qu'elle prenait un certain plaisir à courir les agences immobilières et à visiter des demeures qu'elle n'avait vues que dans des magazines spécialisés. Elle s'enthousiasma pour des cuisines en chêne, des parquets cirés, des cheminées, des poutres apparentes et passa de longues pauses-déjeuner à chercher des meubles susceptibles de convenir à ces appartements de rêve.

À ce rythme-là, deux semaines s'écoulèrent en un clin d'œil. Enfin, un samedi après-midi, elle frappa à la porte de Simon, l'esprit torturé par une question essentielle : les deux hommes avaient-ils mis leur crème solaire dans un sac commun ? Depuis l'incident de la bague de Nick, elle n'osait plus entrer dans leurs chambres, de crainte d'y trouver un détail compromettant. Plus d'une fois, elle s'était demandé si ce que Nick avait voulu lui expliquer, au bord de la rivière, avait trait à cette bague. Le départ des deux hommes était l'occasion rêvée d'éclaircir enfin les choses. Durant leur absence, elle allait certainement découvrir quelque chose. Elle n'éprouvait aucune culpabilité à l'idée de fouiner dans leurs affaires, car elle savait qu'à sa place, Simon ferait exactement la même chose.

Le bruit de la porte qui s'ouvrait la tira de ses pensées. Elle découvrit Nick, irrésistible dans son jean délavé et son tee-shirt noir. Pour quelqu'un qui prêtait si peu d'attention à son apparence, ses pieds nus étaient très soignés. Or, Alex adorait les hommes aux pieds soignés. Elle avait rencontré tant d'hommes soi-disant sophistiqués qui négligeaient cette partie de leur corps !

— Salut.

— Ah, salut !

Pourquoi se sentait-elle coupable, alors qu'elle n'avait encore rien fait ? se demanda Alex, tout en suivant Nick dans l'appartement.

— Simon est dans tous ses états, le pauvre. Un problème avec le styliste. Tu veux du café ?

Nick semblait détendu, peu affecté par les jurons qui leur parvenaient de la chambre de Simon. Tandis qu'elle l'accompagnait dans la cuisine, il lui adressa un sourire complice.

— Tu crois qu'ils vendent du Valium, à Bali ? plaisanta-t-il, comme la fureur de Simon atteignait des sommets.

Son sourire espiègle illuminait son beau visage, sans parvenir toutefois à masquer ses yeux cernés et ses traits tirés. Alex espérait que cette mauvaise mine était le fruit d'un surcroît de travail, et non d'un manque de sommeil dû à d'autres activités, mais elle se garda bien de lui poser la question. Il était assez grand pour prendre soin de lui-même, et elle ne tenait pas à le harceler comme une mère possessive. De plus, Simon se trouvait tout à côté, et elle n'était là que pour s'occuper de la chatte qui se frottait contre ses chevilles.

— Bonjour, Miu Miu. Tu as été sage ?

— Oh, non ! grommela Nick. Cette sale bête a éventré mon duvet pour se venger d'être restée dehors toute la nuit.

En l'entendant, Alex cessa brusquement de gratter la tête de la chatte et se raidit.

— On était partis faire une séance de nuit pour une campagne publicitaire.

Il n'avait pas à se justifier, mais il semblait tenir à lui fournir une explication. Alex lui en fut secrètement reconnaissante, même si elle s'en voulait d'avoir trahi ses sentiments de façon aussi évidente.

— Ah, d'accord...

À cet instant, Simon entra en trombe dans la cuisine et se mit à déblatérer pendant dix minutes contre un dénommé Serge. Quand il se tut enfin, Alex avait compris que ledit Serge était un type incompétent, indolent et stupide, mais également le plus sexy des stylistes actuels.

C'était aussi un cinglé qui avait réussi à convaincre leur client qu'une reconstitution de scènes tirées de la mythologie hindoue constituait le cadre idéal pour lancer sa liqueur de papaye et que la présence de deux éléphanteaux était absolument nécessaire. Il fallait que Simon trouve à tout prix deux de ces pachydermes, sinon Serge mourrait ou sombrerait dans la dépression.

Si Serge n'avait pas été aussi prisé des magazines de mode et des agences de publicité, Simon l'aurait volontiers envoyé promener. Mais il n'avait pas le choix. Leur client richissime ne jurait que par Serge, et Simon devait admettre que le styliste faisait un travail formidable, même s'il rendait chèvres tous ses collaborateurs. Il ne l'avait jamais rencontré, mais le détestait déjà, tout en le respectant sur un plan professionnel. Simon avait enfin trouvé quelqu'un d'aussi intransigeant que lui, et il sentait au fond de lui-même qu'il y avait là un défi à relever.

Finalement, il parvint à se calmer suffisamment pour s'intéresser au bien-être de Miu Miu. Il tendit à Alex une liste dactylographiée récapitulant point par point tous les soins à apporter à la chatte.

— Si elle se sent trop seule sans nous, il y a du jambon dans le réfrigérateur. Elle adore ça, mais il faudra que tu le lui donnes par petits bouts, et uniquement pour la consoler. Sinon, le thon est ici, avec son ouvre-boîtes spécial. Elle préfère le thon un peu frais, en général matin et soir.

— Ouais, et ce petit monstre a la sale habitude de te sauter dessus à 6 heures du matin pour réclamer son petit déjeuner, intervint Nick.

Son air désabusé arracha un gloussement à la jeune femme, mais son rire s'interrompit brusquement : la chatte sautait-elle sur un ou deux hommes, le matin ?

— Oui, elle aime manger de bonne heure, renchérit Simon. En fait, tu pourrais passer une nuit ou deux ici, pour qu'elle ne se sente pas trop seule. La femme de ménage doit venir, mais Miu Miu a l'habitude de notre présence. N'est-ce pas, ma chérie ?

Le chaton regarda son maître en clignant des yeux et miaula doucement.

— Pas de problème, répondit Alex avec empressement. Pour dire la vérité, ça me fera du bien d'avoir quelques nuits de tranquillité. Je suis un peu stressée, en ce moment. Miu Miu et moi, on pourra se vautrer devant la télé. Je lui raconterai même des histoires pour l'endormir, s'il le faut. Ne t'en fais pas, Simon. Tout se passera bien. Laisse-moi quand même un numéro de téléphone, en cas d'urgence… Mais il n'arrivera rien, ajouta-t-elle vivement en voyant son expression alarmée.

Rassuré sur le sort de son enfant chérie, Simon lui tendit un trousseau de clés.

— Bon, je crois que c'est tout. Je laisserai le numéro de l'hôtel près du téléphone. Si tu n'arrives pas à me joindre là-bas, tu n'auras qu'à appeler le studio. Ne perds pas les clés. La femme de ménage possède son propre trousseau, mais elle ne viendra pas avant mercredi.

Simon était pressé d'en finir et ne le cachait pas. Lui et Nick prenaient un vol dans la soirée, et le temps passait vite. Il avait tout prévu pour qu'ils aient le dimanche de libre pour s'acclimater et régler les derniers détails. Ils se mettraient au travail le lundi matin, dès l'aube. D'ici là, Simon aurait réuni ses figurants et trouvé au moins un éléphanteau. Il faudrait aussi qu'il vérifie qu'ils avaient toutes les autorisations nécessaires pour se rendre sur les lieux sacrés. En songeant au boulot qui l'attendait, Simon maudit ce satané Serge et décida de l'éviter comme la peste durant le voyage.

Alex leur souhaita un bon séjour et promit d'arroser les plantes vertes, puis elle prit congé. Elle aurait bien voulu accompagner les deux hommes à Bali. Elle aurait ainsi pu hanter les couloirs de l'hôtel chaque nuit, pour s'assurer qu'il n'y avait pas d'allées et venues suspectes. Un rapide coup d'œil au document posé près des billets d'avion, sur la table de la cuisine, lui avait appris qu'ils avaient réservé deux chambres séparées. À son grand soulagement, ils devaient même loger dans deux endroits différents. Nick n'aurait droit qu'à un bungalow, tandis que Simon jouerait les grands seigneurs dans le bâtiment principal. Le mystérieux Serge serait lui aussi relégué dans un bungalow, sans doute pour le punir de ses caprices de star.

Alex savait que Simon ne s'occupait jamais lui-même des détails de l'hébergement. Cette tâche dégradante incombait à un malheureux assistant tel que Nick. Un sourire aux lèvres, elle se demanda comment Simon allait réagir en constatant qu'il lui faudrait traverser la pelouse au milieu des palmiers et des plantes tropicales pour rejoindre Nick. Elle rentra chez elle en se disant que ce séjour ne se déroulerait peut-être pas exactement comme Simon l'avait prévu.

Moins de vingt-quatre heures plus tard, lorsqu'elle entra de nouveau dans l'appartement de Simon, Alex se sentit vaguement mal à l'aise. Sans les deux hommes, l'atmosphère était trop calme. Elle se réjouit d'avoir décidé de venir tenir compagnie à la chatte. La pauvre bête parut ravie d'avoir de la visite, et sa joie ne connut plus de bornes quand elle vit l'ouvre-boîtes. Après lui avoir donné à manger, Alex sortit sur la terrasse pour profiter du soleil d'été, les journaux du dimanche sous le bras. Repue, Miu Miu rejoignit la jeune femme, curieuse de voir ce qu'elle fabriquait. Toutes deux passèrent un excellent après-midi, dans le calme et le silence. La chatte ronronnait sur les genoux de la jeune femme, lui communiquant sa chaleur. Alex était flattée de cet honneur. Cela faisait si longtemps que personne ne s'était ainsi blotti contre elle… À ses yeux, les avances incessantes et maladroites de Richard n'étaient pas franchement affectueuses. Elles étaient surtout désespérément lubriques. Récemment, face à un nouveau refus, il lui avait même suggéré de consulter un psy. Selon lui, la perspective du mariage traumatisait son moi inconscient. De toute évidence, il avait encore lu ses magazines féminins.

— Je n'en ai pas envie, c'est aussi simple que ça, avait-elle affirmé. Et je n'en aurai pas envie avant la nuit de noces.

«Si nuit de noces il y a», avait-elle failli ajouter, avant de lui reprocher, avec une mauvaise foi évidente, de ne s'intéresser qu'à son corps, ce qu'il avait farouchement nié.

— Alors, prouve-le-moi, avait-elle rétorqué, mettant ainsi fin à la conversation.

Penaud, Richard avait battu en retraite, en marmonnant des paroles inintelligibles sur les femmes et leurs humeurs.

Malheureusement, Alex savait qu'elle n'avait remporté là qu'une victoire provisoire. Le problème, c'était que les événements commençaient à se précipiter à un rythme alarmant. Richard avait fait une offre à une agence pour un appartement superbe. Alex sentait le piège se refermer sur elle. Tout était sa faute, elle le savait sans l'ombre d'un doute, mais elle ne voyait pas comment s'en sortir sans bouleverser la vie d'au moins une personne. Malgré ses défauts, Richard avait bon fond. Il n'était tout simplement pas son genre d'homme. Elle ne l'aurait peut-être jamais compris si elle n'avait pas rencontré l'homme parfait, dans des circonstances hélas parfaitement défavorables. Pour son malheur, elle savait à présent que le destin – à qui elle avait peut-être stupidement donné un coup de pouce – avait gâché sa vie à jamais. Au moins, elle avait trouvé refuge chez Simon pour un peu plus d'une semaine. Cela lui permettrait de remettre de l'ordre dans ses idées. Elle se ressaisit et reporta son attention sur les gros titres des tabloïds les plus salaces. Apprendre que certaines vedettes menaient une vie encore plus compliquée que la sienne la réconforta un peu.

Bientôt, son estomac se mit à gargouiller. Il était temps d'aller voir ce qu'elle pouvait trouver de bon dans la cuisine. Miu Miu jugea le moment propice pour lui signaler qu'elle avait faim, elle aussi. Alex ouvrit le réfrigérateur en espérant qu'il ne serait pas complètement vide. Grâce à l'influence de Nick, il n'y avait pas que des crudités. Elle découvrit même des plats cuisinés bien gras et peu diététiques. Après un instant de réflexion, elle établit son menu : des frites, une salade et du saumon poché. Un vrai délice. Attirée par l'odeur du saumon, la chatte la regarda manger avec envie. La jeune femme finit par succomber au regard implorant de l'animal et lui donna quelques morceaux de poisson. Pour profiter au maximum de cette belle soirée d'été, elle avait installé une table sur la terrasse. Ensemble, la chatte et la jeune femme regardèrent le soir tomber sur la ville. Encore une journée sans Nick qui se terminait.

Depuis son arrivée, Alex évitait délibérément sa chambre. Puis le coucher de soleil et trois verres de chablis firent leur effet. Presque malgré elle, elle se retrouva près de son lit, sans trop savoir ce qu'elle cherchait. Elle souleva vivement divers objets, avant de les replacer avec soin. Elle fouillait sa commode quand elle marcha sans le faire exprès sur la queue de Miu Miu, qui bondit et s'enfuit de la pièce, indignée. Alex jeta un coup d'œil coupable autour d'elle, puis elle se dit qu'elle était ridicule et que personne ne pouvait la voir. Elle ouvrit donc le premier tiroir de la commode et découvrit une collection de chaussettes et de caleçons. Le contenu des cinq autres tiroirs se révéla tout aussi insignifiant. Alex commençait à se demander ce qu'elle fabriquait.

Au fond de son cœur, elle savait qu'elle cherchait une preuve irréfutable qui viendrait confirmer ou infirmer ses soupçons. Mais elle ne trouva rien, ni billet doux, ni photo de couple amoureux. Si Nick et Simon avaient couché ensemble, il aurait pourtant dû en rester une trace quelque part. Au début de toute histoire d'amour, on échange des petits cadeaux, des souvenirs. Or, il n'y avait rien. Aucun élément ne laissait supposer que les deux hommes étaient plus que colocataires et collègues. Nulle part dans la chambre de Nick elle ne releva la marque de Simon. Les vêtements de chacun étaient à leur place. Rien ne traînait. Tout semblait désespérément normal.

Pour en avoir le cœur net, Alex alla faire un tour dans la chambre de Simon. Mais, là encore, elle ne découvrit rien. Il y avait pourtant de nombreux clichés d'anciennes conquêtes, un portrait d'un ex-petit ami, ainsi qu'un miroir offert par un autre. Le jeune homme lui avait dit de se regarder chaque jour dedans et qu'il y verrait l'homme le plus désirable au monde. Simon avait dû admettre que c'était un cadeau très flatteur, et il adorait raconter cette anecdote, même si l'amant en question était depuis longtemps parti s'installer dans Greenwich Village en compagnie d'un marchand d'art à la réputation douteuse mais très riche. Les livres posés sur la table de chevet n'indiquaient rien de particulier. Au lieu d'un recueil de poèmes sulfureux, Alex trouva un roman policier et une biographie d'Oscar Wilde. Elle en conclut que Simon n'avait aucunement l'intention de déclamer des poèmes d'amour à Nick. Pas un seul signe alarmant en vue.

Ensuite, à sa grande honte, elle rabattit les couvertures pour inspecter l'état de la literie. Mais elle ne vit que des draps bien propres, parfumés à la lavande. Sujet aux insomnies, Simon imprégnait son oreiller de quelques gouttes d'essence de lavande, réputée pour ses vertus apaisantes. Alex avait maintes fois plaisanté sur son odeur de vieille dame. Soudain, une idée lui traversa l'esprit. Elle se précipita dans la chambre de Nick et se mit à renifler l'oreiller. Là encore, rien, à part les effluves délicieux du parfum de sa peau et de ses cheveux. L'oreiller avait gardé l'empreinte de sa tête. De toute évidence, Nick n'était pas du genre à faire son lit tous les matins. En écartant la couette, elle décela la forme de son corps sur le drap immaculé. Troublée, elle le lissa distraitement.

Il avait laissé un tee-shirt sur le dossier d'une chaise, près du lit. Alex le prit et le caressa, puis elle y enfouit son visage, inspirant à pleins poumons le parfum qui se dégageait du tissu. Les yeux fermés, elle pouvait presque imaginer qu'il était là. Il y avait longtemps qu'elle ne s'était pas sentie aussi proche de lui. Depuis cette nuit au cottage, ils étaient restés à distance l'un de l'autre, des barrières s'étaient élevées entre eux. À présent, elle venait de les franchir. En respirant le tee-shirt de Nick, elle se retrouvait dans ses bras. Il ne manquait plus que le corps qu'il avait récemment glissé dans ce tee-shirt. Mais ce corps se trouvait à des milliers de kilomètres d'elle, et il le resterait toujours, symboliquement. Des larmes montèrent aux yeux de la jeune femme. Elle les laissa couler sur le tee-shirt de Nick, évacuant le chagrin, la colère, la solitude qu'elle avait connus ces derniers mois. Assise au bord du lit, elle pleura sur ce qui aurait pu exister et ne serait jamais. Admettre enfin qu'elle était désespérément amoureuse de Nick la soulagea.

Elle resta longtemps ainsi, perdue dans ses pensées. Des scènes des mois écoulés lui revinrent à l'esprit, certaines amusantes, d'autres poignantes, toutes avec Nick. Cette nuit qu'ils avaient partagée, un souvenir d'une beauté presque intolérable, l'horreur du lendemain matin, puis la gêne de le croiser chez Simon, au fil des semaines, en songeant qu'elle n'avait servi qu'à le conforter dans son homosexualité, le soir où elle avait découvert sa bague sur la table de chevet de Simon... Elle ne s'expliquait toujours pas la présence du bijou à cet endroit. Elle se demandait encore ce qu'elle aurait entendu si elle était restée pour écouter ce que Nick voulait lui dire, lors de la soirée. Mais il était trop tard, trop tard pour réparer les dégâts. Les joues ruisselantes de larmes, elle comprit alors qu'elle ne se guérirait jamais de lui. Bizarrement, cette prise de conscience l'apaisa, et elle décida de fêter cette rémission en passant une longue soirée devant la télé.

Ce soir-là, Alex se sentit incapable de dormir dans le lit de Nick. Elle s'agita donc toute la nuit entre les draps de Simon. Miu Miu avait délaissé son pouf en cuir pour venir lui tenir compagnie, chose qu'Alex se promit de taire à Simon. Son ami avait beau adorer cette petite bête, il ne devait probablement pas l'accueillir dans son lit. Il était bien trop maniaque pour supporter la présence de poils de chat sur son oreiller. Alex, elle, se blottit avec plaisir contre Miu Miu et finit par s'endormir, bercée par ses ronronnements.

La chatte était ravie de s'aventurer en territoire interdit. Dès l'aube, elle salua la jeune femme de ses miaulements. Après un instant d'irritation, Alex se rappela les commentaires de Nick et pardonna à Miu Miu de la réveiller si tôt. Elle se réjouissait que Nick se réveille ainsi chaque matin, et non dans des bras poilus.

Grâce à ce réveil en fanfare, Alex arriva en avance à son bureau. La matinée se déroula normalement. Elle modifia quatre fois, et sans s'énerver, l'heure d'une réunion pour satisfaire chacun des participants, qui semblaient tous avoir des rendez-vous importants le vendredi après-midi – vraisemblablement un départ pour un week-end à la campagne – et n'acceptaient aucun engagement au-delà de jeudi midi. Voyant qu'elle parvenait à garder son sang-froid au téléphone avec un agent immobilier, elle finit par se demander si elle n'était pas en train de changer, de mûrir. Même Lydia remarqua son entrain inhabituel et insinua lourdement qu'elle avait dû passer une nuit d'amour. Mais Alex connaissait la véritable cause de ce changement : elle s'était enfin ressaisie.

Sur sa lancée, elle décida de suivre les conseils d'un spécialiste du courrier du cœur d'un magazine féminin

Elle allait écrire une lettre à Nick pour lui expliquer ses sentiments dans les moindres détails, puis elle ferait le point sur sa relation avec Richard.

Elle se mit aussitôt à l'œuvre et, au lieu d'un communiqué de presse, rédigea un compte rendu à la fois poignant et émoustillant de ses désirs les plus intimes, ainsi qu'une liste exhaustive des cent raisons pour lesquelles elle n'épouserait jamais Richard. En se relisant, Alex ne put que se réjouir de ne pas avoir à poster cette lettre. Elle allait la ranger avec soin et la consulter de temps en temps, jusqu'à ce qu'elle ait fait le ménage dans sa vie. Sachant que Lydia était partie pour une réunion très importante et qu'elle ne rentrerait pas de sitôt, elle laissa sa prose négligemment posée sur son bureau, parmi ses autres papiers, et se rendit aux toilettes.

En regagnant son poste, elle découvrit un homme strict et rougissant en train de lire son courrier intime. La plupart des visiteurs de Lydia se ressemblaient. Celui-ci ne faisait pas exception à la règle : bedonnant, les joues flasques, le teint rubicond. Pourtant, Alex était certaine de ne l'avoir jamais rencontré. Mortifiée et furieuse, elle s'approcha de lui d'un pas assuré, décidée à faire passer son texte pour une pure fiction destinée à la publication.

Pas de chance. Lorsqu'elle lui demanda froidement si elle pouvait l'aider, il déclina son offre avec un sourire qui lui parut vaguement moqueur. Puis il affirma que c'était plutôt l'auteur de la lettre qui avait besoin d'aide. Alex le dévisagea. Elle ne savait si elle devait lui arracher la feuille des mains en lui reprochant d'avoir violé son intimité ou prier pour que quelque intervention divine la délivre de ce calvaire. Manifestement, l'homme était un peu éméché, mais il sembla comprendre son désarroi. Il lui tendit sa lettre et annonça :

— Charles Beresford. Ravi de vous rencontrer, mademoiselle...

— Alex, répondit-elle, en se demandant pourquoi le nom de cet homme lui paraissait familier.

— C'est charmant. Ça me plaît beaucoup.

L'espace d'un instant, elle crut qu'il faisait allusion à son prénom, puis elle remarqua qu'il désignait le papier qu'elle serrait fermement contre elle. Ignorant le trouble de la jeune femme, il reprit :

— En fait, cela me plaît tant que vous pourriez bien être la personne que je cherche.

Son attitude était vraiment déconcertante. Complètement perdue, Alex resta muette. Elle se demandait de quoi il parlait et, surtout, où il voulait en venir.

Agacé de constater qu'elle ne suivait pas le fil de ses pensées, Charles Beresford émit un grognement et entreprit de s'expliquer.

— Vous savez, ce style, le journal intime, les confidences de femmes. Les filles d'aujourd'hui recherchent exactement ce genre de chose. Mais il me faut quelqu'un de nouveau, pas ces vieilles peaux que je dois supporter toute la journée. Elles croient tout savoir parce qu'elles ont écrit deux ou trois articles sur la violence conjugale et sur le sort des femmes seules. N'importe quoi ! J'ai besoin de quelqu'un comme vous. De sang neuf. D'une fille qui ait des couilles. On frapperait un gros coup avec vous. Qu'en pensez-vous ?

Ses yeux rouges et perspicaces la fixèrent. Alex avait l'impression d'avoir été projetée au pays des merveilles et avait du mal à redescendre sur terre. Elle fut sauvée par l'arrivée de Lydia, qui posa sur l'étrange M. Beresford un regard possessif et fit mine de le frapper.

— Charles, petit coquin ! Je tourne le dos cinq minutes, et tu dragues mon assistante.

— J'essaie de la débaucher. Elle est très bonne, tu sais. Tu as lu ce qu'elle écrit ? C'est excellent, bien meilleur que ce que me pond ma bande d'incapables. Je comprends pourquoi tu la gardes pour toi, mais il va falloir que tu partages. Je veux lui confier une rubrique. Le genre témoignage vécu. Enfin, tu vois, les réflexions d'une jeune femme sur la vie moderne. Les gens adorent, et tous les grands titres en ont. Il y a des mois que je cherche quelqu'un qui fasse l'affaire. Toute la rédaction bosse dessus. Et la perle rare était là, cachée chez ma vieille copine Lydia !

Lydia se mit à rire avec insouciance, mais Alex eut la nette impression que sa mâchoire s'était crispée. Toutefois, Lydia était juste, une qualité inhabituelle chez une femme qui évoluait dans un milieu frivole mais sans pitié.

— Oh, Alex a un talent fou ! Elle écrit beaucoup pour nos clients, rédige les communiqués de presse, ce genre de chose. Cela fait des mois que j'essaie de l'encourager à aller plus loin, mais elle n'ose pas. N'est-ce pas, chérie ?

« Chérie » était surtout bien trop occupée par des tâches fastidieuses et sans intérêt, songea la jeune femme, mais elle sourit. Quelqu'un allait-il enfin lui expliquer ce qui se passait ? Heureusement, Lydia vint à son secours.

— Naturellement, vous savez que Charles est le rédacteur en chef du *Sunday Herald*. C'est aussi l'un de mes meilleurs amis. Nous venons de discuter de nos anciens camarades au cours du déjeuner. En revenant ici, notre voisin m'a mis le grappin dessus, et ce coquin en a profité pour s'éloigner. Il voulait certainement inspecter mon bureau.

Elle lui adressa un sourire coquet, sachant que son élégant bureau était parfaitement digne de son rang. Charles rit et se mit à jouer avec ses bretelles rouges, puis il revint à l'affaire qui le préoccupait. Il avait la réputation d'être capable de retrouver son sérieux en l'espace d'une seconde quand il s'agissait de gagner de l'argent.

— Alors, jeune fille, vous pensez pouvoir y arriver ? Bien sûr, je vous paierai le tarif habituel. D'accord ? Je passe un coup de fil à ma secrétaire, je prends rendez-vous avec l'équipe, et c'est parti. Les lecteurs vont adorer ce genre de texte. Dans les autres magazines, ces articles font un tabac. Ne croyez pas que j'approuve pour autant. À mon avis, l'époque des vraies informations est révolue. Tous ces foutus journalistes qui nous abreuvent de leurs états d'âme… Excusez-moi, ma chère, mais c'est vrai. Bon, j'appelle Serena pour fixer une date. Voilà qui va créer un précédent. Faire appel à une inconnue pour une nouvelle rubrique. Ah ah !

Alex adressa un regard inquiet à Lydia, qui hochait furieusement la tête et affichait un sourire forcé que démentait la lueur calculatrice de son regard. La cote d'Alex venait de monter en flèche. Lydia s'efforçait d'en prévoir les répercussions et de voir si elle pouvait ou non en tirer un quelconque avantage. Alex comprit qu'elle n'avait pas le choix et qu'il ne fallait pas discuter. Elle accepta donc cette offre inattendue d'une voix timorée. La femme décidée qu'elle croyait être devenue avait disparu. Elle dut se retenir d'embrasser cet homme providentiel et de lui promettre une loyauté absolue, tant elle lui était reconnaissante de lui offrir une telle chance.

Charles Beresford accepta ses remerciements, lui serra fermement la main et ajouta qu'elle avait intérêt à donner satisfaction, faute de quoi elle serait virée. Alex lui assura qu'elle ferait de son mieux, et l'affaire fut conclue. Puis Charles prit Lydia par le bras et disparut avec elle dans son bureau pour le reste de l'après-midi, après avoir refusé la tasse de café qu'Alex lui proposait. Celle-ci supposa qu'il préférait goûter au cognac que Lydia gardait dans son placard pour les invités de marque, ce en quoi elle n'avait pas tort.

Comme il venait pour la première fois dans ce bureau, Beresford eut droit au traitement de faveur. Lydia était persuadée de pouvoir tirer parti de cette nouvelle alliance. Elle se promit donc de garder un œil sur Alex. Elle savait depuis longtemps qu'il fallait cultiver ses relations. Cette fille irait peut-être loin dans la presse. Certains des journalistes qu'elle connaissait avaient débuté de façon bien plus surprenante. Elle comptait toujours sur les renvois d'ascenseur. Or, elle sentait qu'Alex avait de l'avenir. Lydia savait qu'elle avait brimé son talent en lui confiant des tâches indignes d'elle. Toutefois, maintenant que ses dons étaient reconnus, elle allait prendre sa part du gâteau, mais de façon charmante, comme toujours.

Après le départ de Lydia et de Charles, Alex put enfin s'écrouler derrière son bureau et méditer sur sa bonne fortune. Elle passa le reste de l'après-midi sur un petit nuage d'enthousiasme. Elle avait le cœur si léger qu'elle ne s'énerva même pas quand Richard l'appela, plus tard, pour lui demander d'assister à une de ses soirées mondaines avec ses relations de travail. Ce brusque changement d'attitude laissa Richard ravi, mais perplexe. Il était encore sous le coup de cette bonne humeur inhabituelle lorsqu'elle lui annonça qu'elle passait le reste de la semaine chez Simon pour s'occuper du chat.

— Vraiment, cette sale bête est trop gâtée, grommela-t-il, tout en acceptant d'attendre le week-end pour revoir la jeune femme.

Il était prêt à tout pour la satisfaire, surtout maintenant qu'ils avaient signé le compromis de vente pour l'appartement. Bientôt, ils seraient installés dans leur nid douillet. Alex se considérerait alors certainement comme mariée et accepterait enfin ses avances. En tout cas, il l'espérait, sinon il allait falloir qu'il trouve une solution de rechange. Alex devait pourtant connaître les besoins physiques d'un homme, même si celui-ci était un homme moderne, ouvert et sensible comme lui. Certes, il n'irait pas jusqu'à payer pour avoir un rapport sexuel. Jamais il ne s'abaisserait à de telles extrémités. Mais les occasions ne manquaient pas à la City, et il était certain qu'une nouvelle stagiaire lui faisait de l'œil. Il se promit de l'inviter à boire un verre, plus tard dans la semaine, et se replongea dans ses chiffres. Mais il eut du mal à se concentrer, troublé par l'image de Samantha, la stagiaire, moulée dans sa minijupe. Voilà ce qu'il gagnait à se conduire en gentleman ! Il s'était retenu trop longtemps. Cette fois, sa décision était prise. Après tout, quel mal y avait-il à s'accorder un petit écart auprès d'une jeune recrue zélée ?

Alex était bien loin de deviner les pensées de son fiancé, et d'ailleurs, elle s'en moquait. Ce soir-là, lorsqu'elle rentra chez Simon, elle trouva Miu Miu en train de suffoquer dans un coin de la cuisine. La pauvre bête tournait en rond en toussotant. Affolée, Alex la prit dans ses bras et chercha à la calmer, tout en se demandant ce qui pouvait lui arriver. Mais elle eut beau la caresser, rien n'y fit. Manifestement, Miu Miu avait quelque chose de coincé dans la gorge. La situation était grave. Alex s'empara du répertoire téléphonique de Simon et trouva le numéro d'un vétérinaire. Sans lâcher la chatte, elle appela le cabinet. Par miracle, il était encore ouvert. La réceptionniste lui conseilla d'amener Miu Miu sur-le-champ. Alex ressortit en courant et chercha frénétiquement un taxi, la malheureuse bête toujours dans les bras. Comme aucun taxi ne daignait se montrer, elle partit à pied. Elle marcha aussi vite que le lui permettaient ses hauts talons. Sa panique augmentait à chaque minute, car Miu Miu avait de plus en plus de mal à respirer. Essoufflée, elle parvint enfin au cabinet vétérinaire et franchit la porte en trombe. Dans la salle d'attente se trouvaient déjà un vieux monsieur accompagné d'un chien tout aussi âgé que lui et une jeune fille qui tenait une cage sur ses genoux. Ignorant leurs regards inquisiteurs, elle gagna la réception et posa la pauvre Miu Miu sur le comptoir.

— Vite! Elle va mourir! s'exclama-t-elle d'une voix sur-aiguë. Aidez-moi! Je vous ai téléphoné tout à l'heure... Elle est en train d'étouffer...

Ses propos étaient un peu confus, mais l'employée parut saisir l'idée générale. Elle prit la chatte dans ses bras, pria Alex de la suivre et poussa une porte battante. Aussitôt, les professionnels se mirent à l'œuvre. Quelques instants plus tard, l'animal frissonnant était allongé sur une table d'examen.

— Voilà le nœud du problème, déclara le vétérinaire. Une grosse arête de saumon.

Alex ne put s'empêcher de remarquer qu'il avait le regard doux et un sourire enjoué et séduisant. Sans doute avait-il une ravissante petite amie qui se faisait un plaisir de lui mitonner des petits plats et de laver ses tenues de sport. Pour Alex, c'étaient là les signes évidents d'un dérapage vers la routine domestique. Elle se sentit rougir et balbutia :

— Tout est ma faute!

Le vétérinaire lui adressa un sourire rassurant et posa une main sur son bras.

— Ce genre d'incident peut arriver à n'importe qui. Je suppose que cette petite gourmande est allée à la pêche dans la poubelle à votre insu. Elle va mieux, maintenant, et il n'y aura pas de séquelles. Faites-lui un gros câlin, et je suis certain qu'elle aura tout oublié avant demain. D'accord? Vous vous sentez mieux?

Ce charmant vétérinaire semblait avoir pour elle un intérêt plus que professionnel. La jeune femme ravala de son mieux ses larmes de soulagement. Elle n'avait pas envie d'avoir les yeux rouges et gonflés face à un homme aussi gentil, aussi attentionné et aussi séduisant. Elle n'était pas encore mariée, et il n'y avait pas de mal à flatter son ego. Elle le remercia avec chaleur et lui demanda de lui adresser sa facture chez Simon, mais à son nom, qu'elle épela avec soin. Au moins, la prochaine fois que Miu Miu aurait un problème, le vétérinaire se rappellerait le nom de cette cliente affolée et un peu farfelue. Comment réagirait Nick, si une telle chose se produisait ? La jalousie le pousserait-elle enfin à agir ?

Fallait-il qu'elle ait l'esprit tordu, se dit-elle en souriant, avant d'envelopper Miu Miu dans sa veste et de la ramener à la maison. Là, elle lui offrit des miettes de thon et un bol de lait. Très vite, la chatte vint se frotter contre les chevilles de la jeune femme. Alex se sentait tenue d'appeler Simon pour lui annoncer qu'elle avait failli tuer sa chatte, mais que tout était rentré dans l'ordre et qu'elle réglerait les frais. Avant de perdre tout courage, elle composa le numéro de l'hôtel.

Elle était si troublée qu'elle avait oublié de prendre en compte le décalage horaire. Elle indiqua le numéro de la chambre de Simon au standard. Une voix endormie lui répondit, mais ce n'était pas celle de Simon. L'espace d'un instant, la jeune femme eut envie de raccrocher. Elle réussit néanmoins à se reprendre, suffisamment en tout cas pour balbutier quelques mots sur l'état de santé de Miu Miu.

Il y eut un long silence, puis Nick dit :

— Alex ?

Encore un long silence.

— Oui, répondit la jeune femme d'un ton aigu. Dis-lui qu'elle va bien. Merci.

Elle raccrocha brutalement et s'éloigna du téléphone, comme si le combiné avait souffert de quelque maladie contagieuse. C'en était fini de ses rêves de bonheur. La réalité venait de la frapper de plein fouet. Elle regagna la cuisine et s'écroula sur une chaise.

— Le salaud ! Le salaud ! lança-t-elle à l'adresse de Miu Miu. Quelle imbécile je suis ! Ils sont tous les deux dans la même chambre. Ils doivent bien se marrer, maintenant. Le salaud !

Elle se lamenta longuement, jusqu'à ce qu'elle soit à court d'insultes.

— Merde, merde, merde… conclut-elle.

Lorsque la nuit tomba, elle n'avait pas bougé de sa chaise et se tordait nerveusement les mains. Dans un coin, la chatte l'observait avec ce qui semblait être de la compassion, mais Alex se sentait plus seule que jamais. Tous ses espoirs d'un avenir heureux venaient de s'écrouler, ne laissant en elle qu'une souffrance intolérable qui lui nouait les entrailles. La seule personne avec qui elle avait envie de partager la bonne nouvelle de sa promotion était soudain devenue celle à qui elle ne voulait plus jamais adresser la parole. Comment la vie pouvait-elle être aussi cruelle?

À des milliers de kilomètres de là, assis dans son lit, Nick contemplait la nuit. Il venait seulement de saisir le sens des paroles d'Alex. La voix lointaine de la jeune femme avait fait resurgir tous ses souvenirs, et il avait hâte de la retrouver. Leur séance photo se passait mal, et ils avaient eu un tas de problèmes à régler, à commencer par l'attribution des chambres. En voyant son bungalow luxueux, il avait cru à une erreur de l'hôtel. Les cris scandalisés de Simon, qui découvrait sa chambre rudimentaire dans le bâtiment principal, bien moins confortable, avaient confirmé ses craintes. Heureusement, tout s'était réglé à l'amiable, même s'ils avaient omis de prévenir la réception de ces changements de chambres. Tout le monde était content, même le nouveau voisin de Simon, Serge, le grand styliste. Les deux hommes semblaient s'entendre à merveille, après des débuts un peu houleux. Ils se rendaient souvent l'un chez l'autre, car leurs bungalows étaient mitoyens. D'un œil amusé, Nick avait vu leur hostilité se transformer en intérêt, et il les soupçonnait d'être devenus bien plus que de simples collaborateurs.

Le travail avait permis à Nick d'oublier ses tourments, jusqu'au coup de téléphone d'Alex. À présent, il avait les sens retournés et brûlait de rentrer à Londres. Il était impatient de revoir Alex, de lui raconter son voyage, de trouver une solution à cette situation démente. À l'autre bout du monde, elle lui manquait encore plus. Incapable de se rendormir, il imagina chaque parcelle de son corps superbe, les expressions de son visage, le son de sa voix. Il sourit en songeant qu'elle agissait souvent sans réfléchir, même si elle ne voulait pas l'admettre. Il ignorait ce qui avait pu arriver à la pauvre Miu Miu, mais la jeune femme avait tout arrangé. Dans quelques jours, il la reverrait. Il pourrait la toucher, avoir avec elle une conversation sérieuse. Le moment était venu de mettre cartes sur table, et il savait comment la convaincre.

Soudain, Nick aurait tout donné pour que la séance photo se termine, même s'il aimait ce travail passionnant. Simon l'avait laissé photographier certaines vues qu'il comptait ajouter à son book. Il apprenait beaucoup et nouait des relations précieuses, mais il voulait avant tout rentrer à Londres. Rien ne l'en empêcherait, pas même les caprices d'un éléphanteau et les exigences d'un styliste qui avait la folie des grandeurs. Nick était prêt à travailler jour et nuit, à faire n'importe quoi, mais ils termineraient dans les temps. Il prendrait l'avion samedi soir, dût-il pour cela ligoter Serge et Simon. Cette pensée fit naître un sourire malicieux sur son visage. Il finit par s'endormir, une heure avant que la sonnerie du réveil ne retentisse. Au matin, il se remit au travail avec un enthousiasme renouvelé. Il allait bientôt retourner auprès d'Alex, et plus rien ne les séparerait.

8

— Seigneur ! Qu'est-ce que tu trimballes, là-dedans ? Tu l'as ramené, ce maudit éléphanteau, ou quoi ?

Tandis que Nick portait les derniers bagages dans l'escalier, Simon se précipita vers la porte d'entrée, impatient d'embrasser sa chère Miu Miu. Les effusions qui suivirent furent dignes de retrouvailles entre deux amants séparés depuis des années. Ignorant ces extravagances, auxquelles il commençait à s'habituer, Nick chercha Alex des yeux, mais l'appartement semblait vide. Finalement, il trouva un message posé sur la table de la cuisine.

Bienvenue à la maison. J'espère que tout s'est passé comme vous l'espériez. Appelez-moi quand vous serez redescendus sur terre. Je vous embrasse,

Alex.

Nick se demanda quelle conception la jeune femme avait d'un déplacement professionnel, mais cela n'avait rien d'une expérience idyllique, contrairement à ce qu'elle suggérait. Cette séance photo avait été jalonnée d'incidents. En Asie, les villageois avaient leur propre notion du temps, totalement incompatible avec celle d'Occidentaux toujours pressés. Les chefs religieux pinaillaient sur les moindres détails. Quant à l'éléphanteau exigé par Serge, Nick avait dû annoncer au styliste que ce serait une vache sacrée ou rien. Finalement, à force de palabres et en faisant jouer ses relations, ce dernier avait réussi à obtenir un éléphanteau, qui avait semé la zizanie sur le plateau. Le pachyderme avait joué les divas et retardé le travail de toute l'équipe. En dépit de ces difficultés, et contre toute attente, le capricieux Serge s'était transformé en un ange de patience. L'ambiance locale n'y était pour rien. Simon avait profité du fait qu'ils étaient voisins pour organiser des rendez-vous nocturnes d'une nature très particulière. Depuis, le patron de Nick et le styliste affichaient tous deux des mines épanouies. Nick se réjouissait pour Simon, car cette rencontre l'avait apaisé et avait raboté les angles les plus aigus de son caractère parfois difficile.

Plus amoureux que jamais, Simon avait l'impression d'être un autre homme. Le moindre de ses actes était désormais empreint de bienveillance. Tout désespoir l'avait quitté, et il était persuadé d'être un dieu du sexe. Il avait relégué dans un coin de sa mémoire ses tendres sentiments pour Nick, pour qui il n'éprouvait plus qu'une affection fraternelle. Du moins tentait-il de s'en convaincre. Tout dépendait de la tournure que prendrait son histoire avec Serge.

Ah, Serge! La seule évocation de son prénom le faisait frissonner de désir. Sa nature passionnée attirait Simon comme un aimant. Il était à sa merci. Comme Simon l'avait confié à sa maquilleuse, il se sentait revivre. Malgré sa promesse de garder le secret, la jeune femme s'était naturellement empressée de rapporter la nouvelle au reste du groupe. À partir de cet instant, chacun avait suivi avec intérêt le déroulement de cette idylle naissante. Simon et Serge avaient mis deux jours à se découvrir. Le quatrième jour, l'équipe pariait déjà pour savoir lequel allait se lever apparaître au restaurant ou aller se coucher le premier. Le sixième jour, ils avaient cessé de faire semblant et pris leur petit déjeuner ensemble, dans le bungalow de Simon. Dans l'avion du retour, ils s'étaient affichés franchement, faisant fi des regards réprobateurs de certains passagers. À Bali, ils avaient dévalisé les boutiques de souvenirs pour trouver des objets qui symboliseraient leur amour. Les deux hommes avaient rivalisé d'originalité, à la grande joie des commerçants locaux. Et c'était le pauvre Nick qui avait dû porter les emplettes de Simon jusqu'à l'appartement.

Nick mit dix minutes à défaire son unique bagage, tandis que Simon disparaissait dans sa chambre pour déplier avec soin ses vêtements et se pâmer devant les cadeaux que lui avait offerts Serge. Nick l'entendit parler au téléphone d'un ton enthousiaste. Sans doute racontait-il les dernières nouvelles croustillantes de sa vie sentimentale à ses amis. Lui-même préférait attendre d'être tranquille et seul pour téléphoner à Alex. Il voulait lui donner rendez-vous. Ce qu'il avait à lui dire était trop important pour qu'il en parle au téléphone. Et puis, il savait qu'en la regardant dans les yeux, il devinerait si elle l'aimait et s'il avait encore une chance de la conquérir.

Malheureusement, il dut attendre une semaine avant de parvenir à joindre la jeune femme. Simon et Alex communiquaient par répondeurs interposés. Simon donnait à son amie des nouvelles de Miu Miu, tandis qu'Alex expliquait invariablement que Richard et elle étaient débordés par les préparatifs et qu'elle le rappellerait dès que possible. Richard, qui n'en pouvait plus d'attendre, voulait réaliser l'achat immobilier le plus rapide de l'histoire. Sa libido et son orgueil lui ordonnaient de se caser au plus vite. À ses yeux, cet investissement financier lui donnait certains droits sur la jeune femme. Si tout allait bien, ils auraient les clés avant le week-end et pourraient commencer les travaux et l'aménagement. Comme il devait partir en déplacement pour son travail, il demanda à l'agence que les clés soient remises à Alex en son absence.

Il suggéra à la jeune femme de faire appel aux services d'un professionnel pour la décoration, mais Alex lui répondit avec dédain qu'elle pouvait très bien s'en charger elle-même. Elle ne supportait pas l'idée d'avoir affaire à ce genre de type prétentieux. De plus, faire tous les travaux elle-même lui permettrait de gagner du temps. Elle pourrait laisser traîner les choses encore un peu.

Richard avait également décrété que l'achat de l'appartement coïnciderait avec l'annonce officielle de leurs fiançailles. Trop choquée, la jeune femme n'avait même pas protesté. Naturellement, sa mère avait de nouveau insisté pour organiser une grande réception, proposition qu'Alex avait rejetée sans pitié. Elle n'était pas d'humeur à jouer les amoureuses devant une salle pleine de parents et de personnes qu'elle n'avait pas revues depuis son enfance. La perspective de se livrer à une telle mascarade devant ses propres amis la révulsait encore plus. En outre, depuis sa rencontre avec Richard, elle en avait perdu pas mal de vue, sans compter que ses deux boulots conjugués avaient limité sa vie sociale. Certes, depuis qu'elle avait arrêté son activité secrète d'*escort girl*, elle avait plus de temps, mais elle n'avait pas encore réussi à renouer le contact avec certaines amies. En quelques mois, elle avait également perdu beaucoup de son insouciance. Parfois, elle rêvait d'une existence simple. Parfois aussi, elle se disait qu'elle était trop jeune pour renoncer à une vie de plaisir. Quoi qu'il en soit, elle n'avait aucune envie de célébrer ses fiançailles en grande pompe.

Elle espérait presque que, si elle ignorait assez longtemps la situation, elle disparaîtrait d'elle-même. Mais c'était peu probable. Alors, elle décida de rester discrète. Pas question d'exhiber sa bague à la ronde, d'enterrer sa vie de jeune fille, de glousser avec ses amies lors des préparatifs et, surtout, pas question d'évoquer le grand jour. Richard commençait à être agacé par son refus de fixer une date pour le mariage. Mais elle avait affirmé que les longues fiançailles faisaient les longues unions. S'il l'avait mieux connue, il aurait su qu'elle trouvait bien plus romantique un mariage à la sauvette, sur un coup de tête. Par chance, son manque de clairvoyance rendit service à Alex. À présent, il ne lui restait plus qu'à attendre un miracle ou à entrer au couvent. En tout cas, ce mariage n'aurait lieu que quand elle aurait épuisé toutes les autres possibilités, y compris une disparition mystérieuse, à moins qu'elle ne vire carrément sa cuti. Elle savait que Richard ne survivrait pas à l'humiliation d'être quitté pour un autre homme. Peut-être se remettrait-il mieux de sa déception si elle partait avec une femme ? Toutefois, connaissant sa malchance, Alex se dit que cela l'exciterait peut-être au plus haut point.

À regret, elle rejeta toutes ces idées attrayantes mais peu réalistes et en revint à sa première idée : garder un profil bas. Ainsi, si elle s'enfuyait, la plupart des gens ignoreraient qu'elle avait été fiancée, qui plus est à quelqu'un comme Richard.

Sans tenir compte de la déception flagrante de sa mère, elle décréta que le dîner de fiançailles serait une affaire de famille. Naturellement, Simon serait invité, car il faisait partie de la famille, ainsi que ses parents. Avec un peu de chance, le père de Simon dirait quelque chose de si affligeant que cela détournerait l'attention des futurs mariés. Alex songea un instant à l'infortunée Agatha, la mère de Simon. Certes, elle semblait s'en sortir sans trop de mal, sans doute grâce à des années passées à se boucher les oreilles dès que son mari prenait la parole. Alex se demanda si elle finirait comme elle, à s'inventer un monde parallèle pour fuir un mari prétentieux et coincé. Ce système fonctionnait dans de nombreux foyers. Si ces âmes bien-pensantes pouvaient vivre ainsi, elle y arriverait, elle aussi. Quant à Nick, elle décida de l'inviter aussi. Autant qu'il assiste à sa déconfiture. Cela lui donnerait un aperçu de ce à quoi il avait échappé. Alex se ressaisit. Pas question de laisser son esprit vagabonder en territoire dangereux. Mais c'était peine perdue. Pour commencer, elle savait que Nick ne lui aurait jamais offert ce diamant banal et ostentatoire. Il l'aurait emmenée dans quelque contrée exotique et l'aurait épousée sur-le-champ, sans se prêter au jeu des mondanités qui entouraient en général un tel événement. Nick se souciait des conventions comme d'une guigne. Sinon, évidemment, elle n'aurait pas été autant attirée par lui.

Avec effort, elle refoula son amertume et décida d'être courageuse. Elle allait passer voir les deux hommes. Autant apprendre la terrible vérité, histoire d'en finir. Ravi de pouvoir enfin lui parler, Simon l'invita à leur rendre visite dans la soirée, pour qu'ils échangent les derniers potins.

— Je crois que je n'ai pas été très sage, avoua-t-il. Dépêche-toi, j'ai un tas de choses à te raconter !

Alex n'en doutait pas. Simon adorait se vanter de ses exploits. Elle soigna sa tenue et alla jusqu'à mettre du rouge à lèvres. Autant faire bonne figure, encaisser le coup mais garder la tête haute. Devant la porte de l'appartement, elle plaqua son plus beau sourire sur son visage. Les nombreuses fois où elle avait frappé à une porte de chambre d'hôtel lui avaient au moins appris quelque chose : lorsqu'on donnait l'impression d'avoir confiance en soi, on pouvait surmonter pas mal de difficultés.

Alex entra donc d'un pas assuré et envoya des baisers à tout le monde, y compris à la chatte. La grâce était une arme redoutable. Son sourire se posa sur Nick, superbement bronzé, qui semblait à la fois ravi de la voir et un peu nerveux. Eh bien, c'était compréhensible. La jeune femme s'installa sur son canapé favori et accepta un café avec une affectation qui étonna les deux hommes.

— Allez-y, les garçons. Je vous écoute.

Il y eut un silence. Simon jeta un coup d'œil à Nick, qui se mit à rire et lui tapa dans le dos.

— Je crois que Simon t'en parlera mieux que moi, dit-il, avant de se renfoncer dans son fauteuil pour lui laisser la vedette.

Ravi d'être le centre de l'attention générale, Simon se prépara à raconter leur voyage. Mais il avait à peine ouvert la bouche qu'on sonna à la porte. Avec une assurance qui n'avait rien à envier à celle d'Alex, Serge fit son entrée. Il toisa un instant la jeune femme, avant de se lancer dans le récit de sa mésaventure. Le malheureux venait d'échapper à une agression en pleine rue.

— Je me suis accroché à mon sac à dos par une bride pour l'empêcher de me le prendre, et j'ai crié de toutes mes forces. Ce type était énorme et complètement cinglé. Il m'a insulté, mais j'ai refusé de lui donner mon sac. Pas question ! Je l'ai acheté à Milan, c'est une pièce unique, en cuir très fin. Il contient toutes mes affaires. Comme tu le sais, Simon, ma vie entière est rangée dans mon sac. J'y tiens comme à la prunelle de mes yeux. Alors, je me suis défendu de mon mieux, et le type a fini par s'enfuir. J'étais complètement bouleversé. Une dame s'est approchée en me disant qu'elle avait tout vu, mais qu'elle n'avait pas osé intervenir. Ensuite, elle m'a demandé si j'allais bien. Mais non, je n'allais pas bien du tout! J'étais complètement sonné. Alors, j'ai décidé de venir chez toi, en me disant que tu saurais quoi faire. Je crois que je commence à ressentir le contrecoup du choc. Je me sens mal…

Sur ces mots, il s'écroula de façon théâtrale sur le canapé, à côté d'une Alex abasourdie.

Durant son récit, elle avait entendu son accent vaguement slave disparaître peu à peu, jusqu'à ce qu'il finisse par parler un anglais aussi pur que le sien. Ce ne serait pas le premier beau garçon à se faire passer pour un étranger dans le milieu de la mode, songea-t-elle. Toutefois, Simon ne sembla rien remarquer et se précipita vers son ami.

— Mon pauvre amour! Respire! C'est ça. Nick, va lui chercher un verre d'eau!

Il caressait le bras de Serge, essayant de le calmer et de faire taire ses hoquets. Visiblement éprouvé, le jeune homme ferma les yeux. Alex avait beau le plaindre, elle dut se retenir pour ne pas glousser. Serge avait manifestement souligné son regard au crayon noir pour se donner un air oriental, mais son maquillage avait lamentablement coulé sur ses joues. Son bandana avait glissé sur son front, lui donnant un air plus ridicule que farouche.

Nick revint avec un verre d'eau. Simon le porta aux lèvres de son ami et l'encouragea à boire d'une voix cajoleuse. Devant ce spectacle, Alex commença à se poser des questions. Les amis de Simon étaient toujours un peu exubérants, mais cette fois, il y avait autre chose. Elle croisa le regard de Nick, qui lui adressa un clin d'œil complice et éloquent. De plus en plus bizarre, songea la jeune femme.

— Il faut le choper, ce type, Simon, dit Serge en ouvrant les yeux. Il avait peut-être un couteau, ou pire.

Il souligna ses paroles d'un frisson. Simon hocha gravement la tête.

— Absolument. D'abord, je vais t'emmener chez le médecin, puis on ira au commissariat. Nick, où sont les clés de voiture ?

À la grande stupeur d'Alex, Nick ne parut guère s'offusquer d'être relégué au rang de domestique. En fait, il semblait même avoir l'habitude d'être traité de la sorte. Simon aida Serge à se lever. Ce dernier déclara sans conviction qu'il n'avait pas besoin d'un médecin, mais Simon fit taire ses protestations.

— Même s'il ne t'a pas touché, tu as reçu un choc. Et il faut au moins examiner ton épaule. Tu t'es peut-être déplacé quelque chose.

Son inquiétude était excessive, voire ridicule, mais Serge semblait la trouver parfaitement légitime. Ensemble, ils boitillèrent vers la porte. Apparemment, Serge s'était découvert une douleur à la jambe depuis son arrivée.

— Nick, tu conduiras. Je tiendrai compagnie à Serge à l'arrière. Alex, je suis désolé, mais comme tu peux le voir, le pauvre Serge en a bavé.

Simon pliait presque sous le poids du blessé, qui avait maintenant perdu l'usage de ses deux jambes.

— Oh, ne t'en fais pas ! Je te verrai plus tard. J'espère que tu te remettras vite, ajouta-t-elle à l'adresse de Serge, qui inclina la tête en gémissant.

L'air anxieux, Simon installa rapidement son ami à l'arrière de la voiture et boucla sa ceinture. Tandis que la voiture s'éloignait, Alex répondit au signe de la main de Nick. Les deux autres étaient trop troublés pour lui dire au revoir. Totalement perdue, et pas plus avancée que quand elle était arrivée chez Simon, la jeune femme rentra chez elle.

Cette fois, ce fut son tour de laisser des messages et d'attendre des nouvelles. Enfin, le mercredi, Simon la rappela pour lui dire qu'ils seraient ravis de venir à ses fiançailles et que tout allait bien. Il était sur son portable et semblait débordé, aussi n'osa-t-elle pas insister. Elle promit de lui indiquer l'heure et l'endroit du rendez-vous sur son répondeur. Elle ajouta qu'elle était en pleins travaux de décoration dans leur nouvel appartement et qu'elle avait pris quelques jours, si bien qu'elle ne serait pas joignable. De plus en plus effrayée à mesure qu'approchait la soirée de fiançailles, où chacun ferait la connaissance des parents de l'autre, elle avait décidé de se lancer dans une activité manuelle et de se cacher du monde, en particulier de sa mère. Elle en profitait également pour chercher des idées pour son prochain article. Bizarrement, elle trouvait toujours de l'inspiration dans les activités quotidiennes. Des idées lui venaient dans les circonstances les plus banales. En outre, la peinture avait toujours eu un effet apaisant sur elle.

Le jeudi et le vendredi, elle décapa et ponça les murs en écoutant la radio. De temps en temps, elle lâchait ses outils pour noter une idée sur un bout de papier, puis se remettait au travail. Elle chanta à tue-tête et s'énerva contre les auditeurs qui téléphonaient pour dédicacer certains titres à l'élu de leur cœur. Elle se moqua d'eux à haute voix, tout en se disant qu'elle était plutôt mal placée pour les juger. Elle dansa sur les airs entraînants, se mettant à la place des jeunes femmes à qui certaines chansons étaient dédicacées. Il y avait au moins des gens sur terre qui étaient satisfaits de leur sort.

Ces deux journées de travail lui firent un bien énorme. Le samedi matin, elle arriva à l'appartement pleine d'impatience. Même la pensée de Richard ne pouvait gâcher son plaisir. Son fiancé avait promis d'être à l'heure tant redouté. La jeune femme l'avait d'ailleurs menacé des pires sévices en cas de retard intempestif. Elle déboucha sa bouteille Thermos pour se servir un café, se félicitant au passage de son sens de l'organisation, et se mit au travail. Maintenant qu'elle avait terminé le plus difficile et le plus rébarbatif, elle était prête à appliquer la peinture. Armée de son rouleau, elle écouta des chansons des années 1980. Elle peignit en rythme, sans se soucier de la peinture qui giclait lorsqu'elle allait trop vite. Elle s'amusait beaucoup et ne pouvait s'empêcher de penser que sa soirée serait bien moins agréable.

Au bout de quelques heures, elle avait mal aux bras, mais elle chantait toujours. Ce fut probablement pour cela qu'elle n'entendit pas tout de suite les coups frappés à la porte. Elle dut même s'arrêter pour baisser la musique avant de localiser la source du bruit. Alors, elle posa son rouleau et se dirigea vers la porte, l'air un peu piteux, prête à adresser des excuses à quelque voisin irascible. Par chance, il y avait un judas. Elle pourrait donc voir l'ennemi avant d'ouvrir et rassembler son courage. Ce qu'elle découvrit en regardant par le judas la déstabilisa bien plus qu'une assemblée furieuse de copropriétaires et, l'espace d'une seconde, elle envisagea de ne pas ouvrir. Elle avait les cheveux en bataille, le visage plein de peinture et un vieux jean sans forme. Elle essaya d'effacer une tache de peinture sur sa joue et de mettre de l'ordre dans ses cheveux, en vain. Elle fut tentée de ne rien faire et d'attendre qu'il s'en aille, mais la radio était toujours allumée, dévoilant sa présence. Obligée de passer à l'action, elle ouvrit la porte.

Nick lui sourit. La vie était bien ironique, songea Alex. Depuis des mois, c'était elle qui frappait à sa porte, et le voilà qui se présentait chez elle. Elle masqua son trouble derrière un sourire radieux.

— Nick ! En voilà une bonne surprise. Euh… entre. Pose ta veste où tu veux, n'importe où. Il n'y a pas encore de meubles, mais… tu n'as qu'à la mettre par terre.

Tandis qu'elle le conduisait au salon, Alex tenta de nouveau d'essuyer les taches de peinture de son visage. Elle baissa la musique et tendit la main pour désigner les murs qui l'entouraient. Nick posa ses sacs par terre et admira le travail de la jeune femme.

— C'est la première fois que tu fais de la peinture ?

Elle crut déceler une lueur moqueuse dans son regard, mais son ton semblait sincère.

— Pourquoi, ça se voit ? rétorqua-t-elle.

— Non. Ce n'est pas mal du tout, commenta-t-il. C'est même bien. Enfin, très bien, pour une débutante.

Les mains sur les hanches, il observait les murs, apparemment fasciné. Une pensée frappa soudain la jeune femme.

— Nick, comment as-tu su où me trouver ? Comment as-tu obtenu mon adresse ? Personne ne la connaît, à part moi et… Richard.

Elle semblait gênée, mais Nick, lui, était parfaitement à l'aise.

166

— Richard l'a donnée à Simon. Il a téléphoné à la maison, l'autre jour. Il te cherchait. Il disait qu'il n'arrivait pas à te joindre chez toi et que tu avais pris quelques jours de congé pour peindre. Simon lui a demandé pourquoi il ne t'aidait pas, mais Richard lui a affirmé que tu préférais travailler toute seule. J'ai pensé que je pourrais peut-être te donner un coup de main. Simon voulait venir, lui aussi, mais il a eu un empêchement de dernière minute et… Enfin, j'ai décidé de te faire la surprise. J'espère que ça ne te dérange pas.

L'espace d'un instant, Nick parut inquiet, comme s'il venait de réaliser qu'Alex aurait réellement pu être contrariée de le voir débarquer.

— Non, non, c'est très gentil. Tu ne me déranges pas du tout. Richard ne voulait pas se salir les mains. En fait, j'ai bien besoin d'un peu d'aide. Je ne suis pas vraiment une spécialiste. Euh… le problème, c'est que je n'ai pas d'autre rouleau.

D'un geste triomphant, Nick ouvrit un sac, d'où il sortit rouleaux, pinceaux et chiffons.

— Et voilà ! fit-il, l'air si satisfait de lui-même que la jeune femme se mit à rire.

— Tu sembles très bien organisé, pour un amateur. Tu veux du café ?

— Toi aussi, tu es bien organisée. Et j'accepte volontiers le café, merci.

Il but sa tasse en deux gorgées. Puis il devint tout à coup très professionnel. Il versa de la peinture dans un bac et sortit un rouleau de ruban adhésif pour protéger les plinthes. Ils travaillèrent un long moment en silence, n'échangeant que quelques commentaires anodins de temps à autre.

— Oh, j'adore cette chanson !

Tina Turner venait de rompre leur silence studieux de sa voix sensuelle. Alex alla monter le volume. Sans plus se soucier de ses voisins, elle se mit à chanter à tue-tête. Tout en souriant, Nick continua à peindre de plus belle. À la fin du morceau, Alex baissa de nouveau le son et s'appuya contre un pan de mur auquel elle ne s'était pas encore attaquée.

— Je suis crevée ! lança-t-elle en saisissant une bouteille d'eau.

— Petite nature ! railla Nick.

Mais il décida lui aussi de faire une pause et accepta la bouteille qu'elle lui tendait. Il en vida la moitié en quelques secondes.

— Il fait chaud.

Elle leva les yeux vers lui et acquiesça. Soudain, comme pour souligner ses propos, Nick ôta son tee-shirt sous le regard fasciné de la jeune femme. Troublée par le spectacle de son torse parfait, Alex détourna le regard et se redressa d'un bond. Ils se remirent au travail, mais ce petit épisode avait abattu une des barrières qui les séparaient, et ils parlèrent plus facilement.

— Alors, qu'est-ce qu'il y a entre Simon et ce type, le beau Serge ?

Alex mourait d'envie de lui poser la question depuis le jour où Serge avait débarqué, bouleversé, dans l'appartement de son ami. L'occasion se présentait enfin. Mais, pour toute réponse, Nick leva les yeux au ciel et secoua la tête.

— Allez, Nick ! Je sais que tu es au courant.

Elle agita son rouleau dans sa direction pour le menacer et eut la satisfaction de voir un peu de peinture gicler sur son nez. Il se figea, puis se tourna vers elle, son rouleau brandi.

— Non ! Je te préviens !

Elle recula d'un bond, mais il la suivit, un sourire inquiétant sur les lèvres. Elle jeta un coup d'œil par-dessus son épaule pour voir où elle allait. À cet instant, Nick trébucha sur des chiffons jetés par terre. Comme dans une scène au ralenti, le bac de peinture posé sur l'escabeau se renversa sur la tête de la jeune femme. Elle leva vivement les mains pour se protéger les yeux. La peinture dégoulina entre ses doigts, puis sur ses pieds. Par chance, le bac était presque vide. Cependant, ses cheveux et sa dignité en avaient pris pour leur grade. Un long silence abasourdi s'installa entre eux. Finalement, la jeune femme s'essuya la bouche et balbutia :

— Je dois ressembler à une œuvre d'art moderne, non ?

— Mon Dieu, Alex, je regrette ! Je ne voulais pas…

Nick semblait sincèrement navré. La jeune femme eut un geste insouciant, qui envoya des gouttelettes de pein-

ture sur son torse nu. Elle sourit, puis tous deux éclatèrent de rire.

— En fait, tu ressembles à un gros gâteau couvert de
glaçage, déclara enfin Nick.

— Formidable ! Au moins, je suis appétissante.

Elle n'avait nullement cherché à le provoquer, mais ils
se turent soudain, et la tension monta d'un cran.

— Bon, je crois que je ferais mieux de nettoyer tout ça,
dit nerveusement Alex, brisant la magie de cet instant.

Elle se dirigea vers la salle de bains à pas mesurés, pour
essayer de ne pas maculer le sol. Par chance, ils avaient
déjà de l'eau chaude, et elle avait apporté une vieille serviette en guise d'essuie-mains. Elle se glissa sous la douche,
sans cesser de se dire que Nick était tout proche et qu'elle
était nue. Elle se frictionna de son mieux, mais l'absence
de shampooing ne lui facilitait pas la tâche. Quelle horreur ! songea-t-elle. Elle allait empester la peinture. Heureusement qu'elle avait pris rendez-vous chez le coiffeur,
histoire de se faire belle pour son dîner de fiançailles. Et
puis, cet incident lui fournissait au moins un sujet de
conversation avec Nick.

Tout en se séchant tant bien que mal, elle se demanda
comment elle allait se sortir de ce pétrin. Ses vêtements
étaient tachés. Elle n'avait que ses sous-vêtements et le tee-
shirt de Nick, que celui-ci lui avait gracieusement tendu.
Elle l'enfila et découvrit qu'il était un peu trop court pour
lui permettre d'être tout à fait décente. Il lui frôlait le haut
des cuisses, mais au moins, il était sec. Elle devrait s'en
contenter. Nick n'aurait qu'à détourner les yeux. D'ailleurs,
il l'avait déjà vue en petite tenue, et même pire. Enfin, elle
sortit de la salle de bains, en se tamponnant les cheveux
avec la serviette humide.

— Au moins, maintenant, je ne suis plus assortie aux
murs, lança-t-elle.

L'étendue du travail qu'il avait abattu en son absence
était impressionnante. Mais, en cet instant précis, il se
désaltérait. Il baissa la bouteille et observa la jeune femme,
fasciné par cette apparition. Alex fut troublée par son
regard intense et sensuel. Elle leva une main vers son
visage. Était-ce parce qu'elle avait oublié des traces de

peinture qu'il la fixait ainsi ? Ce n'était pas la première fois qu'elle trouvait Nick déconcertant, voire carrément impoli. Elle ouvrait la bouche pour lui faire part de sa réprobation quand il lui dit soudain :

— Ne bouge pas !

Sur ce, il sortit un appareil photo de son sac.

La situation devenait de plus en plus surréaliste. Alex ne savait que dire. Profitant de cet instant d'hésitation, Nick se mit à la mitrailler, sans lui laisser le temps de réfléchir ou de prendre la pose.

Il l'observa à travers l'objectif et la trouva encore plus belle. La lumière captait les gouttelettes d'eau qui tombaient de ses cheveux sur son tee-shirt trop grand. Le coton lui collait un peu à la peau, bien plus suggestif que n'importe quel déshabillé. L'absence de maquillage accentuait son côté vulnérable, et son expression hésitante ne faisait que souligner cette impression de fragilité. Nick ne l'avait jamais trouvée aussi désirable, et il tenait à capturer cette image d'elle avant qu'elle n'ait retrouvé ses esprits.

— Mais qu'est-ce que tu...

Partagée entre l'amusement et l'embarras, Alex se planta devant lui, alors qu'il s'approchait pour la prendre de profil.

— Chut ! Ne gâche pas tout. C'est parfait. Tourne-toi un peu vers moi... Ton épaule... Voilà ! Non, ne fronce pas les sourcils... Ne souris pas non plus... Regarde-moi simplement... Regarde l'objectif.

Il tournoyait autour d'elle avec la grâce d'un danseur, l'encourageait, la flattait, l'obligeait à suivre son rythme tandis qu'il la mitraillait. Alex se laissa prendre au jeu, hypnotisée par sa voix douce et charmeuse, fascinée par l'objectif. Elle baissa modestement la tête, mais le regarda à travers ses cils, et une lueur malicieuse apparut dans ses yeux. Inconsciemment, elle s'humecta les lèvres, geste qu'elle interrompit presque aussitôt pour adresser à Nick un regard moqueur et passionné. Il faillit lâcher son appareil, mais il parvint à se ressaisir et se contenta de laisser son objectif caresser la jeune femme. Elle finit par se détendre, tout comme elle s'était abandonnée dans ses bras, il y avait si longtemps. Elle lui faisait confiance et essayait de lui donner le meilleur d'elle-même. Elle se livrait à lui de nouveau, mais d'une autre manière, et ce moment était tout aussi érotique que leur première fois ensemble.

À travers son appareil, Nick saisissait sa beauté naturelle et sans fard. Alex se révélait à lui sans s'en rendre compte. L'appareil constituait une sorte d'écran de protection qui leur permettait de s'exprimer sans danger. Cet instant serait immortalisé à jamais, et Nick savait que le résultat serait fantastique. Son cœur se mit à battre la chamade.

Enfin, ce fut terminé. Il n'avait plus de pellicule et craignait de rompre le charme en rechargeant son appareil. De plus, il avait obtenu ce qu'il voulait. Doucement, il baissa son appareil et le posa, sans quitter Alex des yeux. Sans cette soupape de sécurité que représentait son objectif, se déroberait-elle, une fois de plus ? Il l'avait presque dénudée au cours de cette séance photo improvisée, et il avait l'impression qu'elle était venue vers lui, qu'elle avait accepté ses avances. À présent, il leur suffisait de franchir le pont qui les séparait. Quelques centimètres les empêchaient de sombrer dans le précipice sensuel dont ils n'auraient jamais dû sortir. Mais ils restèrent immobiles. Aucun d'eux n'osait faire le premier pas, de peur d'être rejeté, terrifié à l'idée que les choses se passent mal. Finalement, Alex se jeta à l'eau. Elle fit deux pas et tendit les bras vers lui.

Lorsqu'on sonna à la porte, ils ne furent pas vraiment surpris, tant cette frustration leur était familière. La jeune femme tourna la tête.

— Alex… non.

Elle se tourna de nouveau vers lui et secoua la tête. C'était trop dangereux. Ce pouvait être n'importe qui. Un voisin, un représentant, ou même Richard, furibond, qui avait oublié ses clés.

— Il le faut.

Le regret perçait dans sa voix – à moins que ce ne fût du soulagement. Nick n'aurait su le dire. Elle regarda par le judas, puis ouvrit la porte.

— Chérie ! Qu'est-ce que c'est que cette tenue ? Ce sont les travaux qui t'ont mise dans cet état ?

Au départ, Simon ne remarqua même pas la présence de Nick, tant il était impatient de visiter le nouvel appartement de son amie. Il tenait des sacs en plastique dans chaque main. Lorsqu'il aperçut Nick, il haussa les sourcils et les dévisagea tour à tour, l'air sidéré. Pour une fois, il était à court de mots.

— Une bagarre à coups de peinture, expliqua Alex, qui tirait désespérément sur son tee-shirt, dans le vain espoir de l'allonger.

— C'était ma faute, intervint Nick.

— Je vois, commenta Simon en toisant la jeune femme d'un regard circonspect.

Il n'analysa pas plus loin cette situation compromettante, mais ce n'était que partie remise. Il se mit à parcourir les pièces en ponctuant ces propos de «Fabuleux!» ou de «Ça, ça doit partir». Mieux valait s'occuper d'abord des problèmes les plus simples, songeait-il, avant de s'attaquer à ce qui semblait être une situation complexe. Pour l'heure, il se contentait donc de critiquer les goûts d'autrui en matière de papier peint et de donner à son amie quelques conseils de décoration.

— Il y a beaucoup de possibilités, chérie. Tu pourrais faire des merveilles.

Ils étaient de retour dans le salon, où Simon inspectait le résultat des efforts conjugués de Nick et d'Alex.

— Désolé de ne pas être venu plus tôt, mais j'avais des courses à faire. D'ailleurs…

Il ouvrit un grand sac et en sortit un objet enveloppé dans une boîte rectangulaire, qu'il tendit à Alex avec cérémonie.

— C'est pour toi. Un petit cadeau de fiançailles, histoire de te donner du courage pour ce soir.

Alex découvrit un petit carré de soie rouge. Elle le déplia doucement, et une divine robe de soirée à bretelles apparut, à la fois sobre et sexy. Elle n'avait jamais rien vu d'aussi beau.

— Oh, Simon! Elle est magnifique. Vraiment, c'est de la folie, tu n'aurais pas dû…

— Mais si! Au moins, ces braves gens constateront que tu sais t'habiller.

Elle lui donna une petite tape. Simon lui sourit et reprit :

— Sérieusement, ma belle, j'ai tout de suite su que cette

robe était faite pour toi. Ce soir, tu dois avoir l'impression d'être une reine. Il faut que tu aies une classe folle. Alors, je me suis dit que ce chiffon serait parfait pour ça, ajouta-t-il malicieusement.

— Merci.

Elle effleura doucement sa joue, puis replia la robe avec soin et la rangea dans sa boîte. C'était une marque prestigieuse. Simon avait dû la payer une fortune. Il avait même choisi la bonne taille. Son métier de photographe de mode lui avait donné un coup d'œil infaillible.

Nick n'avait encore rien dit. Il se tenait en retrait, trop frustré pour se soucier de ce que racontait Simon. Il avait encore l'estomac noué par cet élan de bonheur fou qu'il avait ressenti quelques minutes plus tôt. Ce maudit dîner de fiançailles approchait, et il ne pouvait rien faire pour l'empêcher. Il avait nourri le vague espoir qu'Alex renoncerait au dernier moment, qu'elle retrouverait ses esprits. Mais, une fois encore, le destin était venu les interrompre, et le temps jouait contre lui. Il eut soudain envie de s'enfermer dans la chambre noire et de développer ses précieux clichés, pour se prouver que ce moment magique était bien arrivé, qu'Alex avait bien partagé son trouble.

— Je crois que je vais y aller, annonça-t-il.

Ils semblaient tous deux avoir oublié sa présence. Alex sursauta, l'air coupable.

— Seigneur, quelle heure est-il donc ?

Sa montre était restée dans la salle de bains, après qu'elle l'eut nettoyée de son mieux. Il était bien plus tard qu'elle ne le pensait. Mais ce n'était pas étonnant. Elle avait passé presque trois quarts d'heure à faire l'amour par objectif interposé. Il lui restait à peine le temps de rentrer chez elle et de se changer avant son rendez-vous chez le coiffeur. Elle accepta la proposition de Simon de la raccompagner. Le seul problème était de quitter l'immeuble sans choquer la moitié du voisinage. Son jean était immettable, et comme le temps était au beau fixe, aucun des deux hommes n'avait de veste à lui prêter. Finalement, ils formèrent une sorte de barrière de protection à l'aide des sacs de Simon et sortirent à la queue leu leu, Alex au milieu. Une fois dans la voiture, ils éclatèrent de rire.

Assis sur le siège avant, Nick serrait son appareil photo contre lui. Il avait l'intention de se précipiter dans la chambre noire dès son retour et de se mettre au travail. Cette perspective l'enthousiasmait. Il espérait que le résultat serait à la hauteur de ses espérances. Non seulement ces photos dégageaient une émotion authentique, mais il s'agissait aussi de portraits magnifiques. Il se rappela alors une conversation qu'il avait eue avec Alex de nombreux mois plus tôt. Peut-être lui avait-il volé son âme en prenant ces photos, quelque chose qui lui appartiendrait à jamais. Il l'espérait. S'il devait la regarder s'éloigner peu à peu de lui, il pourrait au moins se raccrocher à cet instant volé. Ces photographies représentaient beaucoup pour lui. Et, dans quelques heures, il les aurait sous les yeux.

Impatient de commencer à développer les négatifs, il salua distraitement Alex lorsqu'ils la déposèrent devant chez elle. Puis il déclina l'invitation de Simon à prendre le thé avec Serge et lui. Il n'y avait rien de pire que de les voir roucouler et se bécoter sur le canapé. De plus, il avait autre chose à faire, et le temps pressait. S'il parvenait à montrer au monde entier la preuve que la jeune femme le désirait passionnément, elle comprendrait ses propres sentiments. Il ne restait que quelques heures avant les fiançailles, avant qu'elle ne s'engage pour la vie auprès d'un autre homme. Nick n'avait plus rien à perdre. Avec le désespoir d'un joueur qui tente son dernier coup, il se mit à l'œuvre, tout en prenant grand soin de garder son sang-froid.

Il effectua les gestes qu'il avait répétés des centaines de fois. Il dosa les produits chimiques, il vérifia qu'aucune lumière ne pénétrait dans la pièce. Puis le moment de faire sécher les clichés arriva enfin. À ce stade, il jetait souvent un coup d'œil aux photos pour avoir une idée du résultat final. Cette fois, au contraire, il s'affaira à préparer l'agrandisseur et les produits chimiques. Il remercia le Ciel d'avoir pensé à prendre un appareil chargé avant de partir, ce matin-là. C'était du matériel récupéré, avec l'accord de Simon, à la suite d'une séance particulièrement pénible pour un magazine très exigeant. Avec l'aide et les encouragements de son patron et ami, il étoffait peu à peu son book, désireux de voler de ses propres ailes dès que possible.

Nick poursuivit son travail, plus déterminé que jamais. Il se sentit toutefois un peu angoissé lorsqu'il brandit la feuille de papier pour étudier les résultats en miniature. Mais son instinct ne l'avait pas trompé. C'était de la dynamite. Soulagé, il continua. Le grain un peu gros donnait aux portraits une ambiance surannée qui ne manquait pas de charme. Quand il mit les clichés à sécher, il comprit qu'il avait réussi là sa plus belle œuvre. Il avait capturé la beauté du sujet sans avoir besoin d'artifice ou d'éclairage flatteur. Plus que tout, une émotion réelle transparaissait dans les yeux de la jeune femme. Nick fut submergé par un sentiment de triomphe.

Quoi qu'Alex dise ou fasse, désormais, il connaissait la vérité sur ses sentiments, et il était en mesure de les montrer au monde entier. Certes, l'opinion des autres lui importait peu. Il voulait simplement voir son expression face à ces clichés, face à cette vérité flagrante : elle le désirait, mais cela allait au-delà du désir charnel. Son regard voilé en disait plus long qu'un discours. Et Nick était décidé à le lui faire admettre.

9

Un maître d'hôtel passablement guindé accompagna Alex jusqu'à la table réservée par Richard. Elle comprit vite pourquoi son fiancé avait choisi ce restaurant-là pour leur dîner de fiançailles. Du personnel condescendant et obséquieux jusqu'à l'ambiance faussement parisienne, en passant par la carte aux noms de plats indéchiffrables, l'établissement correspondait en tout point à l'idée que Richard se faisait de l'élégance et du bon goût. Il se réjouissait sans doute d'avoir un bataillon de serveurs à sa disposition, qui lui présenteraient avec empressement des mets destinés à flatter l'œil plus que le palais.

Au grand soulagement de la jeune femme, aucun des couples de parents n'était encore arrivé. Richard trônait déjà en tête de table, radieux, en pleine conversation avec Simon, tandis que Nick tripotait un petit pain, l'air maussade. De toute évidence, il se sentait engoncé dans son costume, et on devinait qu'il mourait d'envie de dénouer sa cravate. Alex fut touchée par cet effort vestimentaire, même si Nick semblait particulièrement mal à l'aise ainsi endimanché.

Sa propre tenue fit forte impression. Moulée dans sa nouvelle robe rouge, elle se pavana entre les tables sous les regards admiratifs des hommes, dont certains eurent droit à un coup de pied sous la table de la part de leur compagne. En la voyant approcher, Simon hocha discrètement la tête et lui adressa un sourire satisfait. Comme toujours, il avait su choisir son cadeau. Ce rouge vif rehaussait la beauté classique d'Alex et lui donnait un petit air exotique et sensuel, qui semblait insinuer qu'elle savait profiter de tous les plaisirs de la vie. Comme Simon l'avait prévu, Richard paraissait bien fade à côté de la jeune femme. Son costume terne faisait grise mine, comparé à la tenue flamboyante d'Alex. La robe de la jeune femme épousait parfaitement ses formes, laissant entrevoir ses charmes sans la moindre vulgarité. Simon aurait juré que tous les hommes présents auraient donné n'importe quoi pour faire glisser la fermeture Éclair jusqu'à ses fesses rondes et fermes. Nick était aussi fasciné que les autres, mais Alex n'en vit rien. Après les événements troublants de l'après-midi, elle prenait soin d'éviter son regard. Naturellement, Richard parut être le seul à ne pas avoir de poussée de fièvre face à cette apparition divine. Il était trop préoccupé par la venue de ses futurs beaux-parents, qu'il tenait à impressionner, pour se rendre compte de l'effet que produisait sa fiancée sur les autres hommes.

— Alex, tu es renversante.

Simon lui fit signe de s'asseoir à côté de lui. Elle s'exécuta volontiers, au mépris du placement initialement prévu. Un larbin vint aussitôt lui demander solennellement ce que « madame » désirait boire en apéritif. « Madame » songea qu'elle détestait ces manières.

— Nous avons tous pris un cocktail au champagne, chérie, déclara Richard.

Simon et Alex échangèrent un regard entendu. Richard était décidé à jouer les grands seigneurs, et il insisterait sans doute pour que chacun choisisse ce qu'il y avait de mieux et de plus cher sur la carte. Alex aurait voulu lui expliquer que cette prodigalité excessive n'était pas le meilleur moyen de toucher le cœur de ses parents, mais elle savait que ce serait une perte de temps et d'énergie. S'il n'avait pas encore compris que l'argent ne suffisait pas à avoir de la classe, ce n'était pas à elle de l'éduquer.

Lorsque le cocktail d'Alex arriva, Simon prit l'initiative de proposer un toast. Il se sentait d'humeur très exubérante, soulagé que ses propres parents, retenus ailleurs par un autre dîner, n'aient pas pu être de la fête. Toutefois, il se réjouissait de revoir les parents d'Alex, étant presque plus proche de sa mère que de la sienne. Il était donc décidé à faire la fête et à profiter pleinement de la soirée. De plus, il fallait bien que quelqu'un mette un peu d'ambiance. Alex semblait nerveuse, et Nick voguait manifestement vers une autre galaxie. Quant au fiancé… Avec un sourire à l'adresse de ce parvenu insupportable, Simon leva son verre.

— Aux fiancés !

— Aux fiancés.

L'ironie à peine dissimulée qui perçait dans la voix de Nick n'échappa pas à Alex. Mais l'arrivée soudaine de ses parents détourna vite son attention. Simon se leva pour les accueillir, et la jeune femme leur sourit timidement. Il ne manquait plus que les parents de Richard, et cette assemblée un peu coincée serait au complet. Elle n'en pouvait plus d'attendre.

— Maman, papa, vous connaissez Simon, bien sûr. Je vous présente son… colocataire, Nick. Et voici Richard.

La mère d'Alex distribua sourires et mots gentils, aimable avec chacun, tandis que son père souriait un peu distraitement, comme à son habitude.

— Richard, je suis ravie de vous rencontrer enfin, déclara-t-elle. Simon, quel plaisir de te revoir, mon grand. Ce restaurant est… exquis. Je crois que nous n'y étions jamais venus, n'est-ce pas, Teddy ? Désolée, nous sommes un peu en retard, mais tu connais ton père, Alex. Nous avons tourné pendant des heures à la recherche d'une place.

Elle adressa un sourire complice à Simon et à sa fille, qui le lui rendirent. Le père d'Alex refusait de dépenser un sou dans un parking alors qu'il pouvait se garer gratuitement dans la rue. C'était par ailleurs un homme charmant, et Alex était ravie de voir ses parents. Sa mère était ravissante et très élégante. Sans doute houspillé par sa femme, son père lui-même avait troqué son éternel pantalon en velours côtelé contre un costume. Alex n'était pas certaine que cette soirée se révélerait des plus agréables, mais elle leur était reconnaissante de leurs efforts.

Endossant naturellement le rôle de l'hôte, Simon proposa :

— Teddy, Diana, puis-je vous offrir un verre ?

Sans tenir compte de l'air chagriné de Richard, il appela l'un des serveurs guindés.

— Un cocktail au champagne, Diana ? Pour vous, Teddy, ce sera sans doute un whisky ?

Pour une fois, Richard parut perdre un peu pied. Quelque chose dans le ton et les paroles de Simon clamait haut et fort que le fiancé d'Alex n'était pas à sa place dans ce milieu et qu'il n'y serait jamais, mais il n'aurait su dire quoi, au juste. Ses parents n'étant pas encore arrivés, il se sentait privé de tout allié. Il consulta nerveusement sa montre et se mit à tapoter son verre de ses doigts. Son manque d'assurance se changea rapidement en arrogance. Il interpella le serveur et déclara d'une voix forte :

— Attention, un grand champagne, cette fois, hein ! Quelque chose de buvable, genre Dom Pérignon, par exemple.

Le serveur s'éloigna, l'air indigné, incapable de masquer son mépris. Alex avait envie de se cacher sous la table tant elle avait honte de cet éclat. Quant à sa mère, elle parvint à garder le sourire, même si elle se demandait de façon assez évidente ce que sa fille fabriquait avec un pareil imbécile. En tout cas, ce n'était pas le compagnon qu'elle aurait choisi pour elle. Comme toutes les mères, elle réussirait à exprimer cette opinion à un moment ou à un autre, sans avoir l'air d'y toucher et sans changer d'expression. Alex comprit qu'elle détestait déjà Richard, pas en tant que personne, mais parce qu'il n'était pas fait pour sa fille. Naturellement, elle ne dirait rien jusqu'à ce qu'Alex retrouve ses esprits. Alors, seulement, sa mère lui avouerait qu'elle et son père n'avaient jamais trouvé Richard digne d'elle. Cela s'était déjà produit avec plusieurs de ses petits amis, lorsque, au cours de sa jeunesse rebelle, elle avait fréquenté des artistes en herbe qui cherchaient à fuir leurs origines bourgeoises.

Diana et Teddy avaient toléré une flopée de spécimens plus ou moins recommandables au bras de leur fille. Cependant, aucun n'était allé jusqu'à demander Alex en mariage, et voilà que c'était le moins prometteur du lot qu'elle avait décidé d'épouser. Diana avait le cœur gros. Elle avait toutes les peines du monde à entretenir une conversation légère avec les autres, alors que cet homme arrogant et stupide se tenait en bout de table, sur le point d'annoncer qu'Alex et lui avaient l'intention de finir leurs jours ensemble.

Son regard perspicace fit le tour de la table. Il se posa avec affection sur Simon, qui discutait avec Teddy, et s'efforçait de mettre de l'ambiance. Son colocataire semblait très séduisant, bien qu'un peu réservé. Diana se pencha vers lui.

— Dites-moi, Nick, comment avez-vous rencontré Simon ?

Inexplicablement, cette question innocente lui valut un regard furibond de la part d'Alex.

— Il a débarqué chez moi un soir, comme un réfugié, intervint Simon, sans laisser à Nick le temps de répondre. Alors, je l'ai recueilli, dans ma bonté, et je l'ai gardé sous mon aile.

L'ambiguïté de ses propos ne passa pas inaperçue, mais Nick se contenta d'en rire.

— Nos pères sont amis, expliqua-t-il à son tour. Je cherchais un logement à Londres, et Simon a gentiment proposé de m'héberger. J'ai beaucoup voyagé pendant deux ans, mais maintenant, je veux me poser et lancer ma carrière.

— Et que faites-vous ?

— Je suis photographe, comme Simon. En ce moment, je suis son assistant et j'apprends beaucoup.

— Je n'en doute pas, déclara sèchement Diana, en lançant un regard perçant en direction de Simon.

Elle était certaine qu'il ne voulait pas seulement enseigner à son colocataire l'art de manier l'objectif. Sous son apparence de bourgeoise rangée, elle cachait un esprit acéré, comme bien des femmes de son rang. Elle n'avait rien de naïf. Depuis la tendre jeunesse de Simon, elle avait compris la nature de ses penchants. Elle avait eu la sagesse de garder pour elle cette certitude, devinant que le père de Simon réagirait violemment s'il apprenait que son fils était le cauchemar de tout homophobe. À présent, Diana se demandait ce que Simon mijotait.

D'instinct, Nick lui plaisait. Elle sentait en lui une gentillesse authentique, et en dépit des propos exagérés de Simon, il semblait tout à fait capable de s'occuper de lui-même, voire de quiconque avait besoin d'aide. Il avait tout d'un homme fiable et solide. De plus, il était terriblement séduisant. Que faisait donc sa fille avec ce banquier terne assis en bout de table, alors qu'il y avait Nick ici ?

Elle n'eut guère le temps d'y réfléchir plus longtemps, car les parents de Richard arrivèrent enfin. Le père du banquier était en nage. Il se confondit en excuses, tandis que sa femme se terrait dans un mutisme de martyre. Ils avaient pris la mauvaise sortie sur l'autoroute et passé quarante minutes à chercher leur chemin dans la capitale.

— Les pauvres…

Diana se montra adorable, pleine de sympathie, pendant que Teddy leur assurait que ce retard n'avait aucune importance. Mais cela ne suffit pas à rabibocher le couple. Il était évident que Carol et Mike allaient échanger quelques amabilités avant la fin de la soirée. Pour couronner le tout, Mike se rendit compte qu'il avait oublié ses lunettes de lecture dans la voiture et qu'il était donc incapable de déchiffrer la carte. De toute façon, elle était à peine compréhensible pour un être humain doté d'une intelligence raisonnable et d'une bonne vue. Avec un long soupir, Carol entreprit de la lui lire à haute voix, transformant un menu déjà insupportable de prétention en une sorte de parodie de feuilleton des années 1970 truffé de termes étrangers. La scène aurait pu être cocasse, si Carol ne s'était pas considérée comme une experte en la matière. Elle s'adressait à son mari comme à un demeuré, en parlant fort et en détachant exagérément les syllabes.

Richard dut estimer qu'il en avait assez supporté, car il arracha la carte des mains de sa mère, visiblement gêné, et conseilla à son père de choisir la soupe et ce qui était finalement un rôti d'agneau affublé d'un nom ronflant. Ses repas d'affaires lui avaient au moins appris à décrypter un menu. Il espérait que son père ne serait pas tenté d'examiner le contenu de son assiette d'un œil soupçonneux, comme s'il craignait qu'on ne tente de l'empoisonner. Étant un homme simple, Mike Matthews se serait volontiers laissé guider par sa femme, mais après tout, c'était Richard qui les invitait. Il se contenterait de ce qu'on poserait devant lui, du moment qu'il savait ce que c'était et qu'il y avait déjà goûté. Il se rappelait avec effroi l'époque où Carol avait pris des cours du soir de cuisine créative. Pendant des semaines, elle leur avait servi des dîners effrayants. Quand Richard ou lui-même osaient lui demander quelque chose de plus traditionnel, des œufs au plat, par exemple, elle leur lançait des regards atterrés et continuait à leur infliger ses dernières créations.

Ensuite, elle leur avait imposé une série de réceptions. Bien des fois, il avait dû faire la conversation en mâchonnant des mets non identifiables. Carol invitait leurs voisins ou relations, qu'elle croyait bon d'éduquer à la gastronomie. Après une journée pénible à enseigner le dessin industriel à des adolescents récalcitrants, Mike aurait préféré manger devant la télé. Mais il n'avait jamais protesté. Tous ces efforts visaient à satisfaire les ambitions de Carol, qui tenait à monter dans l'échelle sociale, ce qui permettrait au jeune Richard d'atteindre le degré de sophistication nécessaire à son évolution rapide dans le monde. Si elle avait gardé son emploi à mi-temps, c'était pour financer les études de son fils.

Et elle avait eu raison, se disait Carol, car le résultat était là. Son brillant Richard engrangeait des sommes folles. Il empochait bien plus d'argent que son père en avait jamais gagné, et il était sur le point d'épouser une fille qui savait se tenir et qui serait à même de l'aider à réaliser ses ambitions. L'ambition était ce qu'elle avait transmis de mieux à son fils. Carol en était pétrie, elle qui sortait des bas-fonds et avait dû arrêter l'école très tôt.

En dépit de ses origines, elle ne se sentait en rien inférieure aux autres convives. Elle se savait resplendissante, avec son corsage à motifs multicolores et ses grosses boucles d'oreilles fantaisie. À côté d'elle, Diana semblait bien terne, avec son tailleur sobre et ses perles discrètes. Quant à la robe de la fiancée, Carol estimait que ce n'était pas vraiment une tenue convenable pour une jeune femme sur le point de se marier. Elle scruta les fines bretelles et le décolleté d'Alex. La jeune femme sentit son regard appuyé et réprobateur. De toute évidence, sa robe ne plaisait pas à Carol, malgré sa qualité et son élégance. De son côté, sa future belle-mère examinait son cou nu et songeait qu'un collier étincelant lui aurait donné un peu de classe. Au moins, Carol était fière de la bague choisie par Richard pour sa fiancée. Elle scintillait ostensiblement au doigt de la jeune femme, suscitant l'envie de tous. C'était d'elle que Richard tenait son bon goût inné. Cette bague en était la preuve.

Carol cessa enfin cet examen minutieux et décida de se joindre à la conversation, qui semblait tourner autour des mérites de son cher fils. En fait de mérites, il s'agissait surtout de sous-entendus à peine voilés, constata Diana, qui préféra rester discrète, du moins dans l'immédiat. Simon s'amusait beaucoup et faisait de son mieux pour que Carol s'enfonce davantage dans le grotesque. Celle-ci, évidemment, ne remarquait rien et se disait que, de tous les convives, c'était elle qui était la plus à l'aise dans ce restaurant. Au fil du repas, il devint manifeste que ce cher Richard, sa grande fierté, tenait de son côté de la famille. Sinon, pourquoi aurait-il exigé un rince-doigts pour la langoustine – servie, bizarrement, en amuse-gueule – avant de se lancer dans une longue conversation avec le sommelier pour décider des vins à choisir pour accompagner les plats ? Alex s'efforça de ne pas réagir lorsque son fiancé renifla le bouchon, avant de renvoyer la bouteille sans même avoir goûté le vin. Elle supposa, comme son père, qu'il faisait une erreur. Teddy, qui possédait une cave superbe depuis trente ans, était capable de reconnaître un vin bouchonné à dix mètres. Toutefois, ils se gardèrent de tout commentaire. En croisant le regard de son père, Alex se raidit davantage.

Les plats arrivèrent enfin. Chacun se mit à manger, sauf Carol. L'atmosphère qui régnait autour de la table se fit de plus en plus pesante. Au bout de quelques secondes, les convives remarquèrent que la personne qui était à l'origine de cette gêne fixait son assiette avec effroi.

— Il y a quelque chose qui ne va pas, maman ? s'enquit Richard, dont la sollicitude laissa vite place à l'embarras.

— Et comment ! répliqua Carol en redressant la tête. C'est cru. Regarde ! Tu ne vas pas me dire que c'est cuit.

La cuisine créative n'avait visiblement pas abordé le chapitre des crustacés.

— Ce sont des huîtres, maman. Ça se mange cru. C'est bien ce que tu as commandé, n'est-ce pas ?

Désireuse de montrer son immense sophistication et déterminée à profiter pleinement de la soirée, Carol s'était fiée au prix plutôt qu'à son goût personnel. D'où le choix des huîtres, accompagnées d'un risotto au champagne, et du homard Thermidor qui devait suivre. Alex, partagée entre l'amusement et le désespoir, la voyait déjà se plaindre qu'un imbécile avait fait tomber du fromage sur son homard. Malgré les paroles rassurantes de son fils, Carol observait toujours son assiette d'un air soupçonneux. Sur l'insistance de Richard, passablement agacé, elle goûta tout de même une bouchée. Aussitôt, elle se leva de table en portant sa serviette à sa bouche. Son départ précipité vers les toilettes engendra un silence gêné parmi les convives. Simon avait du mal à réprimer un fou rire.

— Vous croyez que je devrais aller voir si elle va bien ? demanda Diana poliment, comme l'absence de Carol se prolongeait.

Résigné, Mike s'était concentré sur sa soupe, qu'il cessait de temps en temps de remuer pour examiner ce qui flottait dedans. Richard secoua la tête, de plus en plus nerveux, et se mit à taper du pied sous la table. Enfin,

Carol réapparut, la mine défaite. Malheureusement, le soulagement général fut de courte durée.

— Alors, Richard, que faites-vous dans la vie, au juste ?

Désireux de sauver l'ambiance, le père d'Alex venait malgré lui d'aborder le sujet favori de Richard : lui-même. Aussitôt, celui-ci se rengorgea et afficha cette expression qu'Alex redoutait, car elle était invariablement suivie d'une diatribe sur la difficulté d'être Richard. Son fiancé raconta combien il était important et indispensable, mais aussi combien il était dur de devoir se battre chaque jour pour rester le meilleur dans un monde hostile. Très vite, les hochements de tête polis cessèrent. Les invités ne cherchèrent même plus à paraître intéressés. Pourtant, Richard continua. De toute évidence, son expérience dans le monde des affaires ne lui avait pas appris le sens de l'observation, ni la diplomatie. S'il n'avait pas été aussi manifestement le fruit de l'ambition dévorante de sa mère, Richard aurait été un être détestable. À cet instant, il suscitait plus de pitié que de haine. C'était à cause de ce sentiment qu'Alex se retrouvait à cette table, le cœur brisé.

— Bien sûr, à notre époque… il vaut mieux être très prudent dans le choix de son… conjoint. Il faut trouver quelqu'un qui puisse grandir, progresser avec vous, une femme qui soit à la hauteur de vos ambitions et qui partage vos goûts…

Richard adressa un regard plein d'affection à Alex, qui revint sur terre juste à temps pour entendre la fin de son discours.

— C'est vrai. Mais tout le monde peut se tromper.

Le ton de Nick était neutre, mais il avait parlé en regardant Alex droit dans les yeux. Une chaleur soudaine se diffusa en elle. Elle se sentit rougir. Le monstre ! Il lui avait à peine adressé un mot de toute la soirée, apparemment fasciné par les anecdotes de Diana sur l'enfance de sa fille.

Alex estimait que tout s'était bien passé jusqu'à cette phrase. Du moins, aussi bien que possible. Chaque fois que Richard ouvrait la bouche, elle redoutait de mourir de honte. Mais même le regard plein de compassion de son père n'avait pas réussi à la déstabiliser. Et voilà qu'une petite phrase anodine soulignée d'un regard éloquent venait de la faire tomber à la renverse. Un vrai coup bas, songea-t-elle en maudissant Nick.

Pour tout arranger, ce fut l'odieuse Carol qui vola à son secours et dissipa le silence tendu qui s'était installé. Sans prendre la peine de dissimuler la lueur condescendante de son regard, elle se tourna vers Alex et l'interrogea sur ses propres projets professionnels – qu'elle supposait anecdotiques, bien évidemment. Alex reçut clairement ce message tacite. Rien de ce qu'elle ferait ne serait à la hauteur de la réussite de Richard, et elle ne jouerait jamais que le second rôle dans le grand film de son ascension sociale. Pourtant, il y avait une chose dont Alex pouvait se vanter, désormais, une nouvelle qu'elle n'avait encore révélée à personne, pas même à ses parents. C'était le moment rêvé pour l'annoncer à tous.

Carol l'observait toujours d'un air hautain. Alex rejeta ses longs cheveux en arrière, geste qui souligna son décolleté plongeant, et sourit à la mère de Richard.

— Eh bien, à partir du mois prochain, j'aurai ma propre rubrique dans le *Sunday Herald*. Une chronique sur les pensées de la citadine moderne. Cela devrait être très amusant, et je suis vraiment impatiente de commencer.

Autour de la table, chacun retint son souffle. Alex sourit de nouveau. Pour la première fois de la soirée, elle était satisfaite d'elle-même. Sa mère fut la première à revenir de sa surprise. En voyant qu'elle semblait ravie, Alex eut l'impression d'avoir fait exactement ce qu'il fallait.

— Chérie, c'est formidable ! Pourquoi ne pas l'avoir dit plus tôt ? Depuis quand le sais-tu ? Alex a toujours été douée pour l'écriture. Ses professeurs de lettres nous disaient tous qu'elle serait publiée, un jour.

Diana s'adressait à tous les convives, pleine de fierté, heureuse que Carol soit là, finalement, et de pouvoir lui rabattre le caquet. Les projets de Richard semblaient désormais un peu ternes en comparaison.

Alex intervint avant que l'enthousiasme de sa mère ne prenne des proportions trop importantes.

— Maman, je t'en prie ! J'allais vous le dire, mais tout s'est passé très vite. J'étais au bureau quand le rédacteur en chef du *Sunday Herald* m'a fait cette proposition. Je n'y crois toujours pas moi-même. Je dois trouver des idées pour la réunion de la semaine prochaine. Si cela leur plaît, j'écrirai mon premier article.

Simon, son confident habituel, posait sur elle un regard à la fois étonné et admiratif. Par chance, il retrouva vite l'usage de la parole.

— Tu veux dire que ce rédacteur en chef est entré dans ton bureau, qu'il est tombé sous ton charme et t'a proposé ce boulot?

Il la taquinait gentiment, mais c'était une excellente question. D'ailleurs, Richard et Nick semblaient impatients d'entendre sa réponse.

— Arrête tes conner… Oh, pardon, maman! C'est un ami de Lydia. Il n'est pas entré par hasard dans mon bureau. Mais il est tombé sur quelques lignes que j'avais écrites, et il a aimé. Même si cela te paraît bizarre, il semble penser que j'ai du talent, et il trouve mes idées rafraîchissantes. J'ai réussi grâce à mon mérite, espèce de macho.

Elle se retint de lui tirer la langue et lui adressa à la place un sourire condescendant, qui n'était pas sans rappeler l'expression réprobatrice de Carol, toujours assise à côté d'elle. Les questions fusèrent. Alex s'efforça d'y répondre, mais se rendit compte qu'elle ne savait pas grand-chose de son nouveau poste, sinon qu'il s'agissait d'un temps partiel et qu'elle aurait de nombreuses ouvertures si elle se débrouillait bien. Tout en parlant, elle remarqua qu'un des convives ne semblait guère enchanté par cette perspective : Carol, évidemment, qui ne supportait pas que son fils chéri soit relégué au second plan. Elle estimait visiblement que cette jeune femme n'était pas digne de Richard.

La mère d'Alex lisait clairement dans le jeu de Carol, aussi saisit-elle l'occasion d'enfoncer le clou dès qu'elle se présenta.

— Mes deux filles ont toujours été très douées, chacune à leur façon. Chérie, j'ai failli oublier. Sarah t'envoie ceci dans sa dernière lettre. Elle ne savait pas si tu étais encore à l'ancienne adresse… Mon autre fille est mariée avec un Australien, ajouta-t-elle à l'intention des parents de Richard.

Elle leur raconta ensuite comment Sarah avait décidé d'épouser ce séduisant médecin et de partir s'installer à l'autre bout du monde. Puis elle s'empressa de parler de ses trois petits-enfants, dont les aînés avaient exercé leurs talents pour décorer l'enveloppe qu'elle tendait à Alex.

— Rosie et Jack ont hérité du sens artistique de ma famille, commenta-t-elle. Avez-vous des petits-enfants, Carol ?

— Pas encore. Richard est fils unique.

— Ah, je vois ! fit Diana, avec un regard de compassion que Carol prit pour de la condescendance.

Soudain, la colère monta en elle.

— J'ai préféré me consacrer entièrement à un seul enfant. Je suis fière de dire que mon Richard n'a jamais trouvé une maison vide en rentrant de l'école. Son goûter l'attendait toujours sur la table. Ce n'est pas comme aujourd'hui. Avec ces mères qui travaillent, les enfants ne mangent plus que des saloperies. C'est de l'égoïsme, si vous voulez mon avis. La place d'une femme est à la maison. Je suis peut-être vieux jeu, mais croyez-moi, si les femmes s'occupaient mieux de leurs enfants, il y aurait moins de voyous dans les rues. De nos jours, les enfants se croient tout permis. Une femme doit soutenir son mari, et non chercher à se comporter comme un homme. Pas étonnant qu'il y ait autant de pédés, par les temps qui courent. Ces types-là n'ont pas eu de vraie mère. Tout ça parce que les filles d'aujourd'hui ignorent ce que cela signifie de se conduire en dame !

Elle conclut ces invectives, sincèrement outrée, en fusillant Alex du regard. Richard et son père émirent des grommellements peu compromettants, qui laissaient supposer qu'ils étaient familiers des opinions exprimées par Carol. Par chance, les autres n'avaient pas perdu leur langue. Du coin de l'œil, Alex vit son père poser une main sur le bras de sa femme pour la faire taire. Mais Simon n'eut pas autant de scrupules. Il regarda froidement Carol et déclara d'une voix dangereusement calme :

— Et vous savez de quoi vous parlez, étant vous-même une dame.

Carol se raidit, les lèvres pincées.

— Que voulez-vous dire ?

Simon se contenta de hausser les épaules, refusant de s'engager plus loin dans la bagarre. Le serveur profita de cette accalmie pour s'approcher, tendre la carte des desserts et proposer du café. La plupart des convives semblaient avoir perdu l'appétit, mais Carol insista pour prendre un digestif, histoire de passer pour une connaisseuse. Nick fit le vœu de la voir s'embraser littéralement sous l'effet de l'alcool. Malheureusement, le cognac hors de prix qu'elle choisit n'exauça pas son souhait. Il balaya la table du regard, songea au fiasco de cette soirée et eut de la peine pour Alex. Il savait qu'elle devait vivre un calvaire, même si elle faisait bonne figure. Il brûlait d'envie de dire ses quatre vérités à cette vieille peau, mais ne voulait pas faire de peine à Alex, ni à ses parents. Au moins, l'ambiance s'était calmée. Après avoir bu son café et échangé des propos insignifiants avec ses voisins, Diana décida qu'il était grand temps de s'éclipser. Elle réprima un bâillement, lança un regard entendu à son mari et se leva, un sourire aux lèvres.

— Je crois que nous allons rentrer. Il est un peu tard, et nous avons un long chemin à parcourir. Non, chérie, ne te lève pas. Papa et moi allons vous laisser à votre soirée.

Elle fit le tour de la table avec son mari, qui semblait ravi de partir, et sourit à Richard et à ses parents.

— Enchantée de vous avoir enfin rencontré, Richard. Et vous aussi, Mike et Carol. Viens, Teddy. Je vais conduire. Simon chéri, je t'embrasse. Alex, je t'appelle demain. Nick, je suis très heureuse de vous connaître, il faudra que vous veniez à la maison. Nous serions vraiment ravis de vous accueillir. Allez, Teddy… Non, j'ai les clés. Au revoir, mes chéris.

Sur ces mots, le couple disparut, laissant Alex se débrouiller pour conclure la soirée aussi gracieusement que possible.

— Vous avez de la route, vous aussi, n'est-ce pas, maman ? fit Richard.

Lui aussi semblait impatient d'en finir. Cette soirée, destinée à flatter son ego et à le montrer sous son meilleur jour, n'avait pas pris la tournure escomptée. Il déglutit péniblement et se tourna vers Alex, quêtant son soutien des yeux. Il se sentait trahi, dépossédé de son moment de gloire, et il estimait que Simon était le seul responsable de sa déroute. Quant à sa mère, elle aurait au moins pu le remercier pour son accueil et lui dire que sa fiancée ferait une épouse idéale. Certes, elle ne le pensait peut-être pas. D'ailleurs, il partageait secrètement ses idées sur la place de la femme et entendait les mettre en pratique dès qu'Alex et lui seraient passés devant le maire. Le premier à rayer de la liste de leurs fréquentations serait certainement cette tapette de Simon, qui avait une mauvaise influence sur Alex et n'avait aucune morale. Il fallait se méfier de ces gens-là. En tout cas, jamais il ne permettrait à Simon de s'approcher de ses enfants. Qui savait ce qui pouvait arriver avec un type pareil ?

Carol remarqua le regard triste de son fils, mais l'ignora. Elle aimait avoir le dernier mot. Elle vida son verre, et cette ultime gorgée de cognac eut raison de ses dernières inhibitions. Elle se tourna vers Alex et la toisa sans vergogne, de son maquillage discret à son décolleté plongeant. En reniflant, elle détourna ostensiblement les yeux et déclara :

— De mon temps, on aimait entretenir un peu de mystère. Vous devriez vous couvrir, ma chère.

À son grand effroi, Alex sentit ses joues s'empourprer et les larmes lui monter aux yeux. C'était vraiment la goutte d'eau qui faisait déborder le vase. Elle ne savait comment réagir.

— Qu'est-ce que vous dites ?

Cette fois, c'était Nick qui venait à son secours. Ses beaux yeux n'étaient plus que deux glaçons meurtriers. Carol eut un mouvement de recul, mais Nick n'avait pas l'intention de la laisser s'en tirer comme ça.

— Je crois que vous devez des excuses à Alex. J'ignore comment les choses se passaient, de votre temps, comme vous dites, mais je suis sûr que tout le monde ici la trouve superbe. Elle est bien plus belle que toutes les autres femmes de cette pièce.

Il avait légèrement haussé le ton sur ces derniers mots, pour être sûr que les femmes qui avaient posé un regard envieux sur Alex l'entendent. Quelques murmures réprobateurs s'élevèrent autour d'eux.

— Alors ? insista Nick, sans quitter Carol des yeux.

Ravie et horrifiée à la fois, Alex s'efforça de sourire lorsque Carol bredouilla de vagues excuses.

— Mais je maintiens ce que j'ai dit, ajouta-t-elle. Mon fils a besoin d'une femme qui soit capable de s'occuper de lui, de lui faire des enfants, de lui procurer un foyer stable. D'après ce que je vois, ce n'est pas votre intention.

— Comment lui reprocher de ne pas vouloir procréer avec un homme doté d'un tel patrimoine génétique ?

Le sarcasme de Simon était un peu trop subtil, mais Carol en perçut l'esprit général. Indignée, elle se leva en chancelant.

— C'en est assez. Mike ! On s'en va !

Ledit Mike semblait un peu dépassé par les événements, mais Carol ignora ses hésitations. Elle se tourna vers Simon, faisant scintiller ses fausses pierres à la lumière, et déclara :

— Jeune homme, je ne sais pas de quoi vous parlez.

— Ça ne m'étonne pas, répliqua-t-il. Apparemment, ce n'est pas de vous que Richard tient son intelligence, certes limitée.

Nick eut envie de pousser un cri de joie, mais il se retint. Il se rapprocha d'Alex et glissa un bras protecteur autour de ses épaules. Ce contact, ajouté au parfum familier de sa peau, rassura la jeune femme. Ce fut comme s'ils se préparaient ensemble à la déferlante de colère qui allait les submerger. Pétrifiée, elle foudroya Simon du regard, mais celui-ci n'avait aucune envie de prendre en compte cet avertissement silencieux. De son côté, Carol cherchait une nouvelle insulte pour réussir sa sortie.

— Écoute, maman, Simon ne pensait pas ce qu'il a dit. Simon, dis-lui que tu es désolé.

Richard tirait sur la manche de sa mère. Alex se blottit plus étroitement contre Nick. Un mélange de peur et d'exaltation les saisit tous les deux. Carol grommelait dans son coin comme une dinde furieuse. Son esprit tournait à toute allure, tandis qu'elle tentait de trouver un moyen de leur faire payer leur insolence.

Simon la regarda soudain avec une surprise feinte, comme s'il était étonné de la voir encore là.

— Eh bien, allez-y, fichez le camp ! Vous étiez sur le point de partir, non ? De toute façon, je ne regrette pas ce que j'ai dit. Alors, vous pouvez aller vous faire foutre.

— Attendez une minute…

La protestation de Mike arrivait trop tard. Nick et Alex virent avec une inquiétude grandissante le visage de Carol passer du rouge au blanc. Ses lèvres avaient pris une étrange teinte bleutée et étaient si pincées qu'elles ne formaient plus qu'une ligne mince. Incapable de prononcer un mot de plus, elle s'empara de son sac à main et entraîna Mike dans son sillage. Malgré ses efforts, Richard ne put retenir ses parents.

— Je ne me suis jamais senti aussi bien, affirma Simon en regardant s'éloigner le pitoyable trio.

Sur ce, il leva son verre à leur santé.

Alex regarda la table désertée. Elle ne savait si elle devait rire, pleurer ou se précipiter à la poursuite de Richard.

— Désolé d'avoir gâché ta soirée, chérie. Mais elle l'a bien cherché, cette mégère. Il était temps que quelqu'un lui dise de se mêler de ses affaires.

Les regrets de Simon étaient sincères, mais Alex savait qu'elle n'avait rien à lui pardonner. Au contraire, elle leur devait beaucoup, à Nick et à lui. Elle commanda trois whiskies.

Ils trinquèrent tous les trois.

— Eh bien, fit la jeune femme, plus vite j'aurai oublié cette soirée, mieux je me porterai.

— C'est cet imbécile que tu ferais mieux d'oublier.

Nick avait exprimé ses pensées à voix haute. La jeune femme lui adressa un regard lourd de menace, mais elle ne le contredit pas.

— Tiens, mais voilà le gentil fils qui fait la fierté de sa maman. Salut, Richard. Un petit whisky ?

— J'espère que tu es content, rétorqua Richard d'un ton furieux.

Il se dressa de toute sa hauteur au-dessus de Simon, dans sa chemise rose de marque agrémentée de boutons de manchette en or. Il n'avait jamais vraiment pardonné à Simon sa chute dans la rivière. À présent, c'était sur lui qu'il défoulait toute sa rancœur et sa colère.

Toutefois, Simon ne se laissa pas impressionner.

— Je suis aux anges, maintenant qu'on est débarrassés de la délicieuse et sage Carol. Ta mère est toujours aussi clairvoyante?

— Eh bien, au moins, elle l'est assez pour repérer une vieille tapette quand elle en croise une.

Indifférent aux exclamations indignées de Nick et d'Alex, Simon eut un petit sourire très calme, puis il répondit :

— Je préfère être une folle un peu calculatrice plutôt qu'un petit prétentieux qui croit que la crédibilité et la classe s'achètent. Quant à être vieille, moi, j'ai encore des cheveux, conclut-il, faisant allusion à la tonsure naissante de son adversaire.

Richard tiqua, mais il ne répliqua rien. Il tendit une main vers Alex, sans même la regarder, et s'efforça de maîtriser sa voix pour dire :

— Viens, Alex, on s'en va.

La jeune femme ne prit pas sa main. Elle en avait assez.

— Pars, si tu veux. Moi, je reste.

Sa réponse laissa Richard bouche bée, mais son trouble ne dura pas longtemps.

— Tu vas me suivre, sinon…

— Sinon quoi?

Elle le dévisagea froidement, ravie de l'avoir pris au dépourvu. C'était un sentiment agréable. Simon et Nick l'observaient avec quelque chose dans le regard qui ressemblait à de l'admiration.

— Rentre tout seul, Richard. J'en ai assez supporté pour ce soir.

Convaincu que le seul moyen de la convaincre était de faire appel à sa morale, Richard posa sur le trio un regard condescendant et sévère.

— Eh bien, j'espère que tu es satisfaite. Cette soirée est un ratage complet. Dieu sait comment va se dérouler le mariage, si tu continues dans cette voie.

— Il n'y aura pas de mariage.

S'il avait mieux écouté la jeune femme, Richard aurait compris que ce ton froid et neutre était inquiétant. Mais il prit sa déclaration comme une nouvelle preuve de son mauvais caractère.

— Pour l'amour du Ciel, calme-toi ! Je commence à en avoir marre de tes caprices. Écoute, on va rentrer à la maison et discuter calmement.

— Je suis parfaitement calme, Richard. Et je n'irai nulle part avec toi.

Les fiancés se toisèrent longuement. Une lueur de panique apparut bientôt sur le visage de Richard. De toute évidence, Alex ne plaisantait pas. Elle semblait même très sérieuse.

— Allons, ma chérie, arrête un peu de dire des bêtises et partons d'ici.

— Non.

Alex sentait que le pouvoir avait basculé dans son camp. Simon et Nick se fondaient dans le paysage, muets mais fascinés par le spectacle. Secrètement, Simon pariait sur Alex. Quand elle avait pris sa décision, rien ne pouvait la faire revenir en arrière. Il l'encourageait en pensée. Voir ce salaud ramper à ses pieds était un vrai plaisir.

— Alex, je t'en prie, arrête. Tu es fatiguée. La soirée a été longue…

— Oh, mais non ! Elle ne fait que commencer. Simon, Nick, un autre whisky ?

Elle agita son verre vide en direction d'un serveur qui rôdait autour de leur table, puis fixa Richard d'un air de défi. Les épaules de celui qui avait été son fiancé s'affaissèrent, comme s'il savait qu'il avait perdu la bataille. Pourtant, il continua à insister, alors qu'il aurait dû rendre les armes.

— Alex, je ne comprends pas ton attitude. Qu'est-ce que je t'ai fait ?

Il l'implorait, à présent. Même Nick était gêné pour lui. Mais, si sa gentillesse innée ressortait, cela ne l'empêchait pas de mourir d'envie d'assener à Richard le coup de grâce. Simon, lui, n'avait pas de tels scrupules et se contentait d'apprécier la scène en jubilant intérieurement.

— Rien, Richard. Justement, c'est le problème. Tu ne fais jamais rien, en tout cas pour moi. Pas vraiment.

— Tu es injuste. Je viens d'inviter tes parents, ainsi que tes amis…

Il foudroya Simon du regard. En guise de réponse, celui-ci sortit posément son portefeuille et jeta sa carte de crédit sur la table d'un geste désinvolte.

— L'addition, s'il vous plaît. C'est pour moi! annonça-t-il en agitant la main à l'adresse du serveur.

Son calme ne fit qu'accroître la rage de Richard. Il saisit la carte de Simon et la lui rendit vivement, avant de poser la sienne sur l'addition, sans même en vérifier le montant. Les deux hommes s'affrontèrent du regard, tels deux boxeurs sur un ring, puis Simon céda en riant.

— C'est très aimable à toi, Richard. Ou devrais-je plutôt remercier ta boîte?

C'était un coup bas. La seule qualité de Richard était sa générosité, et il n'était pas homme à falsifier ses notes de frais. Il signa le reçu sans un mot et rangea son portefeuille dans sa poche, avant de se retourner vers Alex.

— Je te le demande une dernière fois, Alex : tu viens avec moi, oui ou non?

Elle lui répondit d'un regard glacial. Il comprit le message. Rassemblant les vestiges de son sang-froid, il porta son dernier coup, avec toute la dignité dont il était capable.

— Très bien. On en parlera quand tu te seras calmée. Peut-être que tu pourras m'expliquer ce qui se passe.

Mais Alex n'en avait pas terminé. Elle n'avait toujours pas digéré les propos fielleux de la mère odieuse de Richard et brûlait de se venger. Il était peut-être injuste que son fils paie pour elle, mais cela lui faisait un bien fou.

— Une dernière chose avant que tu partes…

Une lueur d'espoir naquit dans les yeux de Richard, qui s'éteignit dès qu'il vit Alex lui tendre sa bague de fian-çailles. Incrédule, il secoua la tête et recula d'un pas. Puis, sans un mot, il sortit.

— Quel petit salaud prétentieux! commenta Simon, lorsqu'il eut disparu.

Richard revint aussitôt sur ses pas. Il avait oublié sa mallette, un objet qui ne le quittait jamais et qui était le symbole de son estime de soi. Les trois autres le regardè-rent s'éloigner pour de bon. Concentrée sur la bouteille de whisky, Alex ne vit pas le dernier regard qu'il lui lança.

Dès que la porte se fut refermée, elle déclara à ses deux compagnons :

— Les gars, je vais me payer une de ces cuites...

Puis elle vida son verre d'une traite.

10

À la seconde où elle ouvrit les yeux, Alex sut qu'elle aurait mieux fait de rester endormie. Durant la nuit, le monde semblait avoir revêtu des couleurs terriblement vives et brillantes. La jeune femme avait les paupières si lourdes qu'elle parvenait à peine à garder les yeux ouverts. En outre, elle avait du mal à respirer, comme si une enclume pesait sur sa poitrine. Elle gigota, dans l'espoir de se libérer de ce poids, quel qu'il soit. Avec un miaulement de protestation, Miu Miu sauta de sa poitrine.

Peu à peu, les pièces du puzzle se mirent en place dans l'esprit d'Alex. Soudain, la jeune femme se rappela où elle se trouvait. Elle était allongée sur le canapé, chez Simon. Il faisait jour. Le soleil filtrait à travers les coûteux voilages en soie. À en juger par sa bouche pâteuse et son estomac barbouillé, elle devait avoir une gueule de bois carabinée, due aux excès de la veille. Toutefois, elle n'arrivait pas à se rappeler tous les événements de la soirée. Mais sa mémoire n'allait pas tarder à raviver des souvenirs douloureux, elle n'en doutait pas. En attendant, elle préféra rester allongée et prier pour être délivrée rapidement de cette migraine.

Ses prières auraient été exaucées si toute la maisonnée avait joué le jeu et l'avait laissée reprendre tranquillement ses esprits. Pour cela, il aurait fallu qu'ils restent tous au lit. Mais Simon avait la fâcheuse habitude de se lever aux aurores, sauf en cas d'absorption d'alcool en quantité déraisonnable. Il était réveillé depuis 7 heures et commençait à en avoir assez d'attendre que les deux autres émergent des bras de Morphée. À 9 heures, il se leva et avala une grande quantité de café. Puis il gagna la chambre noire sur la pointe des pieds, passant devant une Alex apparemment toujours endormie. Pour une fois qu'il avait un peu de temps, il allait en profiter pour faire le ménage. Il y avait longtemps qu'il n'avait pas développé de clichés chez lui, mais un peu de rangement dans ses pellicules et négatifs serait certainement le bienvenu.

Il commença par trier divers tirages et épreuves. L'air dans la pièce sentait encore les produits chimiques. Nick avait dû utiliser récemment la chambre noire. Curieux, Simon chercha des yeux les clichés de son assistant, mais il n'en trouva aucun. Nick avait beaucoup appris depuis son arrivée, ce dont Simon tirait une fierté légitime. Il était toujours ravi de voir son travail et aimait lui faire part ensuite de ses commentaires. Il adorait ce rôle de mentor, même si, depuis l'arrivée de Serge dans sa vie, il avait perdu tout intérêt pour Nick sur le plan sentimental. Son amour pour lui n'avait été qu'une passade. À présent, Serge le comblait. À la faible lueur de la lumière rouge, il découvrit tout de même trois ou quatre clichés en train de sécher. Il les détacha et les posa sur une pile qui devait faire partie du même lot. Puis il emporta le tout dans le salon, pour étudier les photos à la lumière du jour. Ce qu'il vit provoqua chez lui une telle réaction qu'Alex se redressa d'un bond et chercha des yeux l'origine de ce cri de stupeur à peine étouffé.

Elle plissa les yeux et distingua la silhouette de Simon, près de la fenêtre. Il semblait étudier une pile de documents. À mesure que ses yeux s'accoutumaient à la lumière, elle comprit qu'il regardait des photos. La jeune femme se demanda ce qu'elles pouvaient représenter, pour qu'il continue à pousser des exclamations étouffées. Elle fouilla son esprit embrumé, en quête d'une question intelligente à lui poser, mais aucune idée ne lui vint. Par chance, il remarqua enfin qu'elle était réveillée. À en croire ses yeux écarquillés, il semblait toujours sous le choc des photos. Il dévisagea la jeune femme d'un regard intense, puis revint aux clichés, avant de répéter l'opération. Alex fronça les sourcils. Elle ouvrait la bouche pour lui demander ce qu'il fabriquait quand elle eut soudain un éclair de lucidité. Alors, elle referma la bouche, puis les yeux, et pria ardemment pour qu'un esprit magique la transporte loin de cet appartement et de la scène qui n'allait pas manquer de suivre.

— Qu'est-ce que... fit la voix de Nick depuis le seuil.

Aussitôt, Alex rouvrit les yeux et s'éclaircit la gorge. Elle voulait le mettre en garde, mais ne savait pas vraiment quoi dire.

— Je pourrais te poser la même question.

L'air grave, Simon s'approcha de Nick et agita les clichés sous le nez de son assistant. Sans un mot, Nick les prit et les étudia avec attention. Puis il regarda Simon dans les yeux.

— Eh bien, ça me paraît assez évident, non ? Ce sont des photos d'Alex. Je ne vois pas où est le problème.

Il était un peu de mauvaise foi, d'accord, mais il avait raison. Cachée sous sa couette, Alex accorda le premier point à Nick.

— Arrête de faire l'imbécile. Bien sûr que je vois que c'est Alex ! Mais ces poses, elles sont vraiment... C'est presque du porno ! lança Simon sur un ton victorieux tout à fait déplacé.

Nick n'en croyait pas ses oreilles.

— Porno ? Mais qu'est-ce que c'est que ces conneries ? Si c'est l'idée que tu as du porno, tu as mené une existence bien plus chaste et protégée que tu ne veux nous le faire croire.

Simon s'empara du premier cliché de la pile et le fourra sous le nez de Nick.

— Regarde ! Elle est pratiquement à poil ! Quant à son expression, son regard... Alex, ça m'étonne de toi.

Malgré son agacement, la jeune femme resta cachée sous sa couette, mortifiée. Nick, lui, ne l'entendait pas de cette oreille.

— Qu'est-ce que tu insinues ? Alex n'a aucune raison d'avoir honte de ces photos. Aucune !

Simon et Alex n'avaient pas l'habitude de le voir sortir ainsi de ses gonds. La jeune femme le remercia en silence de prendre ainsi sa défense. Au bout d'un moment, Nick se calma un peu et reprit le cliché.

— À mon avis, ce sont les meilleures photos que j'aie jamais faites, et aussi les plus sincères. Et si elles ne te plaisent pas, tant pis ! Alex ne t'appartient pas, et tu n'as pas à régenter ma vie, alors mêle-toi de tes affaires, Simon, d'accord ?

— Tu oublies que tu travailles pour moi, que tu me paies un loyer et que c'est dans ma chambre noire que tu as développé ces précieuses photos. J'estime donc avoir le droit de dire ce que je pense. Ce que j'aimerais savoir, c'est quand cette petite séance a eu lieu. Tu as dû avoir du mal à tout organiser derrière mon dos.

Le ton de Simon était chargé de reproche. De toute évidence, il n'allait pas lâcher le morceau comme ça. La tension montait peu à peu, et Alex jugea préférable de ne pas s'en mêler. Tout à leur discussion, les deux hommes semblaient d'ailleurs avoir oublié sa présence sous la couette.

— On n'a rien organisé, comme tu le dis avec dédain. C'est arrivé par hasard. Elle est sortie de la salle de bains, je l'ai regardée, et j'ai su que je devais la prendre en photo avant de perdre ce moment magique. Tu n'as pas à mépriser ces clichés, ni à m'accuser de je ne sais quoi. C'est vrai, je te paie un loyer et je travaille pour toi, mais cela ne te donne aucun droit sur moi. Ni sur Alex. Manifestement, tu n'as aucune idée de ce que je ressens pour elle, alors fiche-moi la paix et ne te mêle pas de ma vie.

La virulence de ses paroles, la passion qu'il lisait dans son regard déstabilisèrent Simon. Mais, sans lui laisser le temps de formuler des excuses, Nick reprit, beaucoup plus calmement, cette fois :

— Franchement, je me moque de ce que tu penses. La seule chose qui compte, c'est ce que je pense, moi. Ce sont des clichés formidables. Alex est la plus belle femme que je connaisse, et je l'aime tellement qu'il me suffit de la regarder pour avoir le souffle coupé. Alors, tes pensées sordides, tu peux te les mettre au...

À ce stade, ils tremblaient tous les trois, Nick d'appréhension, Simon de surprise, et Alex d'un mélange d'émotions qu'elle ne parvenait pas à identifier. En tout cas, elle sentait une douce chaleur enfler dans son ventre et un sourire béat se dessiner sur ses lèvres. Simon lui en voudrait jusqu'à la fin de ses jours, mais pour l'heure, jamais elle n'avait trouvé la vie aussi belle. Elle entendait le souffle court de Nick, qu'elle n'osait toujours pas regarder. Le silence général était menaçant. Bientôt, les éléments allaient se déchaîner. Dans quelques secondes, la colère de Simon allait déferler comme un torrent. Pourtant, à sa grande surprise, ce fut un rire qu'elle entendit. Le rire de Simon.

— Et moi qui croyais avoir perdu de mon charme, balbutia-t-il en s'esclaffant.

Face à la mine déconfite des deux autres, il se ressaisit.

— Je vous dois quelques explications. Alex, il faut que je te parle de Nick et moi…

Sans crier gare, la jeune femme leva une main pour le faire taire.

— Ah, non! Je ne veux surtout pas en entendre davantage. Non! Non!

Elle ferma les yeux et retint son souffle, comme si elle redoutait qu'une terrible vérité ne s'abatte sur elle.

Au bout de quelques secondes, qui lui parurent durer une éternité, elle rouvrit les yeux et découvrit que les deux hommes la regardaient fixement, comme s'ils avaient affaire à une folle échappée de l'asile.

— Alex! Du calme, enfin! Je ne sais pas ce que tu t'imagines, mais il faut absolument que tu m'écoutes. Il ne s'est rien passé. Rien du tout. Tu comprends?

Simon s'écroula sur le canapé à côté de la jeune femme et se mit à la secouer doucement par les épaules. Nick se tenait derrière lui, complètement perdu. Alex elle-même avait du mal à assimiler le sens de ses paroles.

— Tu veux dire…

Simon hocha la tête, l'air penaud. Alex le dévisagea longuement et conclut de son examen qu'il ne mentait pas. Il ne s'était rien passé entre les deux hommes. Tous ces doutes, toutes ces nuits sans sommeil, à se demander ce qu'ils étaient en train de faire ensemble, tous ces mois de supplice… pour rien. Elle s'était trompée depuis le début.

— Mais… la bague que j'ai retrouvée sur ta table de chevet? Et cette nuit où j'ai appelé à Bali et où Nick a décroché dans ta chambre? Et… et…

À bien des occasions, elle avait tiré des conclusions erronées de situations uniquement dues au hasard, influencée par les sous-entendus de Simon et par ses propres fantasmes.

Cette fois, ce fut au tour de Simon d'avoir l'air perdu.

— Je ne comprends rien à ce que tu racontes. Quelle bague près de mon lit ? La bague de qui ? Allons, Alex, arrête de jouer aux devinettes.

— La bague de Nick. Près de ton lit. Je l'ai trouvée le soir de la fête et...

Le grognement de Nick lui indiqua qu'il venait enfin de comprendre.

— Ah, oui ! s'exclama Simon. Je l'ai prise en rangeant la salle de bains. J'ai été interrompu par le téléphone et je suis allé dans ma chambre. Je l'ai laissée là, puis je l'ai oublié parce que les invités arrivaient. À la réflexion, j'ai dû me demander ce qu'elle était devenue, mais pour être honnête, je ne m'en suis pas vraiment soucié.

À l'époque, Simon s'intéressait surtout au propriétaire du bijou, mais il jugea inutile de le préciser.

— Ah, bon, fit la jeune femme, consciente de ne pas avoir poussé son travail de détective jusqu'au bout.

— Et qu'est-ce que c'est que cette histoire de coup de fil à Bali ? s'enquit Simon.

— Je crois pouvoir expliquer ce détail, intervint Nick, qui commençait à reprendre pied. Quand Alex a appelé pour nous annoncer qu'elle avait dû emmener Miu Miu chez le vétérinaire, c'est moi qui ai répondu. Alex, je n'ai pas pensé à te dire que Simon et moi avions échangé nos chambres. Tu venais de me réveiller en pleine nuit, et je n'ai pas réfléchi... Je comprends mieux, maintenant.

— Je suis ravi que quelqu'un ait l'air de comprendre quelque chose à ce sac de nœuds, railla Simon.

À présent, il cherchait à se disculper. Il avait du mal à l'admettre, mais certaines de ses paroles avaient été très équivoques. L'expression de Nick le lui confirma.

Assis sur l'accoudoir, de l'autre côté du canapé, Nick reprit :

— Je vais mettre les choses au clair. Tu pensais vraiment que Simon et moi... Oh, non !

Le visage d'Alex était une réponse à lui seul. Nick se frappa le front.

— Je n'y crois pas ! Ce n'est pas possible ! Comment as-tu pu penser une chose pareille ?

L'air penaud, la jeune femme quêta du regard le soutien de Simon. Après tout, il était en grande partie responsable de cette situation grotesque.

Voyant que le choc lui coupait la parole et redoutant qu'elle ne révèle à quel point son comportement avait été douteux, Simon vola à son secours.

— Ce qu'Alex essaie de t'expliquer, c'est qu'elle s'est méprise sur certaines… situations. Très bien, on s'est trompés tous les deux, ajouta-t-il, face au regard courroucé de son amie.

Puis il comprit qu'il n'avait pas d'autre solution que de tout avouer et se jeta à l'eau.

— Le problème, c'est que je pensais que, toi et moi, on aurait peut-être pu devenir plus… proches, au fil du temps.

Le regard incrédule de Nick aurait suffi à anéantir les dernières illusions de Simon, s'il en avait encore eu. Celui-ci poursuivit vivement, désireux de sauver la face :

— Mais je me suis vite rendu compte que nous n'étions pas du même bord, comme on dit. D'accord, je l'admets, j'en ai un peu rajouté auprès d'Alex, histoire de me faire mousser. Après tout, c'était de bonne guerre, non ? Depuis le début, il est évident que vous êtes follement amoureux l'un de l'autre. C'est gros comme une maison. En réalité, je devais être un peu jaloux. Votre façon de vous éviter systématiquement, vos silences, vos petits regards discrets…

Simon afficha un air réprobateur, comme s'il s'adressait à deux enfants surpris en train de voler des confitures, et fut ravi de voir l'embarras se peindre sur le visage de ses deux amis.

— Ce qui m'épate, c'est que vous pensiez que personne ne l'avait remarqué.

Son air condescendant aurait été insupportable, si une petite lueur malicieuse n'avait pas brillé dans son regard.

— Tu veux dire que tu n'es pas fâché ?

Alex avait du mal à croire à tant d'altruisme de la part de son ami, elle qui avait recueilli ses confidences et ses rêves romantiques d'amour éternel avec Nick. Dire qu'elle avait même essayé de lui remonter le moral! Elle avait l'impression de s'éveiller d'un mauvais rêve et n'arrivait pas à comprendre comment elle avait pu laisser Simon la convaincre que Nick aimait les garçons.

— Fâché? Non. Un peu déçu, peut-être. Toutefois, je suis heureux que ce soit ma meilleure amie qui remporte la partie. Et je suis rassuré. L'espace d'un instant, j'ai bien cru que mon charme n'opérait plus. Quelle horreur! Pauvre de moi!

Il fit mine de frémir d'effroi, mais cette attitude théâtrale masquait une part de vérité. Simon commençait à comprendre que ce qu'il ressentait pour Serge était bien plus proche de l'amour sincère que ce qu'il avait cru éprouver pour Nick. Il lui était plus facile de se montrer magnanime dans ces conditions. Pour lui, tout s'était éclairci. Il avait avoué ses péchés et se sentait aussi innocent que l'agneau qui vient de naître. Il se leva du canapé et leur adressa un regard bienveillant. Puis il leur proposa du café, comme s'ils venaient de parler de la pluie et du beau temps.

— Vous n'avez qu'à bavarder tous les deux pendant que je serai dans la cuisine. Vous devez avoir des choses à vous dire.

Il était pratiquement en train d'astiquer son auréole, ravi de cette nouvelle version angélique de lui-même. Mais aucun de ses deux compagnons ne fut dupe de cette bonté.

— Ne t'en fais pas. Je suis sûr qu'on y arrivera très bien, répliqua sèchement Nick.

Simon s'éloigna, satisfait de lui-même. Sur le seuil du salon, il s'arrêta et fit volte-face.

— Au fait, je ne pensais pas ce que je disais, à propos des photos, ajouta-t-il. Elles sont formidables.

Sur ces mots, il se replia dans la cuisine.

Lorsqu'ils se retrouvèrent seuls, Alex et Nick se sentirent soudain intimidés. Ils avaient tant de choses à dire et à expliquer qu'ils ne savaient par où commencer. Alors, Nick ramassa ses clichés, préférant les laisser parler d'eux-mêmes. Il observa le visage de la jeune femme tandis qu'elle les regardait, s'arrêtait plus longuement sur certaines photos, revenait en arrière.

Alex trouvait ces clichés vraiment extraordinaires. Son regard et son attitude étaient si éloquents que même le plus obtus des hommes pouvait deviner les sentiments qui unissaient le photographe et son modèle. Comme la plupart des gens, Alex détestait se voir en photo, mais elle devait admettre que celles-ci étaient très flatteuses. C'était ce que l'on appelait faire l'amour avec l'objectif, se dit-elle en rougissant. Nick lui reprit les photos et déclara :

— Il faut qu'on parle.

— Je déteste cette phrase, répondit-elle avec un mouvement de recul.

— Oui, moi aussi. Mais il y a encore une foule de détails à éclaircir.

Voilà qui était prometteur. La jeune femme le regarda, ravie de le laisser mener le débat et jouer cartes sur table. Mais Nick eut plus de mal à se jeter à l'eau qu'il ne l'avait prévu. Alex voyait bien que, malgré les questions qui semblaient se bousculer dans sa tête, il allait choisir la solution de facilité, c'est-à-dire tourner autour du pot jusqu'à ce qu'elle s'explique à sa place. Cette incapacité des hommes à exprimer leurs sentiments l'agaçait au plus haut point. Elle se demandait s'il s'agissait de lâcheté ou d'une simple incompétence à aligner des mots pour former une phrase cohérente et sincère.

— Quoi, au juste ? fit-elle.

Excellente entrée en matière, se félicita-t-elle. Restait à voir s'il parviendrait à parler.

— Euh… eh bien, tu sais… tout ça…

La jeune femme dut se retenir pour ne pas le secouer comme un prunier.

— Tout quoi ?

Elle resta calme, écarquillant les yeux pour l'encourager à se confier.

— Eh bien, tu sais…

Cette fois, elle explosa.

— Non, Nick, je ne sais pas, alors dis-le-moi. Accouche, nom de Dieu !

Alex espérait que cette approche directe porterait ses fruits. Et, en effet, le visage de Nick s'éclaircit. Il inspira profondément, mais sa nervosité et sa pudeur reprirent le dessus, et il se contenta finalement de hausser les épaules et de rentrer dans sa coquille. Manifestement, cette conversation ne les menait nulle part. À son grand désarroi, Alex comprit que ce serait à elle d'ouvrir son cœur. Sinon, ils allaient passer leur temps à se regarder dans le blanc des yeux. Alors, jetant toute réserve aux orties, elle fit la première chose qui lui venait à l'esprit. Elle se pencha en avant, prit le visage de Nick entre ses mains et l'embrassa avec fougue, jusqu'à ce que son geste en ait dit plus qu'un long discours.

Quand ils reprirent leur souffle, Alex remarqua avec stupeur que Nick avait les larmes aux yeux. Rien ne l'émouvait plus que de voir un homme pleurer. Elle fut désemparée, même si elle avait lu dans de nombreux articles que les hommes qui osaient pleurer n'étaient plus si rares, aujourd'hui. Elle voulait bien le croire, mais ne savait comment réagir. Elle lui tapota gentiment le bras. Fallait-il qu'elle l'enlace, au risque de déclencher des sanglots ? Après avoir fixé la table basse pendant quelques minutes, Nick se sentit enfin capable de prononcer quelques mots.

— Tu sais, c'est insupportable de te voir avec ce crétin... Tu crois peut-être qu'il peut tout te donner, mais c'est faux. Sinon, tu ne jouerais pas avec moi comme tu le fais.

La jeune femme fut prise au dépourvu par cette déclaration.

— Tu es injuste. Je ne joue pas avec toi, comme tu dis. Ce serait plutôt le contraire.

Le rire amer qui accueillit ses propos ne laissait aucun doute sur l'opinion de Nick. Alex n'en revenait pas. Voilà un homme qui la faisait marcher depuis des mois, l'attirant et la repoussant tour à tour, et il essayait de la convaincre que tout était sa faute ! Naturellement, si elle avait pu pénétrer les pensées de Nick, elle aurait découvert qu'elles étaient similaires aux siennes. Mais la vie n'était pas aussi simple. Ils se fusillèrent du regard un long moment, se sentant trahis l'un par l'autre.

Ils auraient pu continuer ainsi pendant des heures si Simon ne s'était pas lassé de traîner dans la cuisine. Il revint dans le salon avec du café, curieux de voir comment évoluait la situation. Il avait profité de cet intermède pour téléphoner à Serge, mais à présent, il ne supportait plus cette attente. Il avait décidé de donner libre cours à son envie de jouer les entremetteurs. Après tout, maintenant qu'il était heureux avec Serge, il pouvait se permettre d'être généreux. De plus, le personnage angélique qu'il était devenu lui plaisait énormément. Serge était très porté sur la spiritualité.

Éternel caméléon, Simon était prêt à distribuer de l'amour autour de lui et à rendre le monde meilleur, tant que tout allait bien pour lui. C'était sa façon de s'adonner à une forme de bouddhisme, sans les contraintes de la religion. À Bali, Serge et lui en avaient longuement parlé. Depuis, Simon tenait à se racheter et à expier ses fautes.

Il servit du café à ses deux amis et s'assit, prêt à les écouter, à leur pardonner. Mais lorsqu'il vit leur expression, il se dit que l'heure n'était peut-être pas à la réconciliation.

— Du sucre ? suggéra-t-il.

Ils acceptèrent sans un mot. Alex préféra poser le sucrier sur la table, pour éviter tout contact avec Nick. C'était étrange comme on pouvait détester un être qui, quelques minutes auparavant, vous donnait des frissons dans tout le corps. Comprenant que la situation était grave, Simon réfléchit en fixant intensément son café, avant de reporter de nouveau son attention sur ses deux amis.

— J'ai mis des croissants à réchauffer, si ça intéresse quelqu'un, annonça-t-il d'un ton enjoué.

Le manque d'enthousiasme qui accueillit cette proposition lui confirma qu'il allait devoir agir, sous peine de voir ces deux-là tergiverser encore pendant des mois, ce qui ne l'enchantait guère. S'il s'était écouté, il leur aurait appliqué la méthode ancestrale du coup de pied aux fesses, mais il préféra adopter une approche plus subtile.

— Bon, à voir vos têtes, je ferais aussi bien de discuter avec le chat. La conversation serait plus enrichissante.

— Au moins, Miu Miu garde ses opinions pour elle, marmonna Alex.

— Qu'est-ce que ça veut dire, au juste ? demanda Nick, piqué au vif.

— Tu sais très bien ce que ça veut dire. À moins que tu ne penses que je te fais encore marcher.

Ce sarcasme eut le don d'empourprer les joues de Nick. Il cherchait encore une réplique cinglante quand Simon décida de jouer les arbitres avant que la situation ne tourne vraiment au vinaigre.

— Allons, allons, les enfants, je vous en prie ! Quelle mouche vous a piqués ? Je vous ai laissés seuls pour que vous discutiez, pas pour que vous vous crêpiez le chignon.

— C'est lui qui a commencé en disant que je le faisais marcher. N'importe quoi !

La lèvre inférieure d'Alex tremblait de colère. Elle ressemblait à une enfant de six ans en plein caprice. Simon poussa un soupir et leva la main pour empêcher Nick de répondre.

— Attendez ! À mon avis, vous êtes à côté de la plaque tous les deux.

— C'est exactement ce que j'essaie de lui expliquer, mais elle refuse de comprendre, protesta Nick d'un ton belliqueux.

— De comprendre quoi, exactement ?

Alex releva le menton avec défi. Nick se dit qu'elle était vraiment sublime quand elle était en colère, mais il se reprocha aussitôt cette pensée.

— Que les actes en disent plus long que n'importe quel discours, répondit-il. Par exemple, toi, tu exhibes toujours cette… cette chose à ton doigt, comme une sorte de trophée. Mais je suppose que c'est logique. Après tout, ce serait idiot de dire non à tout ce fric. Tu as peut-être joué la comédie à Richard pour lui faire peur. Si tu pensais vraiment ce que tu lui as dit, tu aurais enlevé cette maudite bague de fiançailles. Mais comme tu la portes toujours, j'en déduis que tu es toujours fiancée à ce… portefeuille ambulant. Vraiment, Alex, tu trahis tout ce en quoi tu crois. Et moi aussi, tu me trahis, conclut-il tristement.

— À en juger par la scène d'hier soir, je ne pense pas que ce soit le cas. Alors, Alex ?

Simon sentait qu'il était bon dans ce nouveau rôle. Il avait toujours été secrètement persuadé qu'il aurait fait un excellent avocat, mais la perspective de passer des heures à potasser des manuels de droit rébarbatifs l'avait empêché de réaliser ce rêve. De plus, il n'était pas persuadé que la robe aurait été une tenue très seyante.

— Je... euh...

Alex se mit à tripoter nerveusement la bague incriminée, incapable de trouver les mots justes. Nick sauta sur l'occasion pour s'écrier :

— Tu vois ! Tu vois !

Ignorant cette attitude puérile, Simon regarda la jeune femme. Enfin, elle retrouva l'usage de la parole et entreprit de plaider sa cause, d'une voix douce mais distincte.

— Je n'épouserais pas cet homme même s'il me menaçait d'une arme. La simple pensée de passer cinquante ans à le regarder remplir ses grilles de mots croisés avec ses chemises à rayures et ses beaux costumes me donne envie de me faire teindre les cheveux en violet et de me percer les mamelons. Quant à sa mère...

Ils frémirent tous, unis dans le souvenir cuisant du dîner de la veille. Alex marqua une pause, le temps de chasser les images de Carol de son esprit, puis elle reprit son discours. Cette fois, elle baissa encore plus la voix, pour forcer Nick à l'écouter avec attention.

— Mais, avant tout, je ne l'épouserai pas parce que je ne supporterais pas de vivre sans toi. Enfin, je sais que je ne suis pas avec toi en ce moment, mais je n'ai jamais complètement perdu espoir. Si j'épousais Richard, tout serait fichu. À jamais. Du moins tant que je n'aurais pas trouvé un bon avocat.

Nick fut si touché par cet aveu qu'il ne releva pas la boutade. Simon avait la gorge nouée par l'émotion. Ils demeurèrent tous trois silencieux, un peu gênés, à se regarder timidement. Soudain, la sonnette de la porte retentit, rompant le charme de l'instant. Ils auraient pu l'ignorer, mais leur visiteur ne l'entendait visiblement pas de cette oreille. Il se mit à marteler le battant à coups de poing.

— Oh, non, c'est sans doute Richard ! gémit Alex en se blottissant contre Nick.

— De toute façon, tu vas devoir l'affronter à un moment ou à un autre. Autant t'en débarrasser tout de suite.

En réalité, Nick brûlait d'envie de voir l'expression de ce prétentieux de Richard quand il entendrait ce qu'Alex avait à lui dire. Cela le vengerait de ces mois de supplice, passés à se demander ce qu'ils faisaient ensemble. La pensée des grosses mains pâles du banquier sur la peau d'Alex lui était insupportable. Il sentit une vague de jalousie rétrospective monter en lui. Oh, oui, il comptait bien savourer pleinement l'humiliation de son rival !

Simon éprouvait des sentiments un peu plus mitigés. Il redoutait avant tout que Richard n'abîme sa porte en chêne ou ne la défonce carrément. Heureusement, Alex lui permit d'aller ouvrir. Certes, il se serait dispensé de son autorisation, mais la jeune femme avait besoin de se ressaisir avant d'affronter ce monstre en costume-cravate.

— C'est bon, Alex ?

La voix de Simon avait pris une inflexion plus ferme. La jeune femme lutta contre la panique qui menaçait de s'emparer d'elle. Pour la rassurer, Nick serra sa main dans la sienne.

— D'accord, vas-y... Non, attends ! Regarde-moi. Il faut que je m'habille. Je ne peux pas lui parler dans cette tenue.

En examinant ses cheveux en bataille et le vieux tee-shirt informe qu'il lui avait prêté pour dormir, Simon dut admettre qu'elle avait raison. Il y aurait pensé lui-même si les événements ne s'étaient pas précipités et s'il n'avait pas été aussi ému par sa déclaration d'amour. Nick, lui, n'était pas du genre à remarquer ces petits détails. À ses yeux, elle était toujours parfaite. Néanmoins, il préférait que Richard voie la jeune femme avec un peu plus de tissu sur le dos.

– File dans la salle de bains. On va l'occuper pendant que tu te prépares. N'oublie pas de te comporter naturellement. Inutile de créer des problèmes inutiles.

Alex ramassa ses vêtements épars et s'enfuit. Nick rangea le canapé, tandis que Simon se dirigeait vers la porte. Prudent, il mit la chaînette de sécurité. Après tout, qui savait si ce n'était pas un psychopathe armé d'une hache qui attendait derrière le panneau en bois ? Il entrouvrit la porte et constata qu'il ne s'agissait pas d'un tueur en série, mais de la terreur des salles de marchés.

— Pourquoi tu as mis si longtemps à ouvrir, bordel?

De toute évidence, Richard était très contrarié. Son flegme de cadre supérieur avait disparu, remplacé par une rage meurtrière. Simon, que ce spectacle faisait jubiler, referma la porte pour ôter la chaînette de sécurité, ce qui lui permit de gagner encore un peu de temps. Enfin, de peur d'en faire trop, il ouvrit. Richard l'écarta brutalement de son passage et balaya le couloir des yeux.

— Je t'en prie, Richard, entre donc, murmura Simon dans son dos.

Il le suivit aussitôt. Il fallait qu'il l'éloigne du salon, au cas où Nick n'aurait pas eu le temps de tout ranger. Mais Richard le prit de vitesse. Il se précipita dans le salon et s'arrêta net devant le canapé. Nick, en caleçon et tee-shirt, l'air très naturel, faisait mine de lire le journal, tout en buvant son café. Par chance, le banquier était trop énervé pour se rendre compte qu'il s'agissait du journal de la veille et que le café était froid.

Nick le regarda, l'air un peu étonné mais très calme, comme s'il n'y avait rien d'extraordinaire à défoncer la porte de quelqu'un un dimanche matin.

— Bonjour, Richard, lui dit-il.

Celui-ci ne prit même pas la peine de répondre. Il resta immobile, dans son pantalon en velours côtelé et sa chemise rayée du dimanche, à se tapoter nerveusement la cuisse et à jeter des coups d'œil tout autour de lui.

— Où est-elle? demanda-t-il.

À l'évidence, il ne servait à rien de mentir. Nick croisa le regard de Simon, avant de répondre avec toute la politesse dont il était capable :

— Alex? Elle est sous la douche. Tu veux un café?

Dans le dos de Richard, Simon agitait frénétiquement les bras pour lui faire comprendre qu'il devait gagner du temps par tous les moyens possibles. Alex passa soudain la tête dans l'entrebâillement de la porte de la salle de bains, les yeux écarquillés. Se demandant ce qui attirait ainsi l'attention de Simon, Richard fit volte-face. Alex disparut aussitôt dans son refuge. Simon adressa le plus innocent de ses sourires au banquier, puis il fronça les sourcils et se mit à renifler, avant de se précipiter dans la cuisine.

— Mon Dieu, les croissants !

Il laissa Richard en compagnie de Nick, qui n'en demandait pas tant. Les deux hommes observèrent un silence pesant, jusqu'à ce que Simon réapparaisse avec du café et des croissants dont il avait raclé les parties calcinées. Alex fit son apparition au moment où Simon remplissait les tasses. Elle savait qu'elle semblait un peu endimanchée dans sa somptueuse robe rouge, mais cette couleur vive lui donnait au moins de l'énergie. Elle avait eu le temps de réfléchir aux différents choix qui s'offraient à elle et en avait conclu que la meilleure stratégie était l'attaque. D'un pas assuré, elle alla s'installer près de Nick, sur le canapé.

— Bonjour, Richard, déclara-t-elle d'un ton froid et détaché.

Mais le banquier ne l'écoutait pas. Il avait les yeux rivés sur la table basse, devant lui. Nick se rappela alors, bien trop tard, qu'il avait oublié de dissimuler les photographies compromettantes. Il tendit la main pour les ramasser, mais Richard s'en empara vivement et se mit à les regarder avec une incrédulité grandissante. Personne n'osait broncher. Dans la pièce silencieuse, on n'entendait plus que le souffle de Richard, qui s'accélérait. Soudain, il leva les yeux vers Alex et grommela avec colère :

— Salope !

Il n'en dit pas davantage, mais cette insulte suffit à faire bondir Nick, qui posa sur lui un regard menaçant.

— Répète ça, et je te casse la gueule !

La stature de Nick ne fit qu'ajouter au poids de ses paroles. Nul ne doutait qu'il mettrait ses menaces à exécution. Richard ne se démonta pas, mais Alex vit que ses genoux tremblaient. Nick reprit les clichés d'un mouvement sec et les posa sur le canapé, hors d'atteinte du banquier.

— Je pense que tu ferais mieux de t'en aller, dit-il.

Mais Richard rassembla les miettes de son courage, croisa rageusement les bras et répliqua :

— Pas avant d'avoir réglé certains détails.

Alex comprenait très bien ce qu'il voulait dire, aussi ôta-t-elle sa bague, qu'elle lui tendit d'un geste brutal. Mal lui en prit. Richard eut un mouvement de recul, comme s'il venait de recevoir un crochet du droit. Son regard passa de la main de la jeune femme à son visage, et Alex lut dans ses yeux une haine farouche. Il avait le souffle court et semblait avoir du mal à remettre de l'ordre dans ses idées. Enfin, il parvint à parler et laissa libre cours à sa rancœur. De toute évidence, il avait hérité du caractère de sa mère.

— Espèce de garce! Voilà ce que tu faisais pendant que j'étais en train de me tuer au boulot pour que tu puisses avoir un bel appartement et écrire tes petits textes ridicules!

Alex tiqua. Rien ne l'humiliait tant que d'entendre ses articles et nouvelles rabaissés au rang de délires puérils sans le moindre avenir. Nick serra les poings, tout en tentant de se contrôler. Il s'approcha néanmoins de Richard. Celui-ci pâlit, mais ne recula pas et persista à exprimer son mépris pour Alex.

— Je t'ai attendue toute la nuit. J'espérais que tu viendrais chez moi. Je me suis inquiété. Je n'ai pas arrêté d'appeler chez toi, mais comme je tombais toujours sur ton répondeur, j'ai compris que tu avais dû te réfugier ici avec tes… copines.

Simon n'était pas persuadé d'apprécier cette ironie, mais il savait qu'il n'y avait pas moyen d'arrêter Richard quand il était lancé dans une de ses diatribes.

— J'étais sûr que tu finirais par te calmer, que tu retrouverais tes esprits et que tu accepterais de discuter en adulte.

Sa voix était un peu plaintive, comme chaque fois qu'il se sentait blessé. Alex voulut répondre, mais il poursuivit, parti dans son flot de reproches :

— J'ignore ce que je t'ai fait pour mériter ça, mais découvrir les photos de ma fiancée à moitié nue… C'est immonde, digne d'un magazine à scandale. Je suppose que c'est toi qui les as prises, hein? Au moins, ce qui me rassure, c'est que tu n'as pas été tenté de goûter à la marchandise.

Cette réflexion insultante était destinée à Simon, qui l'ignora dignement. Nick adressa à Richard un sourire froid, où se lisait clairement son mépris.

— En fait, c'est moi qui les ai prises. Et si tu trouves ces photos vulgaires, tu devrais sortir plus souvent. Commence par te chercher une autre femme, quelqu'un qui aura moins à perdre qu'Alex.

Richard blêmit davantage et se figea. Il adressa un regard implorant à la jeune femme et murmura :

— Comment ? Je ne pensais pas que tu parlais sérieusement, hier soir.

La jeune femme hocha la tête. Elle sentait ses bonnes résolutions vaciller quelque peu, face à son désarroi. Soudain, Richard se tourna vers Nick, puis revint à Alex.

— Ça y est, j'ai compris ! hurla-t-il, plein de haine.

Les dernières miettes de culpabilité d'Alex s'envolèrent aussitôt. Cet homme avait le don de vous regarder comme si vous ne valiez pas mieux qu'une fiente de pigeon. Il brandit un doigt menaçant en direction de Nick.

— Tu te crois malin, à t'envoyer en l'air avec Alex chaque fois que j'ai le dos tourné, à passer de son lit à celui de ton mec ? Dieu sait quelles sales maladies vous m'avez refilées, tous autant que vous êtes. Vous n'avez aucune morale, espèces d'artistes de mes deux ! Eh bien, tu peux la garder, mon vieux ! Je te la laisse ! Vous n'êtes qu'une bande de pervers, tous les trois ! Je préfère ne pas savoir à quels petits jeux malsains vous vous livrez. Ça me donne envie de vomir rien que d'y penser ! Attends un peu que je raconte à tes parents ce que tu fricotes, Alex... Je suis sûr que les journaux à scandale seront ravis d'en entendre parler, eux aussi. Et si jamais j'ai chopé une maladie, je vous intente un procès. Je vous traîne en justice. Quand je pense que tu m'as fait le coup de la fiancée romantique qui voulait attendre la nuit de noces... Comment ai-je pu avaler ces couleuvres ? Avant, tu n'étais pas si farouche... Je comprends mieux, à présent. Tu te foutais bien de ma gueule pendant que tu t'envoyais en l'air avec un autre, hein ? Salope !

Alex reçut de plein fouet ce torrent de méchanceté, mais elle ne broncha pas. Elle espérait que Richard se tairait avant qu'elle ne fonde en larmes, car elle refusait de lui donner la satisfaction de la voir pleurer. Par chance, Nick et Simon avaient atteint leur seuil de tolérance. Simon s'avança vers Richard en criant :

— Ta gueule !

Quand Nick le saisit au collet, Richard se débattit un instant, avant de comprendre qu'il n'avait aucune chance. Il s'immobilisa et foudroya Nick du regard. Puis, avec des sons plaintifs, il essaya d'agripper ses poignets pour se dégager de son emprise. Simon arriva alors dans son dos et le retint par les bras pour éviter tout mouvement sournois.

— Ne t'inquiète pas, mon vieux. Tu n'es pas du tout mon genre, déclara-t-il, devinant que Richard paniquait à son contact.

Nick se pencha vers Simon par-dessus l'épaule du banquier.

— Je crois que Richard allait partir.

— Absolument.

Les deux hommes le prirent en sandwich entre eux et l'entraînèrent hors de la pièce. La main de Nick posée sur sa gorge empêchait Richard de protester trop vivement. Alex observait la scène depuis le canapé. Elle ne savait quelle attitude adopter. Finalement, elle décida d'encourager Simon et Nick. Après tout, ce n'était pas tous les jours que deux hommes en venaient aux mains pour défendre son honneur. Ce n'était peut-être pas évident à admettre, mais elle était certaine que toutes les femmes rêvaient de voir un chevalier servant voler à leur secours. Alors, deux… Sans compter que l'un d'eux était terriblement séduisant et qu'elle l'aimait avec passion.

Elle assista à la chute de Richard et s'avoua qu'elle aurait été déçue de manquer ce spectacle. Elle arriva dans le couloir juste à temps pour voir Nick le plaquer contre le mur, tandis que Simon ouvrait la porte en grand.

— Alex, donne-moi cette foutue bague, ordonna Nick en tendant la main vers elle, tout en empêchant Richard de se dégager.

Après un dernier regard au diamant, Alex se débarrassa du bijou avec une petite pointe de regret. Mais il fallait jouer franc-jeu.

— Prends ça, espèce d'ordure ! fit Nick. Elle te tiendra chaud la nuit.

Il glissa le bijou dans la poche de son rival, puis le poussa hors de l'appartement, avant de lui claquer la porte au nez. Richard eut tout juste le temps de dire à Alex qu'elle commettait une grossière erreur. Ils l'entendirent gronder et menacer derrière le lourd panneau de chêne, mais sa voix s'éteignit vite. Dans la rue, une voiture démarra bientôt, à une allure impressionnante. Avec un peu de chance, songea Alex, il se ferait arrêter par un policier, qui verrait en ce banquier une proie de choix en ce morne dimanche. L'espace d'un instant, elle se sentit désemparée. Pas parce que Richard venait de sortir de sa vie, mais parce que c'était un grand soulagement... et parce qu'elle avait peur. Quelques heures plus tôt, elle avait un avenir tout tracé. Maintenant, quelle voie allait-elle suivre ?

Les deux hommes étaient trop fiers de leur coup pour remarquer son silence. Mais, soudain, Nick s'interrompit dans ses fanfaronnades pour quêter son approbation. En voyant sa mine déconfite, il retrouva aussitôt son sérieux et donna un coup de coude à Simon pour le rappeler à l'ordre. Le visage de la jeune femme exprimait ses doutes et son appréhension. Nick l'attira vers lui pour la réconforter et lui murmura à l'oreille, comme s'il s'adressait à une enfant :

— Allons, allons, Alex, ne te mets pas dans cet état. Tout va s'arranger, tu verras.

Elle lui adressa un sourire forcé, mais sa peur de l'avenir et la tension accumulée au fil de ces derniers mois s'abattirent soudain sur elle. Elle se blottit contre son épaule avant qu'il ne puisse voir les larmes couler sur ses joues. Il était facile pour Nick d'affirmer que tout allait s'arranger. Ce n'était pas lui qui allait devoir remettre de l'ordre dans ce sac de nœuds. Chasser Richard à coups de pied dans les fesses était bien joli, mais il restait une foule de détails pratiques à régler. Et c'était à elle que cette sale besogne incomberait. En la sentant trembler comme une feuille, Nick comprit qu'elle n'allait pas bien. Tout en lui caressant les cheveux, il regarda Simon, qui jugea le moment opportun pour s'éclipser discrètement. Nick secoua vivement la tête.

Simon saisit le message et revint donc sur ses pas. Nick entraîna Alex dans le salon sans desserrer son étreinte, ce qui ne rendit pas sa marche des plus aisées. Entre deux sanglots, la jeune femme essayait de parler.

— Écoute, Alex, si c'est à cause de ce que Richard t'a dit, tu n'as rien à craindre, déclara Simon. Ce ne sont que des paroles en l'air. Jamais il n'oserait faire quoi que ce soit…

Il s'efforçait d'être rationnel et de comprendre ce qui bouleversait la jeune femme, mais apparemment, il faisait fausse route.

— Ce n'est pas ça… bredouilla Alex en relevant enfin la tête.

— Alors, de quoi s'agit-il ?

Nick commençait à s'inquiéter. Alex n'était tout de même pas amoureuse de cet imbécile de Richard ? Son instinct lui disait que non, mais il pouvait se tromper. Après tout, depuis le début de cette histoire, il n'avait cessé de se fourvoyer. La jeune femme se moucha, respira profondément et poussa un gémissement.

— Qu'est-ce que je vais devenir, maintenant ? J'ai donné mon préavis pour mon appartement parce que je pensais emménager avec lui, et je vais devoir annoncer à tout le monde que le mariage est annulé. Je vais être la risée de tous… Et il va falloir que je le dise au bureau. Ils m'ont offert un superbe vase comme cadeau de fiançailles. Je vais devoir le leur rendre. Et mes pauvres parents ? Ma mère avait déjà contacté le pasteur et prévu une date et… Jamais je ne m'en sortirai.

Une fois de plus, elle s'écroula dans les bras de Nick. Les deux hommes échangèrent un regard. Simon décida qu'il était temps d'endosser de nouveau son rôle de grand frère.

— Pour l'amour du Ciel, Alex, ressaisis-toi. Personne ne va se moquer de toi. En fait, les gens vont sans doute te demander pourquoi tu as mis si longtemps à réagir. Et je te garantis que tes parents seront les premiers à te féliciter et à te dire qu'ils n'aimaient pas Richard, de toute façon. Quant à l'appartement, tu sais bien que tu peux habiter ici. Nick te fera certainement une place dans son lit si tu le lui demandes gentiment.

Alex retint son souffle, étonnée par cette proposition. Puis une nouvelle pensée lui vint à l'esprit, et elle perdit de nouveau son assurance.

— Merci, mais tu ne vas certainement pas nous laisser squatter chez toi éternellement... Pas moi, en tout cas...

Sa voix s'éteignit.

— C'est vraiment gentil de ta part d'offrir de nous héberger, Simon, intervint Nick. Nous chercherons un logement dès que... les finances le permettront.

Nick avait horreur de devoir avouer qu'il était sans le sou.

— Oh, ne t'en fais pas pour ça! Serge m'a dit qu'une grosse compagnie allait lancer une revue de prestige, un magazine de voyage consacré aux destinations lointaines. Il connaît des gens dans la boîte, et il leur a montré ton travail. Tu te souviens de tes paysages de Bali qui l'avaient fait craquer? Eh bien, je lui ai passé ton book, et il vient de m'annoncer qu'ils étaient très, très intéressés. Tu as le profil idéal, avec ton expérience des voyages. Serge va t'arranger un entretien, mais à son avis, c'est une simple formalité. C'est une chance unique pour toi, et tu la mérites. Tu auras l'occasion de faire ce qui te plaît vraiment, et tu pourras toujours travailler pour moi en indépendant entre deux déplacements. Qu'en penses-tu?

Simon avait tout du magicien qui vient de sortir un lapin de son chapeau. Un lapin superbe.

— Je... je ne sais pas quoi dire. C'est formidable!

Décidément, Simon adorait son rôle de mentor. Nick lui adressa un sourire radieux qui l'enchanta. Il jugea inutile de préciser à son assistant qu'il était au courant depuis des semaines de la création de ce magazine, mais qu'il attendait le moment propice pour lui annoncer la nouvelle. Simon n'avait rien d'un imbécile. Même si les deux amoureux croyaient que personne n'avait deviné les sentiments qui les unissaient, certains silences en disaient long. Et leur façon de s'éviter avec soin avait failli rendre Simon complètement fou.

De plus, Serge et lui en arrivaient à un stade de leur relation où ils éprouvaient le besoin de passer de longues soirées en tête à tête, d'avoir une vie de couple plus posée, de bavarder ou d'échanger à loisir des médisances sur une connaissance commune. Toutefois, fidèle à son habitude, Simon en dit le moins possible.

La voix étrangement neutre d'Alex le tira de ses pensées.

— Eh bien, voilà qui m'a l'air génial. Je suis très heureuse pour toi.

Alex avait beau essayer de paraître enthousiaste, elle ne parvenait pas à dissimuler son amertume. Elle avait cru son rêve de bonheur à portée de main, et voilà qu'il lui échappait, une fois de plus. Nick allait faire le tour du monde, devenir un photographe de renom et gagner beaucoup d'argent. Il aurait sans doute les plus jolies filles à ses pieds. Maudit Simon! Elle aurait pu l'étrangler.

Le premier élan de joie de Nick était un peu retombé. Il regarda Alex puis Simon, ne sachant que dire. On lui proposait un emploi de rêve sur un plateau, ce qui relevait du miracle, et il gagnait le cœur de la femme idéale. Il devait exister un moyen de concilier les deux. Mais il se sentait dépassé par les événements, en proie à un dilemme insurmontable. Simon s'empressa de lever une main avant qu'il ne dise une bêtise.

— Allons, Alex, tu ne pensais tout de même pas que j'allais te mettre sur la touche? Rien ne t'empêche de rédiger des articles dans n'importe quel pays du monde, n'est-ce pas? Je suis certain que tes idées voyageront très bien et que tu crouleras vite sous les propositions. Tu finiras peut-être attachée diplomatique à Pékin, qui sait? Alors, cesse de faire la tête et va préparer tes valises.

Alex devait admettre qu'il marquait un point. Soulagée de savoir qu'elle allait jouer un rôle dans ce conte de fées, elle étreignit Simon et lui sourit. Celui-ci afficha son sourire sardonique habituel, mais il eut tout de même les larmes aux yeux.

— Merci pour tout.

— Je t'en prie. Ah, j'ai failli oublier! Serge m'a envoyé quelque chose à glisser dans ta valise.

Simon brandit un string extrêmement sexy, qui troubla Nick au plus haut point.

— En fait, ajouta-t-il d'un air espiègle, il l'a chipé lors d'une séance photo. Dès qu'il l'a vu, il a su qu'il était fait pour toi.

— C'est très gentil à lui, affirma Alex en observant le minuscule sous-vêtement.

— N'est-ce pas? répondit Simon.

Alex n'était pas dupe.

— Serge est vraiment doué, reprit-elle. On jurerait presque qu'il cherche à nous éloigner avec tact.

— Ça se pourrait, admit Simon, très satisfait de lui-même. En fait, je vais aller lui annoncer la bonne nouvelle de ce pas. Je suis sûr qu'il va s'arranger pour t'obtenir un rendez-vous dès que possible, Nick.

Sur ces mots, il se retira, avec l'impression d'être le roi du monde.

Restés seuls, Alex et Nick se regardèrent, aussi heureux et incrédules que s'ils venaient de gagner le gros lot à la loterie. Puis Nick poussa un cri de joie et prit la jeune femme dans ses bras, avant de l'embrasser avec fougue.

— Je crois que c'est le plus beau jour de ma vie, déclara-t-il en la relâchant enfin.

— Oui, mais il peut être encore plus beau, répondit-elle en glissant les doigts sous sa ceinture pour l'attirer à elle.

— Attends un peu. Il ne se passera rien entre nous tant que tu ne m'auras pas fait une promesse solennelle.

Nick s'exprimait d'un ton léger, mais empreint d'une certaine gravité.

— Laquelle?

— Promets-moi de m'épouser. Tout de suite. Avant que tu ne changes d'avis et que tu ne te dises que mes chemises ne sont pas assez rayées à ton goût.

Alex crut défaillir. Certes, elle était folle de lui, mais cette proposition n'arrivait-elle pas un peu vite après sa rupture avec Richard? Toutefois, sa décision était prise. Elle le regarda droit dans les yeux.

— J'aimerais d'abord que tu répondes à une question.

— Pas de problème. Demande-moi ce que tu veux.

— Cette nuit que nous avons passée ensemble, à l'hôtel, que signifiait-elle pour toi?

Il y eut un silence si long, si tendu qu'Alex craignit qu'une terrible révélation ne lui tombe sur la tête. Elle allait lui demander si cela lui avait déplu à ce point quand il déclara :

— Elle signifiait tout pour moi. Euh... j'ai un aveu à te faire.

— Je t'écoute, répondit-elle, le cœur battant la chamade.

— Quand j'ai ouvert la porte de la chambre, j'ai fait semblant d'être surpris.

— Je ne comprends pas, avoua-t-elle en fronçant les sourcils.

— Eh bien, cette histoire de carte retrouvée sur un siège de taxi, c'était faux. J'ai tout inventé. J'ai ramassé cette carte par terre, dans la salle de bains de Simon. Elle avait dû tomber de ton sac à main. J'ai su qu'elle était à toi parce que tu venais de te remaquiller avant de sortir. D'abord, j'ai eu du mal à le croire, puis la curiosité a pris le dessus. C'est vrai, j'avais le béguin pour toi. Alors, j'ai composé le numéro de l'agence et j'ai décrit la femme que je souhaitais rencontrer. Et tu es arrivée.

— Mon Dieu ! balbutia Alex en le fixant, terriblement gênée.

— Je voulais savoir... Enfin, je voulais savoir si tu étais vraiment capable de faire ça. Quand tu m'as expliqué en quoi consistait ton boulot, je n'y ai d'abord pas cru. Et puis, quand on a fait l'amour, c'était si merveilleux, si spécial, que j'ai su...

— Tu as su quoi ? demanda-t-elle doucement, sans le quitter des yeux.

— Que la seule chose qui comptait, c'était de t'avoir dans mes bras. Je suis tombé fou amoureux de toi. Et ça ne changera jamais.

Sa sincérité était si évidente et si touchante qu'Alex eut envie de pleurer. Nick l'aimait et l'acceptait telle qu'elle était, et il l'aimerait toujours pour elle-même, quoi qu'elle fasse. Elle en était sûre. Elle passa les bras autour de son cou et ferma les yeux, ivre de bonheur.

— Dans ce cas, ma réponse est oui. Même si, maintenant que ma carrière débute, je ne sais pas...

Il la fit taire d'un baiser si ardent qu'elle n'eut plus aucune envie de plaisanter. Elle se lova contre lui, impatiente, et l'embrassa encore.

En songeant à ces mois perdus, si riches en émotions et en larmes, Alex esquissa un sourire teinté de regret. Mais cette souffrance ne rendait que plus merveilleuse la joie des retrouvailles. En sentant Nick frissonner contre elle, elle comprit que le repos n'était pas à l'ordre du jour. Elle était sûre qu'ils allaient finir tous les deux sous la couette, et bien que ce fût sa seule certitude, elle n'avait plus peur de l'avenir.

Découvrez les prochaines nouveautés
de la collection

Amour et Destin

Des histoires d'amour riches en émotions déclinées en trois genres :

Intrigue   *Romance d'aujourd'hui*   *Comédie*

Le 2 juillet   *Romance d'aujourd'hui*
Caresse indienne
de Catherine Anderson (n° 7343)

Chloe Evans a quitté son mari, violent. Pour donner à son fils l'enfance qu'il mérite, elle décide de s'installer dans une petite ville de l'Oregon. Mais protéger Jeremy n'est pas si simple car celui-ci est à la recherche de Ben Longtree, l'homme qui effraie toute la ville : leur chien est malade et son fils est persuadé que cet homme peut les aider. Mais Chloe a été prévenue : il ne faut pas s'approcher de Ben. Pourtant, il l'intrigue et la fascine, d'autant qu'il possède des dons de guérisseur...

Le 9 juillet   *Intrigue*
L'inconnu du parc
de Wendy Corsi Staub (n° 7344)

Jane, jeune mère de famille, est portée disparue et son bébé est sain et sauf dans un parc. L'affaire jette le trouble dans cette banlieue calme de New York, notamment chez Tasha, ses amies et voisines qui sont toutes mères de famille. Le cadavre de Jane est retrouvé et le nombre de disparues augmente. Toute la ville est en émoi et Tasha est terrorisée à l'idée d'être seule chez elle. L'assassin s'attaque à de jeunes mères de familles, par jalousie peut-être, et il frappe de plus en plus près de Tasha...

Le 9 juillet   *Comédie*
Les mésaventures de Miranda
de Jill Mansell (n° 5805)

Miranda travaille pour le coiffeur le plus en vogue de Londres. Gaffeuse, impulsive, trop généreuse, elle a le chic pour se mettre dans des situations incroyables. Un vrai désastre ambulant ! affirme Fenn, son patron. Mais quand il s'agit de trouver l'homme de sa vie, un minimum de discernement est requis. Surtout lorsqu'on est amené à côtoyer le monde des célébrités. Entre les faux-jetons, les don juans de pacotille et les frimeurs, Miranda saura-t-elle reconnaître celui qui l'aime vraiment pour elle-même ?

Ce mois-ci, retrouvez également
les titres de la collection

Aventures et Passions

Le 3 juin

Un mari pour enjeu
de Christina Dodd (n° 7309)

Angleterre, XIXᵉ siècle. Madeline apprend que son père, joueur invétéré, a de très grosses dettes de jeu. Envolés les propriétés, les titres de noblesse et tout ce qui va avec ! Une seule chose reste ; un splendide bijou de famille, une tiare. Mais son père tente de la gager pour participer à un championnat de jeux de hasard. Lors du tournoi, elle revoit Gabriel : l'homme qu'elle ne peut oublier. Et elle est désespérée de voir que le seul homme qu'elle ait jamais aimé joue lui aussi.

Le 10 juin

Le prix à payer
de May McGoldrick (n° 7310)

Angleterre, XVIIIᵉ siècle. Milicent a connu l'enfer avec son mari qui la battait. Désormais veuve, elle recueille d'anciens esclaves sur sa propriété. Mais elle n'a pas assez d'argent et les dettes s'accumulent. Une vieille dame lui propose alors un marché étrange qu'elle accepte : elle devient l'épouse de Lord Pennington en échange de quoi ses emprunts sont réglés…

Le 24 juin

Un cow-boy pour deux
de Johanna Lindsey (n° 7311)

Texas, XIXᵉ siècle. Orphelines et jumelles très différentes l'une de l'autre, Amanda et Marian partent vivre chez leur tante, propriétaire d'un ranch au Texas. Furieuse, Amanda apprend que pour obtenir leur héritage, elles doivent se marier en accord avec leur tante ! Quant à Marian, elle se réjouit de cette aventure et de sa rencontre avec Chad, un séduisant cow-boy. Mais c'est compter sans la jalousie maladive de sa sœur. Amanda sait ce qu'elle veut et elle ne reculera devant rien pour l'obtenir…

ainsi que les titres de la collection

Escale Romance

De nouveaux horizons pour plus d'émotion

7308

Composition Chesteroc Ltd
Achevé d'imprimer en France (Manchecourt)
par Maury-Eurolivres
le 24 mai 2004.
Dépôt légal mai 2004. ISBN 2-290-32224-5

Éditions J'ai lu
84, rue de Grenelle, 75007 Paris
Diffusion France et étranger : Flammarion